A Mild Noble's Vacation Suggestion

優雅貴族的休假指南。

7

著 岬　圖 さんど
譯 簡捷

◆ Contents ◆

A MILD NOBLE'S
VACATION SUGGESTION

CHARACTERS

人物介紹

利瑟爾

本來是為某國王效命的貴族，不知為何掉到了與原本世界十分相似的另一個世界，正在全力享受假期。試著當上了冒險者，不過常常有人不敢置信地多看他一眼。

劫爾

傳聞中的最強冒險者，可能真的是最強。興趣是攻略迷宮。

伊雷文

原本是足以威脅國家的盜賊團的首領。蛇族獸人。別看他這樣，親近利瑟爾之後作風已經比先前收斂許多了。

賈吉

商人，擁有自己的店舖，擅長鑑定。看起來很懦弱，其實交涉的時候頗有魄力。

史塔德

冒險者公會的職員，面無表情就是他的一號表情。人稱「絕對零度」。

納赫斯

負責阿斯塔尼亞魔鳥騎兵團的副隊長。遇上刺激照顧欲的利瑟爾之後，他照顧人的技能一口氣點滿了。

團長

城市巡迴劇團「Phantasm」（幻象劇團）的團長，對於戲劇懷有激烈的熱情。臭小子！

旅店主人

旅店老闆，利瑟爾一行人在他的旅店下榻。就只是個這樣的男人。

82

劫爾對於眼前的光景感到絕望。

唐突擺在眼前的殘酷現實他無法理解，也無法接受。事情怎麼會變成這樣？他硬是驅動自己差點停止的思緒努力思考。

剛才他應該在第一時間大聲示警嗎？應該朝他們伸出手嗎？還是該抱著他們逃走？如果他這麼做，同隊的兩人現在就會平安無事嗎？

「對了，伊……嗯？」

「涅魯弗啦。你為啥突然忘記我的名字啊，笨蛋。」

「我才不是笨蛋，只是不知道為什麼有點搞不清楚而已嘛……」

不，無論他怎麼做，事態大概都無法挽回。

這到底該怎麼辦？劫爾低頭看著在迷宮正中央顯得格格不入的兩個年幼孩童，使勁嘆了口氣。

事情的開端得追溯到那天早晨。

剛攻略完「人魚公主洞窟」的倦怠感也消退了，三人的身體狀態恢復正常，睽違數天來到了公會。看見打倒鎧王鮫的冒險者登場，公會內部掀起一陣騷動，不過利瑟爾他們的態度實在太過尋常，就像什麼事也沒發生一樣，因此氣氛立刻又平靜下來。

「對了，伊雷文，你的小刀做好了嗎？」
「還沒。聽說鱗片太硬了沒辦法加工，不過他們是說會想辦法做出來啦。」
這對匠人來說是未知的素材。
鎧王鮫的鱗片相當堅固，似乎讓匠人們傷透了腦筋。但他們也有身為工匠的專業堅持，再加上伊雷文用激將法挑釁，匠人們說到做到，一定會打造出符合他的要求、甚至高於要求水準的武器吧。
「做好之後請讓我看看吧。」
「嗯。」
「別在比試的時候用。」
「為啥？」
「折斷了你不會抱怨的話我是沒意見。」
三人邊聊邊走向委託告示板。
他們避開你推我擠地爭搶著划算委託的冒險者，來到空蕩的低階委託告示板前方。該怎麼辦呢？利瑟爾瀏覽著貼在上頭的委託單，望向另外兩人。
「你們有什麼想接的委託嗎？」
「隨你高興。」
「不要再泡在水裡就好啦。」
他們還是不太想連續攻略水中迷宮。
並不是討厭或排斥，只是太麻煩了，水中迷宮還是偶爾嘗試個一次就好。可以的話利瑟爾也想避免這種情況，因此對於伊雷文的意見並沒有異議。

這樣的話……他將頭髮撥到耳後，一邊探頭往委託告示板的低處看去。

「負責切下魚頭的工作？」

「別亂挑。」

「不要。」

「負責把果實放進木桶榨汁的工作？」

「不是叫你別亂挑了？」

「我不幹。」

「你們明明說挑什麼都好，還是毫不客氣地拒絕呢。」

利瑟爾說著有趣地笑了。還不是你故意激起這種反應的？劫爾無奈地低頭看著他想。

利瑟爾本人也不可能想嘗試那種枯燥的工作吧……不對，假如真的非做不可，他大概也不會排斥，會興高采烈地認真完成職責。

看來利瑟爾今天沒有特別想接的委託，因此想聽聽他們的意見。劫爾和伊雷文想著，放眼打量了一下貼得密密麻麻的委託告示板，接著鑽過冒險者之間擁擠的間隙，從低階來到了張貼高階委託的地方。

「久久嘗試一次特別的迷宮感覺也不錯呢。上次的迷宮除了位於水底之外，算是很常見的主流迷宮。」

既然沒有感興趣的委託內容，那就只能從委託人或迷宮來挑選了。

光從他們三人給人的印象判斷，容易以為他們總是潛入一些千奇百怪的迷宮，但平常他們比較常造訪的其實是平凡無奇的迷宮……話雖如此，再怎麼普通那也仍然是迷宮，他們只是沒有特別積極挑選奇特的迷宮而已。

「嗯……那這個咧？」

伊雷文指向一張委託單，是到某迷宮採摘毒草的委託。

「『毒沼深谷』，在階層起點放有人數份的解毒劑，必須在解毒劑藥效還沒退之前過關，不然就會中毒！」

「伊雷文一個人行動的時候都跑到這麼不得了的迷宮去呀。」

「反正毒對我沒效啊，解毒劑會多一份，多的給隊長！」

伊雷文露出愉快的笑容，湊過頭去觀察利瑟爾的反應。利瑟爾露出苦笑撫摸他的臉頰，接著略帶責備意味地輕拍了他臉頰一下。

他是明知利瑟爾會如何回答還故意這麼說的，真是惡質。那是座連利瑟爾都想避開的迷宮。

「話是這樣說啦……」

伊雷文滿足似地抬起臉，仰頭打量委託告示板。

「但我也沒進過多少迷宮，挑個大哥已經通關的比較輕鬆吧？」

「劫爾，你現在通關過幾座迷宮了呀？」

「我哪可能一個一個去數。」

劫爾面不改色地答道。明明每個冒險者都以那個數字為傲才對，一聽見劫爾這麼說，周遭冒險者的視線紛紛聚集到他身上。

說到底，只要徹底通關過一座迷宮就已經是值得自豪的功績了，畢竟這證明了冒險者的實力足以打倒守候在迷宮最深處的強大頭目。

不過就算劫爾說他不記得，還是不會有人奚落他「真是的幹嘛這麼愛面子」。周遭反而對於他的說法毫不存疑，只是面無表情地納悶那三個人為什麼一副理所當然地說著這種話。

「有沒有什麼比較特別的迷宮呀？」

「你會喜歡的迷宮啊……」

在利瑟爾探詢的視線之中，劫爾一張張瀏覽眼前的委託單。

當中也有幾個委託要造訪的是他已經通關的迷宮，但總是缺少決定性的誘因，他無法馬上決定。

畢竟難度不能太低，魔物太弱的話伊雷文會鬧脾氣。迷宮千奇百怪的特性在深層才會發揮到最大限度，這麼一來利瑟爾會比較開心。

那麼B階以上的委託比較適合。劫爾下了這個結論，從高階委託當中尋找符合條件的單子。

「『支付代價之路』，這座迷宮還滿棘手的。」

劫爾指向一張委託單，利瑟爾和伊雷文也跟著探頭過去看。

「棘手指的是？」

「在每一層起點都會被奪走某些東西。起點有個水晶球，必須觸碰它才能往前進，摸了它迷宮就會從你身上奪走各式各樣的東西，不過突破那個階層之後就會恢復。」

「各式各樣的東西？」

「凡是跟攻略有關的東西，什麼都拿。」

劫爾潛入該座迷宮的時候也被奪走過各種東西。

金錢、裝備、武器，有時候連身體能力的一部分都會被拿走。迷宮奪走的身體能力僅限於肌力、跳躍力等範圍，理應受到連帶影響的其他體能卻不知為何能夠照常運用。迷宮就是這樣，沒有辦法。

「假如在不知情的狀況下進入那座迷宮，一定會嚇一跳吧。」

「啊──也不知道被搶走的東西拿不拿得回來嘛。」

「是呀，也有可能被奪走無法挽回的東西。」

「是啊。」

劫爾點頭同意，利瑟爾和伊雷文則好奇地看向他。

「大哥，你那時候也很緊張喔？感覺不管拿走什麼東西，你都只會嘖一聲就算了的說。」

「一開始被拿走的東西有這麼重要嗎？啊，像是劍之類的？」

「是內褲。」

那當然會緊張，利瑟爾他們也忍不住點頭。

當時就連劫爾也不禁考慮要不要先退出迷宮再說。不過根據事前調查的情報，他知道迷宮會返還奪走的東西，而且沒有確切證據顯示離開之後迷宮還會歸還他的內褲，因此他就在沒穿內褲的情況下攻略了那個階層。

「迷宮搶走大哥的內褲到底是在想什麼啊？」

「誰知道。」
「感覺那確實是最令人困擾的東西沒錯呢。」
不過好像很有趣，利瑟爾說著微微一笑。
整體機制似乎類似「限制玩具箱」，這種類型的迷宮往往會依照現場的狀況全力隨機應變。
「迷宮就是這樣，沒有辦法」是冒險者之間的默契，利瑟爾至今尚未完全習慣這個潛規則，但正因如此他才對此特別感興趣，也覺得特別好玩。
「遊戲規則比較嚴苛，魔物的強度應該偏弱吧。」
「嗯。」
「伊雷文，沒問題嗎？」
「隊長想去的話沒問題喔！」
那就挑這個吧，利瑟爾從告示板上撕下那張委託單。
B階委託，【取得刀蝙蝠翅膀】，在那座迷宮可以找到這項委託的目標魔物。
「這種魔物在哪一層出沒呀？」
「啊……中層。」
「萬一內褲被迷宮奪走怎麼辦咧？」
三人走向有公會職員坐鎮的委託櫃檯，在那個窗口迎接他們的一樣是體格不輸冒險者的那位光頭職員。
他從利瑟爾手中接過委託單，一邊開始替他們辦理手續，一邊露出引以為榮的笑容。
「真沒想到，打倒鎧鮫的冒險者竟然會在我這一代出現。公會本身的評價也因此提升了，我也替你們感到驕傲哦。」

「那真是太好了。」

看見利瑟爾的微笑，職員粗獷嚴厲的五官也多了幾分笑意，接著他沙沙摸著自己下巴的鬍鬚點了點頭。

在職員看來，他們三人達成了令人難以置信的偉業，態度卻完全與平常無異，這點實在讓人感到很不尋常……不過確實也無法想像他們高舉雙手大聲歡呼的模樣就是了。

無論如何，他們打倒了鎧王鮫是不爭的事實，職員辦完手續後從公會卡當中調出了他們的討伐紀錄。只要公會想看，曾經討伐過的魔物一覽自然不用說，就連哪一座迷宮攻略到第幾層，從公會這邊也能夠掌握。

難得的機會，把這個紀錄好好烙印在眼底吧。職員確認了紀錄當中寫著「鎧王鮫」的文字，帶著踏實的滿足感繼續瀏覽通關紀錄。以利瑟爾他們的實力，說不定成功突破到頭目之前那一層了呢，他滿懷著期待低頭一看。

「…………」

「啊，好了嗎？」

看來手續辦完了。看見職員手上的動作瞬間停止，利瑟爾朝他伸出手。

職員下意識將公會卡放上那隻手交還給他，直到卡片從魔道具上拔下，紀錄隨之從眼前消失，他才回過神來。在強烈的混亂當中，他來回看著現在什麼也沒映出的魔道具，以及三人逐漸遠去的背影。

「等、等一下，那個是通、通關，喂——!!」

情急之下職員想走出櫃檯，他魁梧的身軀在各處乒乒乓乓撞了一輪，最後急得膝蓋狠狠撞到桌子而停下了動作。職員痛得哀號，所有冒險者都張著嘴巴納悶到底發生了什麼事。承受著在場所有人的視線，職員猛地抬起臉來。

「你們通關了『人魚公主洞窟』嗎?!等、再讓我確認一遍……啊，人咧!!」

職員在公會這麼大喊，不過他要找的人早已不見蹤影。聽見這句話，周圍頓時一片鴉雀無聲。

真要說起來自己才是一切的罪魁禍首，劫爾想道，不再逃避現實。不該隨便說要來這座迷宮的，現在他由衷感到後悔。

一開始還沒什麼大礙，進入迷宮大門之後，他們使用魔法陣傳送到這次的目標階層。在那一層，劫爾和伊雷文被奪走了魔力，利瑟爾則被奪走力量作為代價，都是失去了也不妨礙他們戰鬥的東西。

他們在這一層沒有遇到目標魔物，於是前進到下一層，也就是劫爾他們現在所在的這一層。誰會想到這一層支付的代價竟然是年齡？

如果他不刻意低頭往下看，現在的利瑟爾和伊雷文甚至無法進入他的視野。從前在人稱最惡質迷宮的「懷古洋館」曾經見過他們六歲的模樣，現在的年紀看起來又比六歲更小。劫爾憑外表看不出孩童的年紀，猜測大約是四、五歲左右，與其說是小孩，根本是幼童。

「對了，伊……嗯？」

「涅魯弗啦。你為啥突然忘記我的名字啊，笨蛋。」

「我才不是笨蛋，只是不知道為什麼有點搞不清楚而已嘛……」
他們並非不認識彼此，表示沒有喪失所有記憶。
現在的他們保持原本的狀態直接變成了小孩子，思考與行動模式遵循孩童的邏輯，但本人並沒有自覺。總比忘記一切又變成小孩來得好，劫爾嘆了口氣。
「劫爾、劫爾，怎麼了？」
看見眼前的小不點毫不猶豫靠近自己，劫爾更是這麼想了，畢竟初次見面的小孩總是會先對他感到恐懼。小利瑟爾伸手抓住他的長褲，使勁抬起頭望了過來。劫爾不發一語地低頭看著這副模樣心想，這傢伙從小就下意識明白該怎麼表現出自己最討喜的一面啊。
「不要管那種大叔啦，我們快點走！」
然後，這傢伙從小就是個囂張的死小孩啊，劫爾無言看向他。
「……喂，你們到底理解到什麼程度？」
「理解？」
「我們在迷宮裡面，需要魔物的素材，一定要在這一層前進。」小利瑟爾說。
「啊，是這個意思喔。」
不知該說是幸還是不幸，看來他們保持著相當有利於現況的狀態變成了小孩子。迷宮就是這樣，一如往常地發生什麼事也不奇怪。
劫爾已經不知道究竟該怨恨迷宮還是感謝迷宮才好了。之所以留下他一個人，想必是因為所有人都變成小孩子就完全不可能攻略這一層了……但如果可以，他寧可所有人的內褲都被迷宮奪走，比現在這樣好幾百倍。迷宮的體貼大多都教人匪夷所思。

「喂大叔，我們是要停在這裡到什麼時候啦！」

「不准擅自前進。」

伊雷文急著往前跑，縮小到合身尺寸的衣服跟著翻飛，劫爾一把抓住他的兜帽，換來一陣不滿的大叫。

「劫爾，有奇怪的石頭，你看！」

「你都知道那東西奇怪了就別撿。」

那是一顆刻著精巧魔物的小石頭，不曉得利瑟爾從哪找來的。劫爾也不禁凝視了一會兒，不過立刻保持著一手制著伊雷文的動作，另一手奪過那顆石頭丟開。

這裡可是迷宮，萬一他碰了什麼可疑物品而遭遇不測就傷腦筋了。但利瑟爾愣愣看著自己空無一物的小手，臉上的表情慢慢轉為悲傷，劫爾見狀不禁臉頰抽搐。

他從來沒跟小孩子互動過，怎麼可能有辦法說服小利瑟爾自己把那東西丟掉？劫爾在內心為自己辯護，但對方當然不可能知道他在想什麼。

「……走了。」

於是劫爾逃跑了。

他放開伊雷文的兜帽，交代他們兩人結伴行動。伊雷文嘴上抱怨歸抱怨，但他還是站到了小利瑟爾身邊，接著握住利瑟爾的手臂邁開腳步。

「我們走吧！」

「嗯！」

二人開心地往前走，彷彿忘記了剛才的不滿。劫爾看著這一幕心想，這樣好嗎？

一切實在太過費解，他連想要弄懂這是怎麼回事的意願都沒有。看樣子只能盡快通過這個階層了，劫爾下了結論，配合兩個小朋友志氣高昂、速度卻快不到哪去的步伐一起前進。

「魔物出現的時候要集合過來啊。」

「好的。」

「好啦。」

劫爾低頭看著高度甚至不及自己腰部的那兩顆小腦袋，開口這麼交代他們。一張小臉露出軟綿綿的笑容，另一張小臉則有點不滿，不過兩個人都乖乖點頭答應了。這麼一來應該沒問題了吧，劫爾也點了個頭。

平常利瑟爾在冒險者相關事務上一向牢牢遵守劫爾的教導，雖然劫爾沒有指示的部分他常常胡來，不過大概不會有什麼問題。

伊雷文也是，雖然個性極為彆扭，但他仍然具備獸人的特質，某些方面還是很直率的；現在幼小的伊雷文也一樣，儘管看似有點不滿，但並沒有反彈。話雖如此，伊雷文的確不是叫他乖乖聽話就會當個乖孩子的類型，所以也不能掉以輕心。

劫爾這麼想著，忽然停下腳步。

「劫爾？」

「有野獸的臭味……利瑟爾，來這邊！」

不愧是獸人，縱使年紀再怎麼幼小還是能夠注意到有魔物接近。

伊雷文一把抓住利瑟爾的手臂，把人拉近他身邊，接著把手伸進自己上衣摸索著什麼。這麼說來，他的裝備內側好像藏了無數的小刀，劫爾邊想邊低頭看著他的動作。

但小孩子怎麼可能把那個數量的利器帶在身上？不知道那些小刀到底怎麼了。劫爾一邊觀望一邊這麼想道，結果伊雷文取出的是一把比普通小刀又小了兩截的刀子。

設計完全維持原樣，不過手部持握的刀柄更細一些，刀刃的部分也變得像奶油刀一樣圓滑，即使不小心握到也不會割傷手。迷宮辦事還真周到，對細節的講究永無止境。

這種刀子讓他拿著也沒關係吧，劫爾邊想邊拔劍出鞘。

「不要離開我身邊，你們只要遵守這點就好。」

伊雷文雖然舉起了手中的小刀護身，但他想必也不覺得自己有能力應戰，聽見劫爾的叮嚀，他和利瑟爾一起乖乖點了頭。

劫爾見狀稍微鬆了一口氣。

「（真輕鬆……）」

儘管一點也不像普通的小孩子，但對於劫爾來說，他們不哭不鬧就是最值得慶幸的了。萬一這兩個小鬼頭哭鬧起來，就算對方是利瑟爾他也一定會感到不耐煩。

即使看見比自己體型更龐大的野狼襲來，一個孩子仍然保持著自己的步調不為所動，另一個反而還樂在其中，沒有露出半點懼色。這一方面也是出於對劫爾的信任吧。

假如換作幼小的利瑟爾和伊雷文兩人獨自陷入相同情況，就算是他們這種個性也不可能保持平常心的。應該說，他們勉力維持平常心也沒什麼好驚訝，不過至少會產生危機感吧。

「（不過……）」

劫爾斬殺了魔物，同時小心不讓血液濺到兩個幼童身上，這時他忽然注意到一件事。

「（真是失策。）」

兩個孩子遵守著他「不要離開身邊」的指示，劫爾每動一下都緊緊跟在他腳邊，劫爾覺得自己一不小心就會踢飛他們，好恐怖。

不過他立刻明白這是怎麼回事，畢竟幼小的孩童不可能知道戰鬥中最佳的距離和站位。

「好痛……」

「抱歉。」

「涅魯弗，你沒事吧？」

「沒事！」

劫爾向後收腿的時候稍微撞到了伊雷文一下。

下了錯誤指示的是他自己，劫爾不會特別感到煩躁，不過總得想點辦法。現在已經打倒了最後一頭魔物，但這還只是所謂的第一波攻勢，這座迷宮的魔物會分梯次一波波攻過來。

「劫爾，你還好嗎？」

「嗯。」

利瑟爾小步走過來觀望著他的臉色，劫爾也低頭回望。

在利瑟爾身後，伊雷文不知為何嘟著嘴唇。或許是沒有了平常的年齡差距的關係，伊雷文看起來很想照顧利瑟爾。

「不過兩個小鬼黏在一起確實比較輕鬆吧。」

「啥？」

「劫爾？」

這罕見的光景有點有趣，劫爾邊想邊在腰包裡翻找。

不知道有沒有書寫工具？他找了一陣，可惜沒有找到。劫爾想了想，忽然靈光一閃，於是把劍往下一揮。

隨著一陣銳響，原本絕對無法劃傷的迷宮地板竟然成功被他刻出了不平整的圓形。

「……太寵幼兒啦。」

劫爾自己也沒想到居然會成功。

對於伊雷文那些小刀的顧慮也好，為了兩名孩童畫下的這個圓圈也好，都令人忍不住覺得迷宮如果要給他們這種程度的特別待遇，那打從一開始就不要把他們變小不就好了？沒有聽說過迷宮會對真正的小孩子手下留情，所以說這是迷宮自己把人變成小孩子之後的某種責任感嗎？

這還真是令人，以下略。

「不過出手嘗試的我也好不到哪去。」

竟然捨棄了冒險者的常識試著這麼做，劫爾對自己也有點意見。

「什麼呀？」

「我是說，這都是你害的。」

利瑟爾睜著大眼睛不可思議地抬頭望來，劫爾瞥了他一眼，撇撇嘴笑了。

接著他面朝利瑟爾他們，指著那個圓圈朝他們示意。第二波魔物差不多要襲來了。

「聽好了，你們不准離開這個範圍。」

放任他們擅自閒晃太危險了，待在身邊又容易踢到。

既然如此，讓他們集中在一個地方就行了。即使與大批魔物作戰，劫爾只要掌握保護對象的位置就能夠守護得滴水不漏，這是只有他才能使用的解決策略。

「只要有一點點在圈圈裡面就可以嗎？」

「不准把全身探出去。」

伊雷文一副準備亂搞的樣子，劫爾再次叮囑。

確認兩個小朋友乖乖進到圓圈當中，劫爾於是一轉身斬殺了襲來的巨大蜘蛛魔物。既然利瑟爾他們固定待在同一個地方，也就沒有必要隨時確保他們位於視野當中了。

「嗯……」

「利瑟爾，你在幹嘛？」

就在劫爾順利削減魔物數量的時候。

孩童交談的聲音傳入耳中，劫爾於是轉動視線往那邊瞥了一眼，看見利瑟爾像掬起泉水般併攏著雙手，皺著眉頭發出沉吟聲。

即使有魔物朝那個方向逼近，利瑟爾也完全不為所動，到底是在做什麼？不過反正伊雷文也乖乖待在原地，放著別管也沒關係吧。劫爾想著，將視線轉向下一頭魔物，就在這時……

「Fogo（火焰呀）、redor（搓成球球）、agasalho（包起來）、lancamento（丟出去）！」

聽見詠唱聲，劫爾心中一股不祥的預感，連忙回過頭。

正好看見利瑟爾在掌中做出了小小的火焰球，朝著魔物「嘿」地丟了出去。沒有太大威力的火球在半空劃出一道弧線，命中了魔物的一隻複眼。周遭的毛髮燒掉了一點點，蜘蛛猛力甩頭。

「啊，打中了。」

「好厲害——」

這小子怎麼會想做這種事？不，毫無疑問只是一時興起而已。

再怎麼幼小，他好歹也是出身貴族世家的小孩，應該很習慣默默受人保護才對。但小利瑟爾卻行動了，箇中理由他不用想也知道。

「（年紀變小了，這方面就表現得很露骨啊。）」

利瑟爾全面的信任他非常感激，不過這一次劫爾還是希望他住手。

劫爾朝他們走去。蜘蛛發出撕裂空氣般的叫聲，抬起前腳威嚇，緊接著以洶湧的氣勢襲向兩名幼童。

看見魔物逼近，從容的兩個孩子還是嚇了一跳，利瑟爾緊緊抓住伊雷文的衣服，伊雷文則是把利瑟爾拉到自己背後。

「好，是我沒交代，都是我不好。」

在魔物撲咬向他們兩人的瞬間，劫爾斬殺了全數魔物。他嘆了口氣，低頭看向位置低矮的兩個髮旋。

「戰鬥中不准出手。」

「好的。」

小利瑟爾從伊雷文背後探出臉來，點頭答應。

利瑟爾直率聽話，卻時不時會做出令人意想不到的事，看來這種特質在這麼小的時候就已經成形了。和平常的他差不多，劫爾邊想邊嘆了口氣，不禁對於能夠駕馭這種孩子的利瑟爾父親肅然起敬。
「謝謝你，涅魯弗。」
「嗯！」
接著，劫爾重新邁開腳步。
在劫爾身後，利瑟爾正在感謝伊雷文袒護他。小伊雷文聽了露出滿足的笑容，但那道笑容稍縱即逝，他又立刻蹙起眉頭露出不滿的表情，不過劫爾無從察覺。
配合步伐較小的兩個小朋友，迷宮攻略的步調不算順遂，不過已經充分落在容許範圍之內。
戰鬥方面的問題也解決了，在那之後，他們兩人都乖乖待在圓圈裡，劫爾只要注意別踢到在他腳邊晃來晃去的兩個孩童就好。
「不要離得太遠。」
雖然兩人表現出願意配合指示的態度，但只要一出現引起他們興趣的東西，他們就會下意識往那邊跑，劫爾必須時時盯緊他們。不過以這個年紀的孩子來說，加上這裡又是在迷宮當中，已經算是非常不費事了吧。
雖然自己從來沒有接觸過孩童，也不太清楚就是了。就在劫爾這麼想的時候……
「啊！」
伊雷文忽然發現什麼東西似地往前衝，不過還來不及衝出去就被劫爾用一隻指頭勾住兜帽制止了。劫爾像拎小貓一樣拎起伊雷文往前撲跌的嬌小身軀，讓他站穩腳步，然後循著他的視線看過去。

在通道前方排列著兩個寶箱。兩個，這數量實在太刻意了。

「……」

劫爾默默思索。這寶箱應該由他來開才對，有時候寶箱裡也會出現魔物或發動陷阱，也許該讓兩個小朋友退後比較安全。

但是……他低頭看向利瑟爾。那雙紫水晶般的眼眸比平時更甜，愣愣地朝這裡仰望過來。想起利瑟爾平常開到的那些奇怪迷宮品，他好奇利瑟爾變小之後會開出什麼東西也是人之常情。

「你們去開吧。」

劫爾是輸給了好奇心的壞心大人。

「利瑟爾，你要哪個？」

「那我選這個。」

「嗯！」

兩人站到寶箱前方，同時打開寶箱。

寶箱尺寸偏大，不過以孩童的力氣仍然輕易打開了。劫爾從後方探頭一看，看見內部箱底還體貼地墊高了，確實是為利瑟爾他們考量過的設計。

利瑟爾率先從寶箱裡取出東西，只見他開心地露出軟綿綿的笑容，雙手舉起寶箱的內容物展示給劫爾看：

「劫爾，是書！」

「是書啊。」

那是一本繪本。

迷宮這麼安排究竟有什麼意圖？是一如往常給了他最不具冒險者風格的迷宮品，還是單純給了小利瑟爾會開心的東西？大概以上皆是吧。

即使身體縮小了，迷宮還是不願意為他準備像個冒險者的迷宮品……劫爾對於利瑟爾的命運感到一絲絲同情。

「可以看嗎？」

「收起來。」

「那我拿在手上……」

「不行。」

小利瑟爾一臉捨不得地望著他，劫爾只是默默低頭回望。利瑟爾勉為其難地把繪本收了起來。

「繪本遜斃了──」

「才不遜。」

剛才把整個上半身探進寶箱的伊雷文，這時忽然探出臉來。

「我的是劍！」

鏘鏘，伊雷文得意洋洋地展示他的戰利品，下一秒立刻被劫爾一把沒收。

乍看之下，那是把隨處可見的短劍。伊雷文邊抱怨邊朝他使出踢擊，劫爾制止他「不要踢」，從鞘裡拔出短劍一看，不出所料拔出了銳利的刀刃。

迷宮這次居然沒看場合行事嗎，劫爾咋舌一聲，一面打量著那把短劍，偶然間發現刀刃和握柄的交界處有一條縫隙。

「……」

他將指腹抵上刀刃尖端。

利瑟爾和伊雷文在他腳邊嚇得驚跳起來，劫爾隨便敷衍了他們兩句，就這麼往下一按。結果「叩」的一聲，刀身就這麼消失在劍柄裡了。而且外觀上明明是把無懈可擊的短劍，手指撫過刀刃卻完全不會被割傷，看得出它謎樣的高品質。

「……拿去。」

「要還我你一開始就不要沒收啊！笨蛋！」

迷宮太體貼了簡直令人毛骨悚然，還有，好寵小孩。

在不曉得第幾次的戰鬥當中。

兩個小朋友每一次做出各種好事都被制止，現在正乖乖待在圓圈裡面。他們旁觀劫爾應戰，有時候聊聊天，看起來悠然自在得不像身處於戰鬥之中。

他們這麼乖巧真是太好了，劫爾邊想邊斬殺了一隻蝙蝠。

「好痛！」

這時他忽然聽見小利瑟爾的聲音，連忙回過頭去。

魔物無從逼近，也沒有漏網之魚才對。回頭的同時他正要邁步往那裡走去，一看見眼前的光景，他不禁停下腳步。

「好痛，涅魯弗，放開我……劫爾、劫爾……」

「吵死了，笨蛋！」

雖然不知道事情怎麼會演變成這樣，但伊雷文正拉扯著利瑟爾的頭髮。一看就知道他沒有控制力道，利瑟爾不停喊痛，劫爾迅速殲滅了襲來的魔物介入阻止。

「喂，你在幹什麼，蠢貨。太過火了。」

到目前為止，小伊雷文的舉止或許有點粗魯，但他一直都保護著利瑟爾才對。

遇上魔物他會把利瑟爾擋在身後，會拉著利瑟爾走；在利瑟爾說不想戴手套，笨拙地試圖剝下手套的時候，伊雷文也會從旁幫忙。即使年紀還小，以伊雷文的個性也不可能會出手照顧自己討厭的傢伙，這點劫爾十分確信……那事情怎麼會變成這樣？

「你先放開他。」

劫爾跪了下來，抓住那隻緊扯著柔軟髮絲的手。

伊雷文猛力甩開他的手掌，同時放開了手，使得小利瑟爾踉蹌了幾步。劫爾不禁伸手扶住他的背，嬌小的身板憑他一隻手掌幾乎就能完全覆蓋。

伊雷文見狀露骨地皺起臉來。這小子到底哪裡看不順眼了？就在劫爾正要開口的時候……

「好痛……」

聽見細小的聲音，劫爾低頭看向小利瑟爾淺色的髮旋，看見他細軟的髮絲已經凌亂不堪。

或許是頭髮被拉扯的痛楚還沒消退，小小的手掌一直摩娑著自己的頭部。看見利瑟爾把頭髮又撥得更亂，劫爾帶著一點逃避現實的心態想著，某種意義上這還真是難得的光景啊。

這時候，小利瑟爾忽然抬起臉來。

蘊著些許水氣的大眼睛朝劫爾仰望過來，那雙手臂直直伸向他。

「劫爾……」

那雙眼睛彷彿認為這麼做是理所當然，從來沒想過會遭人拒絕，看得劫爾僵在原地。

劫爾一次也沒抱過幼童，所以來到這一層之後才從來沒有碰觸他。就連平時觸碰利瑟爾的時候他都小心控制著力道，現在這麼嬌小的身體，說不定一不小心就會被他碰壞。

「？」

劫爾勉強擺出準備伸出雙手的姿勢，沒有進一步動作，小利瑟爾偏了偏頭。這時，他直直伸向劫爾的手腕忽然從旁被使勁拉開。

「大叔不想理你啦，待在我旁邊不就好了！」

「涅魯弗，放開我的手，好痛……」

「為什麼要討厭我！」

雖說年紀幼小，伊雷文好歹也是獸人，力氣比同年的唯人更大。

但伊雷文自己並不明白這點。他在森林中長大，身邊沒有同年紀的孩子；即使是平時的伊雷文，想必也從來沒有思考過獸人與唯人之間的力氣差距吧。

「算了……！」

所以他以為利瑟爾喊痛是因為討厭他。

他確實因為一時生氣而扯了利瑟爾的頭髮，但現在明明就不是那樣，只是拉著他的手臂而已，利瑟爾卻想推開他。

「大笨蛋！」

原本被伊雷文拉住的那隻手反而被他推開，小利瑟爾差點往地上倒，劫爾連忙伸手接住他。利瑟爾從來沒有受過這種對待，在原地愣了一下，接著淚水逐漸盈滿眼眶。

閃動的眼睛彷彿隨時都要掉下淚來，小手顫抖著抓住劫爾的衣服。只能放棄抵抗了，劫爾嘆了口氣。

「劫爾……」

那道嗓音像在尋求依靠，劫爾實在無法拒絕，只得接受利瑟爾伸來的雙手，將他抱了起來。

比起應付小孩子，獨自一個人迎戰迷宮的頭目輕鬆太多了。感受著懷裡溫暖的體溫，劫爾感慨地這麼想。

「欸，你生氣了喔？」

伊雷文走在他腳邊，邊走邊抬頭朝這邊仰望過來。

小利瑟爾短短的手臂繞在劫爾的脖子上攀著，已經不哭了。看來他只是因為突如其來的粗暴對待受到打擊，身上早就不痛了，幾乎沒多久就停止了哭泣。

但利瑟爾還是沒有表現出想要下到地面的樣子，劫爾不曉得該怎麼辦，只好繼續抱著他。

「欸，我問你有沒有生氣啦。」

自己大剌剌做了讓人生氣的事，還敢光明正大地這麼問，真符合伊雷文的作風。劫爾本來覺得，假如趁這時候想點辦法，說不定有機會矯正伊雷文那種扭曲到極點的性格……但他現在已經這麼扭曲了，看來只是白費功夫。

正因如此，現在才會演變成這種局面嘛。

「喂，不要拿我出氣。」

「吵死了啦大叔。」

從剛才開始，伊雷文就拿著剛開到的假短劍拚命攻擊劫爾的腿。

而且他不是以那把短劍原本刺到東西刀刃就會縮回的方式攻擊，而是用不會壓回刀刃的側面啪啪啪往劫爾腿上打。雖然那把短劍不會割傷人，但這樣敲還是會痛；倒不如說痛覺非常微小，但很癢。儘管弱小無力，還是有辦法確實給對方造成傷害，令人感受到伊雷文某方面的才華。

「……生氣的明明是涅魯弗。」

利瑟爾挪動身體，低頭看向伊雷文。神情罕見地看起來有點賭氣。

「我哪有生氣。」

「有。」

「……沒有啦。」

「明明就有。」

伊雷文默默閉上嘴。

這時，劫爾察覺魔物接近的氣息，於是停下腳步，把匆忙動著小腳的伊雷文抱起來夾在腋下。伊雷文沒有抵抗。

下一秒，牆上便出現了無數蛇類魔物。劫爾把魔物踩死、踢飛的動作比平常更加和緩，在這期間，兩個幼童就像什麼事也沒發生一樣繼續他們的對話。

「我沒有生氣啦……只是有點煩而已。」

伊雷文低頭看著被踢死的蛇，喃喃這麼說。

這又沒有辦法，他在內心為自己辯解。自己的確無法像劫爾那樣戰鬥，但這種現狀不知為何卻令他非常焦躁不滿。自己應該也可以守護利瑟爾才對，可以為利瑟爾行動才對，他對此明明一無所知，潛意識當中卻再明白不過。

但是，實際上他什麼也做不了，也不可能加入戰鬥。這是當然的，卻又有什麼地方不對勁。在這時候，看見利瑟爾面帶微笑看著劫爾應戰的身影，他總覺得那雙眼睛應該也看著自己才對，因此才感到焦躁。

「……我不應該拉你的頭髮，對不起啦。」

打倒了所有魔物，劫爾面不改色地邁開腳步。

他盡可能把自己的存在感降到最低，聽見伊雷文道了歉，他默默心想，拜託事情就這樣解決吧。這時，懷裡的利瑟爾動了動身子，輕輕敲了敲他的肩膀。

這是叫他放他下去的意思？他屈膝將利瑟爾放下地面，利瑟爾便站到了仍然被劫爾攬在腋下的伊雷文面前。伊雷文見狀瞠大眼睛，心虛地緊抿著嘴唇，轉過臉別開視線。

「伊雷文。」

利瑟爾輕聲喚他。

「我沒有生氣。我也要跟你對不起。」

伊雷文霍地將臉轉回正面。

映入眼中的是利瑟爾不好意思的笑容，彷彿訴說著連伊雷文感受到的焦躁都令他高興。

伊雷文看了僵在原地，緊接著亂踢亂蹬地掙脫劫爾的手臂。然後他有點戰戰兢兢地伸出手，緊緊抱住眼前的利瑟爾。

兩個幼童心滿意足地對彼此露出開心的笑容，劫爾低頭看著這可愛的光景，嘆著氣心想：終於和好了啊。

一股彷彿從夢中醒來的感覺，利瑟爾眨了眨眼睛。

眼前是飄浮在半空中的水晶球，而且他不知為何被劫爾抱在懷裡。往旁邊一看，伊雷文也是同樣一副莫名其妙的表情。

腦海中最近的記憶，是理應奪去他們的某樣東西作為代價的藍色水晶球。但眼前的水晶球是紅色，碰了就能取回遭到奪取的代價。雖然不知道中間發生了什麼事，不過看來這一層是突破了。

「嗯……我們已經通過這一層了，對吧？」

利瑟爾偏著頭仰望劫爾，看見對方的神情不知為何顯得特別疲倦。

「發生什麼事了？」

「別問。」

「咦——我超想知道的欸！」

「別問。」

劫爾擺出這副態度就絕不會鬆口了。

他將利瑟爾放下地面，而利瑟爾僅確認過委託需要的東西還沒有收集到足夠數量，便不再追究，邁開腳步準備前往下一個階層。不曉得接下來被奪走的會是什麼代價呢？真期待。

伊雷文跟在利瑟爾身後，看起來好像相當好奇剛才發生了什麼事，一直纏著劫爾說我要聽、我要聽。

看見劫爾一臉麻煩地敷衍他的模樣，利瑟爾面露苦笑。雖然自己什麼也不記得，但劫爾為了突破這一層一定很努力吧，得好好慰勞他才行。他想著，出言制止伊雷文。

「不可以太無理取鬧哦，涅魯弗。」

「嗄?!」

「咦……」

這話明明是他自己說的，但利瑟爾還是不明就裡地停下腳步看向伊雷文。

伊雷文帶著發自內心的驚愕凝視著他，而劫爾不知為何使勁皺起了臉孔。

「不好意思，不知道為什麼自然就脫口而出……」

「唉唷，嚇我一跳。不要這樣故意嚇人啦，利瑟、爾……」

「咦？」

伊雷文僵在原地，利瑟爾也朝他看去。和剛才一樣，劫爾不知為何一臉知道內情的模樣，複雜的表情令人在意。

利瑟爾和伊雷文並不曉得剛才發生了什麼事，儘管心裡覺得不太對勁，但他們暫且還是沒再追究下去。或許人也是難免會有這種時候吧。毫無疑問是受到剛才通過的這個階層影響，不知道究竟發生了什麼事？

既然知情的劫爾絕口不談，那也沒辦法。他們在納悶中準備再度邁開步伐，這時候……

「啊，這麼說來……」

利瑟爾忽然停下腳步，回頭望向水晶球。

「使用完畢的水晶球，顏色好像有點──」

走在他身邊的劫爾朝他伸出手，手掌輕覆著他後腦，接著將利瑟爾攬近身邊，像在敦促他往前走：

「不是說過不要離開我……」

利瑟爾看向劫爾，伊雷文也看向劫爾。劫爾裝作沒注意到任何目光，放下手別過臉去。

就這樣，後來利瑟爾一行人也在偶爾表現出來的某些後遺症當中，順利收集了委託所需的物品……儘管每一次他們都感到有點疑惑。

83

位於王宮深處的半地下書庫，雖然光線幽暗，卻不可思議地不會令人感到沉悶。理應寬敞的空間裡塞滿了書櫃，不習慣的人或許會感受到些許壓迫感。唯有書庫中央敞開了一片空間，就像書櫃自行避開了那一帶似的。

在那塊空間的正中央，有什麼東西動了動。

那是個布團，由繡上了阿斯塔尼亞獨特刺繡的布料，層層疊疊堆成的布團。布料的縫隙間時不時露出穿戴著金色裝飾品的褐色手腳，表示布料底下有人。

「看吧，果然、成功通關、了呢……」

低沉富有磁性的嗓音孤零零落在書庫當中，是個男人的聲音。

帶著鎧王鮫返抵港口的冒險者隊伍——不必花多少工夫，他就能知道那是哪一個隊伍了。那個隊伍原本就引人注目，而且領取鎧王鮫的時候，他們還正大光明地在港口現身。男人知道他們無意引起眾人矚目，不過是採取一如往常的行動罷了。那些冒險者並未誇耀，也沒有掩藏。

「幸虧如此，才收集得到情報、但是……」

據說那個傳聞中的隊伍攻略了長久以來無人通關的「人魚公主洞窟」，自此他們更是成為話題焦點。通關傳聞甚至廣傳到冒險者的圈子之外，或許是因為那座迷宮的知名度與特異性質使然吧。

對於男人來說，這點程度的情報已經足夠。

他感興趣的，只有他們是否成功解讀了古代語言而已。假如答案是肯定的，男人對那些冒險者的興趣便是無窮無盡；假如是否定的，他會在轉瞬間失去所有的興趣。

「為什麼、他們成功通關、卻沒有主動回報……」

男人忽然感到疑惑。

據說是公會職員注意到通關紀錄，他們突破那座迷宮的消息才終於傳了開來。這一點也不像冒險者該有的作風，不過既然那些人能夠解讀古代語言，顯然就已經不像一般的冒險者了。

從傳聞中他們的性格和為人推論，這麼做也可能沒什麼特別的原因。嗯，男人在布團當中點了個頭。

「大概、不是獸人、也不是一刀，是剩下的那個人……」

街頭巷尾的傳聞都說那個冒險者可能是哪個國家的王族，雖然魔鳥騎兵團的隊長報告過了，說那只是毫無根據的謠言。

那個人好像收購了大量的書籍，據說也常常看見他在外頭讀書。既然如此，他肯定會對於藏書量在阿斯塔尼亞首屈一指的王宮書庫感興趣才對。

「如果是我、一定很感興趣……」

生活在書本環繞當中的男人理所當然地喃喃說道。他一邊翻過手中那本書的紙頁一邊思索，為什麼那個人沒有主動前來接觸的跡象？

那名冒險者不可能沒注意到男人通曉古代語言，也不可能沒注意到有個最接近破解迷宮暗號的王族。有實力的冒險者不會輕易放過建立王族人脈的機會才對，男人並不是自我意識過剩，只是既然有機會找到最頂級的金主，一般人的反應應該都差不多吧。

難得找到了鑽研同樣領域的人物，男人還想跟他談話呢。

「派人迎接，也不知道他們、願不願意來。」

男人發出了缺乏抑揚頓挫，彷彿朗讀劇本一樣的笑聲。

面對那位行動總是超出預期的冒險者，他還想再享受一下現在這種嘗試錯誤的樂趣，畢竟解明沒有結論的問題也是學者的本分。

在這之後，書庫當中僅剩下翻過書頁的細小聲響。

利瑟爾一個人悠悠哉哉地走在阿斯塔尼亞的街道上。

這是因為昨天完成委託、回到冒險者公會的時候，職員馬上攔住他問了一大堆關於「人魚公主洞窟」通關的問題。但是利瑟爾他們剛從迷宮回來，而且劫爾不知為何看起來格外疲倦，因此當時他回絕了職員詢問詳情的要求。利瑟爾今天再度前往公會就是為了談這件事。

利瑟爾自己原本希望等改天有空再說，但職員面目猙獰地死命拜託他說「求求你明天過來吧」。只是要詢問通關情形而已，所以利瑟爾一個人來就夠了。

利瑟爾毫不在意群眾的目光，一面享受著明朗的陽光和人群的喧囂一面往前走，很快就抵達了公會。

「嗯？」

映入他視野當中的公會與平時有些不同。

公會大門旁邊聚集了一群人，不曉得發生了什麼事？利瑟爾朝那裡走近，便聽到一道宏亮的年輕女聲：

「來喔快來看看喔！冒險者人人必備的必需品！便宜賣喔——！」

看來是專賣冒險者用品的商人。

至今從來沒有在這裡見過商人擺攤，應該是遊走各地的行商吧。也有不少商人會到各地進貨，在不同國家之間往來巡迴。

利瑟爾站在人群後方，從前面冒險者們的縫隙間窺探人牆內部的情形。地面上鋪著厚地毯，上頭擺放著商品。一名綁著金色雙馬尾、看上去相當活潑的少女坐在那裡跟冒險者們交談，面對形貌兇惡的冒險者一點也不退縮。

「大哥啊，你真有眼光！那可是難得一見的珍品，市面上很少看到喔！」

看得出少女的皮膚經過日曬，不過膚色仍然偏白，應該不是阿斯塔尼亞出身的人。利瑟爾邊想邊看著這一幕，這時前方的冒險者忽然回過頭來。

對方看見利瑟爾好像嚇了一跳，肩膀猛地抖了一下，接著往旁邊挪了一步，彷彿在說「您請便」。利瑟爾順水推舟地往前進了一步。

「嗯，打折？哪可能打什麼折啊別傻啦！去賺夠錢再來吧！」

但還是看不太到商品。冒險者們多半不是在排隊等著購買，只是來看熱鬧的，但利瑟爾自己也差不多，所以不好意思硬往前面擠。

先到公會把該談的事情談完再過來看看吧？利瑟爾這麼想著，正打算折返的瞬間，眼前的冒險者就露出和剛才那個人完全一模一樣的反應，讓他走到前面去了。

「喔，那東西先買起來準備好很方便喲！聽說那個知名的S階隊伍『喬亞斯』也在用！」

同樣的事情再重複兩次左右，利瑟爾不知為何就站在最前排了。

現在，他眼前只有蹲在地上物色商品的冒險者和擺攤的商人而已。多虧如此，商品看得很清楚，不過這樣好嗎？利瑟爾邊想邊回過頭，看見那些冒險者正在意義不明地彼此擊掌，彷彿覺得自己做了一件大事。

他們本人開心就好，利瑟爾將頭髮撥到耳後，重新低頭端詳商品。

「（書……應該是不可能有吧。啊，不過有些東西很有冒險者味呢……是迷宮品嗎？）」

為什麼自己總是開不到這種迷宮品呢？利瑟爾極其認真地這麼想著。這時候，前面那位冒險者跟商人少女談不到半毛錢的折扣，仍然聳聳肩買下了需要的東西，從利瑟爾面前退開了。

「謝謝惠顧啦！好了，接下來是哪位……」

少女目送那位客人離開，帶著滿足的笑容抬起臉，然後僵在原地。

面對面一看，商人並沒有年輕到足以稱作少女，但也尚未成熟到足以稱呼為女性，看起來不像能夠獨自遊走各國經商的人，應該是行商團的一員吧。

「這還真是！很少有冒險者以外的客人來我這邊光顧……但你看看啊，說不定會找到些有趣的東西嘛，慢慢逛喔——」

少女交疊雙手擺在臉頰邊，可愛地偏了偏頭。

利瑟爾從她閃亮的笑容裡看見了掩藏不住的期待，於是露出苦笑。商人明顯是把他當成了不知哪來的有錢人，只是到攤子上逛好玩的。

利瑟爾學著剛才那位冒險者在攤子前面蹲下，兩隻手肘撐在彎曲的膝蓋上，學著少女那樣交疊起雙手，然後把下巴擱在上頭。

對方滿臉無懈可擊的營業笑容，利瑟爾也跟著露出燦爛的微笑。

「我是冒險者。」

「……」

劈啪，少女完美的營業笑容裂了條縫。

「……騙人。」

「是真的。」

「如果你是冒險者，那咱也是冒險者啦。」

「我是冒險者呀。」

「騙人！」

少女雙手往地面一拍，彷彿在說誰會相信。也不必抗拒到這個地步吧，利瑟爾邊想邊拿出公會卡給她看。

看見那張卡片，少女搖搖晃晃地起身，接著就這麼往後跌坐在地毯上，仰望著天空說：

「世界真大啊……」

「是呀。」

聽見對方虛弱地這麼說，利瑟爾也點點頭同意。

雙方好像有點雞同鴨講，這是仍然在攤子旁圍觀的冒險者們的看法。他們漸漸習慣了利瑟爾的存在，已經習慣到足以同情那位商人少女，認為這也是一種過渡儀式了。
「哎呀算了，既然是冒險者，你就是咱的客人啦。多多為咱的攤子貢獻資金吧！」
這人講話真是毫不掩飾，利瑟爾笑著低頭看向那些商品。
從繩索等基本必需品到消耗品都有，把整個地攤擠得滿滿的，正要出發前往迷宮的冒險者看到這些東西，一定會想起「對了，這東西得先買起來才行」。
不過除了這些司空見慣的用品之外，還有許多利瑟爾沒見過的道具，不曉得是什麼用途？利瑟爾指著一個圓柱狀的東西問：
「這是什麼？」
「那還用問，當然是折疊式鐵鎚囉。每次去打石巨人都得跟公會租借解體用的鐵鎚成本太高啦！客人啊，要不要趁這個機會買一把自己的鐵鎚呀！」
「這個嘛，我確實是沒有鐵鎚，不過……」
直到現在利瑟爾才第一次知道解體石巨人必須使用鐵鎚。
沐浴在前後雙方無數道「你怎麼會不知道這種常識」的視線當中，利瑟爾一邊將原本摺疊收納著的鐵鎚柄又是拉長、又是收回，一邊乾脆地說：
「我們隊上有劫爾了。」
「有又怎樣!!那啥，新型鐵鎚的名稱嗎?!」
從來沒有客人用這種理由拒絕過，少女吶喊著把金色的頭髮甩得亂七八糟。一切都太莫名其妙，她喘著大氣抬起臉。
「搞什麼！幹嘛露出那種『居然聽不懂真是外行，我們一聽就懂了』的表情！擊什麼堂啦看得咱一肚子火！」

「咦？」

「不是你！是後面啦後面！」

利瑟爾一回頭，看見冒險者們一臉正經八百地不曉得在討論什麼。

他重新轉向前方，看見少女砰砰拍著地毯，好像在宣洩無處發洩的吐槽還是什麼情緒。看來這位商人深受冒險者喜愛，真是太好了，利瑟爾這麼想著，露出微笑問：

「那這是什麼呢？」

「啊，對了，現在還在做生意……那個啊，那是很珍奇的迷宮品喔，叫做夜視眼鏡。在一片漆黑的地方也能看得見前面的路，是超高性能的道具！」

「一片漆黑是多黑？」

「這個嘛，在沒有月亮的夜晚還能看得一清二楚，咱親自試過的！」

這屬於性能相當優秀的迷宮品，實際上肯定有許多人垂涎，利瑟爾在迷宮當中也屢次碰過不得不在黑暗中前進的狀況。

之所以留在攤子上還沒有賣掉，想必是因為它的價格也與性能成正比的關係。賈吉不在這裡，所以無從得知這個迷宮品的正式價值，但少女告知的售價比起其他商品明顯高了許多，所以少女才想把它推銷給看起來很有錢的顧客吧。

但就算戴起這副眼鏡，鏡片以外的範圍不是還是一樣黑嗎？利瑟爾這麼想著，將那副比想像中更輕的眼鏡放回木盒當中。

「但我們隊上有伊雷文了。」

「所以說那是誰啦!!」

少女說著，啪地用力拍響自己的膝蓋。要是什麼也沒買就離開，她好像會生氣呢，利瑟爾邊想邊打量著地毯上的商品。

但利瑟爾他們的隊伍不太會消耗那些消耗品，至於必需品，在離開王都出發的時候賈吉就為他們準備得一應俱全了，目前不缺任何東西。

買把鐵鎚幫忙解體好了？不，還是劫爾自己踢壞比較快。買買看夜視眼鏡好了？不，感覺伊雷文知道了會鬧彆扭。該怎麼辦才好呢？利瑟爾反覆思量。

就在這時，一旁的公會大門砰地一聲猛力打開，從門後現身的同樣是那位肌肉壯碩的公會職員。

「我還想說你好像來了，在裡面緊張地等著咧，你好歹也顧慮一下我的感受吧！辦理『人魚公主洞窟』通關證明這麼重要的大事之前，你為什麼在逛地攤啦!!」

職員講得都快哭了。

雖然讓職員等候很不好意思，但他們一開始就沒指定時間才對吧？利瑟爾疑惑地想道。幸好他沒有說出口，所以也沒有被職員吐槽「那不是重點」。

「……原來就是你喔!!」

「咦？」

職員沒吐槽他，倒是愣愣張著嘴巴的少女出聲吐槽了。

利瑟爾正要站起身，聞言重新轉向少女，只見她手忙腳亂地翻找著商品，然後猛地湊過來問：

「原來你就是最近大家都在討論的冒險者喔，為什麼不告訴我！」

「有人在討論嗎？」

「重點是那個喔……這給你！」

少女忽然把一個小布袋拋了過來。

利瑟爾來回看了看少女得意的笑臉和那個袋子，摸索著打開捆著的袋口一看，裡面裝著幾個圓形樹果，外殼看起來相當堅硬。

「這是？」

「緊急糧食，營養滿分、卡路里也滿分，是你探索迷宮可靠的好夥伴，也是減肥節食的大敵喲！」

「我在食物方面從來沒遇過什麼困擾……」

「你在說什麼啊，一般在迷宮三餐問題都很讓人困擾吧。算啦，就當迷宮通關紀念，你拿去吧！」

少女說著，朝他咧開得意的笑容。既然人家都說到這個分上了，利瑟爾便順從地收了下來。

想要專心讀書的時候應該很好用吧。他心裡想著這種劫爾聽了會大感無奈的事情，邁步走向公會。職員雙手扠腰等在那裡，利瑟爾依著他的招呼鑽進了公會大門。

「來喔來喔快來看喔——！這個緊急糧食，攻略了『人魚公主洞窟』的當紅隊伍也有準備喔！現在買大特價，五袋打九折喔，大伙快來挑挑看選選看啊!!」

真是不屈不撓的生意精神。聽見身後傳來充滿活力的吆喝，利瑟爾有趣地笑了。

為了配合王都歷史悠久的城區建築，王都的冒險者公會也是以類似風格打造。那裡的會客室氣派得讓人覺得甚至能夠接待國賓，實際上利瑟爾也是在那裡與雷伊見面，想必是打從一開始就設置了接待賓客用的空間。

現在，利瑟爾被帶到了阿斯塔尼亞冒險者公會的其中一間廳室。陽光從大窗照進來，偶爾有風吹進室內，是個不讓人太過拘謹、具有開放感的舒適空間。

這房間看來並不是接待賓客專用，不過給人一種經過打點、以備會客使用的印象。牆上裝飾著阿斯塔尼亞刺繡的美麗掛布，地上鋪著地毯，鞋子踩在上頭軟軟陷下的觸感十分舒適。

利瑟爾依著職員的敦促，在沙發上坐下。

「還讓公會特地準備會客室，這真是破格的待遇呢。」

「沒辦法，在那種地方也沒辦法好好談話啊。」

說到底這不過是個普通的情報提供而已，本來是可以直接在公會窗口解決的。但是公會職員卻準備了這個空間跟他談話。這時段待在公會的冒險者決不算多，不過公會大廳是不可能完全沒有半個冒險者的。

傳聞中的隊伍要說出那個傳聞的真相，冒險者們興奮難耐也是難免的吧。實際上，職員還在確認公會卡上的通關紀錄的時候，就已經有一堆冒險者湊過來吵著說讓我看、讓我看了。

「真是的，把他們踢飛還是會繼續湊過來……」

「說得也是，以那種情況也沒有辦法使用消音器吧。」

職員一屁股坐到對面的沙發上，利瑟爾說著朝他微微一笑。

從前在商業國，蕾菈使用過消音器進行談話。那是阻擋一定範圍內的聲音不往外洩漏的魔道具，雖然有指定的效果範圍，但其實可以自由出入。

「哦，原來你知道這東西啊？」

「在馬凱德的公會見過。」

「真是有錢的公會啊，消音器很貴喔。」

看來這裡並沒有消音器。

不愧是商業國的冒險者公會，他們還制定了迷宮參觀導覽這種獨特的賺錢策略呢。

「好了，那我們進入正題吧。」

「好的。」

職員交疊雙臂，繃緊神經嚴陣以待，利瑟爾面不改色地回望他。

「不過，我該從哪裡說起呢？」

本來冒險者是可以任意選擇是否要向公會提供情報的。

這只是因為至今為止，公會都沒有催促冒險者提供情報的必要。正因如此，利瑟爾才能掌握對話的主導權……雖說掌握了主導權他也不打算採取什麼行動，這不過是他的職業病而已。

「我想，應該已經過了公會質疑通關是否屬實的階段才對？」

「那當然，我們一點也沒懷疑！」

萬一招致奇怪的誤會就不好了，職員連忙否認。

這也是當然的，公會卡上的紀錄不會說謊，而最清楚這一點的就是公會職員了。

「我知道的。」

「不……是我反應過度啦。」

利瑟爾有趣地瞇起眼笑了。職員見狀安心地鬆了一口氣，緊接著視線又不知所措地四處飄移。

「呃，但是……對於我們阿斯塔尼亞的居民來說，『人魚公主洞窟』無法通關是理所當然的常識。不，應該說『本來』是常識才對吧。」

職員板著臉，語調帶著點歉意繼續說下去。

「並不是懷疑你們，只是老實說，還是覺得很難以置信。」

「也是呢。」

這麼想也不奇怪，利瑟爾點點頭。

理智上已經理解，但情感上還來不及完全接受，這種事也不罕見。這表示職員身為土生土長的阿斯塔尼亞國民，這次的消息對他來說就是如此令人震驚吧。

「但是這方面我也無能為力……」

「啊，不是，不是那個意思啦。」

這也只能靠當事人自己慢慢接受了，利瑟爾正要這麼說，職員便朝他搖了搖頭。職員坐立難安地晃動魁梧的身軀，視線四處飄移，躁動不安的模樣看起來像在尋找適合的措辭。

「多少也是有一點身為職員的義務在啦，但這次不是為了那麼拘謹死板的理由。那是真正從來沒有人通關的迷宮，直到幾天前沒有半個人看過最深層那扇門另一頭的景色，到了現在，全世界也只有三個人看過而已。雖然身為職員這麼說有點不夠格……」

他有點害羞地笑了，摸了摸自己的光頭。

「簡單說，就是我想聽而已啦。」

真是老實，利瑟爾悠然露出微笑。

公會多得是辦法可以找個理直氣壯的藉口從他口中問出情報，雖說冒險者可以自由決定提供情報與否，但也沒有條款規定公會必須保障這方面的自由。

沒有接受這種做法，一定是因為他是土生土長的阿斯塔尼亞冒險者公會職員，對於「人魚公主洞窟」有著深厚的感情吧。

「公會會發放情報提供獎金嗎？」

「會、會啊！」

情報提供的獎金由公會自行負擔，金額依據情報的重要程度、詳細程度而不同，不過這筆獎金只能讓冒險者賺點外快，不太可能僅靠它維生。

你看起來不太缺錢啊？儘管納悶地這麼想，職員還是察覺了利瑟爾這麼問的意思，於是使勁點點頭，拿出紙張、握好筆，彷彿在說事不宜遲趕快開始。

「那就從頭目說起吧。頭目的外型就像各位想像中一樣，是美麗的人魚公主……」

「喔！」

「是由水中元素精靈拼成的。」

「喔……」

職員的興奮程度顯著下滑。

雖然在一開頭稍微被潑了點冷水，情報提供仍然順利進行。職員平常聽慣了其他冒險者描述模糊、徒具氣勢的說明，因此利瑟爾掌握要點的詳盡說明其實讓職員內心相當感動。

「對了，魔物圖鑑裡也會附上圖畫，可以的話我想請你畫出頭目的長相……」

「這種事我不太擅長呢。」

「沒關係、沒關係，反正我們大多都會再重畫一遍。」

「嗯……」聽見職員的提議，利瑟爾低頭看向他推過來的那張紙。

利瑟爾也懂得分辨畫作的好壞，不過自己動手畫又是另一回事了。要他畫圖完全沒有問題，但假如問他最後的成品對於說明是否有幫助，那肯定是沒有。

「說起來有點令人意外，我們隊伍的另外兩個人感覺比較擅長畫圖。」

「哈哈，你說他們兩個啊。他們手很巧嗎？」

利瑟爾接過筆，面對那張全新的紙準備開始畫圖。

「不過說到底，那些傢伙從來不提供情報啊。一刀不曉得握有多少迷宮的情報咧。」

「我想劫爾應該已經連哪些是新情報都分不清楚了。」

「他進迷宮之前也不買地圖嘛。」

原來正常都會買嗎？事到如今利瑟爾才得知冒險者的這項常識。

忙了一陣子，利瑟爾專心致志地在紙上沙沙沙畫著圖，偶爾邊畫邊與職員交談。大約過了五分鐘，他在最後畫完了人魚手上拿著的三叉長槍，舉起紙張啪地展示在職員眼前。

「大概長這樣。」

「…………喔、喔。」

似乎差強人意。

「呃，不過你說明得非常清楚，靠著那些資訊就能畫出圖像了吧。比起這個，關於頭目的素材……」

而且這件事還被當作沒發生過。

有這麼慘不忍睹嗎？利瑟爾低下頭凝神打量自己畫的圖。確實還滿慘不忍睹的，但以前也有人跟他說過這種風格也很有特色呀。話雖如此，那是在原本的世界所發生的事，從地位上看來無法斷言這話沒有奉承成分在就是了。

「這個就給你們當作參考資料吧。」

算了，利瑟爾點點頭，將剛才畫的那幅畫交給職員。職員露出了有點一言難盡的表情，不過利瑟爾自己也不需要這幅畫，因此對他的反應視而不見，硬是塞給他了。

「素材有三種，分別是鱗片、元素精靈核心，還有縮小到人類使用尺寸的長槍。」

「有實品嗎？我想先決定素材收購的金額……」

「你會鑑定嗎？」

「只看得出它是便宜貨、高價貨，還是超高價貨而已啦。」

利瑟爾將鱗片和元素精靈核心各取出一個，擺在桌子上。

鱗片有許多枚，因此由三人平分。元素精靈核心有兩個，利瑟爾和伊雷文各拿一個；長槍只有一把，也只有劫爾能用，因此保管在他身上。

「……順帶一問，鱗片是你們自己剝下來的嗎？」

「不是。打倒頭目之後元素精靈的本體會溶解，就只剩下這些素材了。」
「這樣啊！」
「核心是從眼球的部分掉出來的哦。」
「這、這樣啊……」
人魚是阿斯塔尼亞國民長年憧憬的存在，真相卻有點令人不忍卒睹。
職員再次打起精神，盯著桌上的素材端詳了一陣子，一臉苦惱地沉吟了一會兒，接著放棄似地看向天花板。看來鑑定結束了，利瑟爾於是著手收起素材。
「我看得出這東西很厲害，但看不出厲害到什麼程度。假如有機會帶去店裡鑑定，跟我們說一下鑑定結果我會很高興的。」
「我知道了。」
他們持有這些素材並不是為了出售，所以也不確定會不會拿去鑑定，不過如果有機會的話……利瑟爾點點頭。職員似乎也覺得這樣就好，並沒有加以催促。
「還有最重要的一點，關於門扇的開啟方法……」
職員的表情忽然嚴肅了幾分。
矗立在迷宮最深層那扇巨大莊嚴的門扉，是長年以來阻礙冒險者通關的最大要因。門扉表面刻著不可思議的紋樣，至今從來沒有任何人能夠解讀，現在卻出現了首度攻略就成功達成這項創舉的人物。
對於公會而言，開門的方法比頭目情報更加重要，畢竟這件事甚至連王族也曾經介入一次。

「公會已經掌握了門上雕刻的紋樣，那應該就是暗號沒錯吧？」

「先讓我說句話。」

真相終於要揭露了嗎，職員心急地問道，利瑟爾卻以一個微笑制止了他。

「我可以問個問題嗎？」

「啊？好、好啊。」

「門上的紋樣會隨著進入迷宮的隊伍而改變嗎？」

迷宮內的機關會隨著時間與狀況千變萬化。

有些機關是每個隊伍共通的，也有些在相同隊伍每一次進入迷宮時都會改變。攻略上必須解開、難易度又高的機關，通常在離開迷宮之後也不會重置，這一次的門扉應該也屬於這一類。

既然如此，該確認的就是紋樣是否會隨著隊伍不同而改變了。換言之，從利瑟爾已經全盤理解暗號的角度看來，這麼問的意思就是：迷宮出給每一個隊伍的問題與答案是共通的嗎？

「說是這麼說，但能攻略到那裡的隊伍本身就很少了，而且又是在水裡……」

職員用拇指指腹沙沙摩娑著自己下巴上的鬍鬚，一邊沉吟。

「不過也有些傢伙在把紋樣照著畫下來的期間使用魔法陣反覆出入，可見同個隊伍看到的紋樣應該是固定的啦。從他們抄回來的東西判斷，每個隊伍看到的紋樣並沒有完全一樣。」

各方人馬就是利用他們描摹下來的這些資料，挑戰解讀這些暗號的吧。

利瑟爾尋思似地輕觸唇邊，看向一旁。職員帶著「怎麼了嗎」的眼神看著他，利瑟爾瞥了職員一眼，稍微偏了偏頭。

「那些筆記還在嗎？」

「嗯，公會在他們提供情報的時候買下來了。」

職員離開房間，回來時手上拿著幾組用木框和玻璃板裱起來的紙張。

在這之前，想必已經出現過不少抵達最深層、留下筆記的隊伍了，較為陳舊的紙張已經褪色得相當明顯。職員將那些筆記慎重排列在桌子上，利瑟爾將落到頰邊的頭髮撥到耳後，低著頭端詳那些紀錄。

「果然不一樣呢。」

儘管全都以相同型式繪成，但每一張紙上的紋樣都各不相同。

利瑟爾打量了那些紙張一陣子，接著忽然點了個頭，抬起臉來。

「我是不是也畫一下比較好呢？」

「不，圖已經夠了……」

「不是的，我說的是這個紋樣。」

利瑟爾伸手指著筆記說道，職員的視線在排列於桌上的紋樣和利瑟爾之間來回游移。

「但這種莫名其妙的東西，也不是想記就能記得起來……」

那些是全然陌生的紋樣，就連是圖形還是文字都無法辨別。眼見利瑟爾粲然一笑，職員不敢置信地將紙張遞了過去。

利瑟爾拿起放在桌上的筆，瞧也沒瞧桌上那些木框當中的紋樣一眼，便將筆尖落到紙上。筆尖毫不猶豫地滑過紙面，中途一次也沒有停下，不知不覺就逐漸填滿了全白的紙張。

這已經足以讓職員相信他解開了門扉的謎底。

「情報提供的獎金又要增加了呢。」

利瑟爾放下筆、挺直背脊，然後遞出了那張紙，看得職員瞠大雙眼。

「你真的解開暗號了……」

職員的嘴角泛起笑容。

「這麼一來，其他隊伍也能突破這道謎題通關啦……！」

「這就難說了。假如只是照樣模仿我所採取的方法，門是不會開啟的。」

利瑟爾露出苦笑，職員聽了詫異地蹙起眉頭。

這表情配上他肌肉壯碩的龐大身軀，壓迫感遽增到了異常的地步，利瑟爾卻帶著一貫平穩的神情，指向他手邊的紙張說：

「紋樣是一道問題，必須給出這道問題的回答才能開門。但是，每一個隊伍拿到的『問題』都不相同。」

「回答？這不是暗號嗎，那只要告訴我們解法……」

「回答也必須配合問題的型式才行，必要的是理解問題的內容。不過……」

利瑟爾說到這裡忽然打住。那雙紫晶色的眼瞳染上惡作劇般的笑意，接著他緩緩開口：

「我不喜歡多費一次工夫。」

「……什麼意思？」

職員放下手中的紙張，環抱起雙臂，沒多久又馬上把手臂放下，探身向前，緊緊交握的雙手放在腿間。

他完全不懂坐在眼前的利瑟爾究竟在想什麼。他切身體認到，這個看似沉穩、氣質溫煦的男子，其實是個完全無法捉摸的人。那雙溫柔的眼眸微微瞇起，深處彷彿有高貴之色若隱若現，沒來由地教人移不開目光。

「即使要我說明暗號的解法，除非是多少有所理解的人，否則相當困難。」

「啊？」

「對於這紋樣有所理解的人，以及有可能讓我多費一次工夫的人正好是同一位，我想應該正好才對？」

什麼意思？職員正想出聲這麼問，張開的嘴巴卻合不攏，他愕然看向利瑟爾。

說到底，利瑟爾這個人說他會「多費一次工夫」就已經啟人疑竇了。不論是誰去請教他暗號解法，直接視而不見不就得了？利瑟爾這麼自由奔放的男人明明辦得到這點，卻說得好像到時會難以拒絕似的。

過去，有個人曾經挑戰這道謎題，來到了最接近真相的位置；那個人抵達了眾多推測當中最合理的結論，證明了這道謎題的紋樣是樂譜，而他正是這個國家的其中一位王族。

「你……該不會……」

「啊，這麼說容易引起誤會呢。我並沒有要求公會替我牽線的意思。」

利瑟爾不以為意地補充道，職員一聽也像洩了氣似地放鬆了緊繃的肩膀。

「假如有這方面的需要，請公會那邊自行做好準備，我想說的只是這樣而已。」

利瑟爾露出溫煦的微笑這麼說，聽得職員顏面抽搐。

這句話的意思也就表示，公會得為了自己單方面的要求，向王族與利瑟爾雙方請求協助。利瑟爾真的只是不想多費工夫嗎，還是想省下結識王族的麻煩？是真的想找個輕鬆的對象說明暗號解法，還是打從一開始就不打算說明？

利瑟爾看起來實在不像想要攀附王族的人，這點又使得職員更加混亂了。

「看來這麼說讓你相當苦惱呢。」

「那當然啊……！」

對於冒險者公會而言，這是不惜一切也想要獲知的情報。

但一旦牽扯到王族，這就不是一介職員能夠輕易決定的問題了，職員抱著頭苦惱不已。看來他已經無暇處理情報提供事宜了，利瑟爾見狀有趣地笑著站起身來。

「看公會怎麼決定，我個人都無所謂。有什麼確定事項再麻煩通知我囉。」

「咦，呃，好……不對你等等！」

聽見職員叫住他，利瑟爾停下了正要折返的腳步。

但職員只是在混亂之中急忙出聲而已，攔下他之後也說不出話，最後頹喪無力地舉起手表示沒什麼，於是利瑟爾就這麼走出門外。

走在公會的走道上，利瑟爾側耳傾聽背後傳來的破門聲、大吼著呼喚公會長的粗獷嗓音，還有咚咚咚跑遠的腳步聲。

「（時間晚了呢。）」

薄雲遮掩了月光，利瑟爾倚仗著家家戶戶點起的燈火走在街上。

離開公會之後他跟商人少女聊了一下，逛了幾間書店，又偶然遇見先前對他們多所關照的漁夫，接受漁夫的邀請一起吃了晚餐，因此現在已經到了太陽完全下山的時間。

這裡沒有街燈，比王都的夜晚更加昏暗。每經過一扇點著燈火的窗子，屋內各式各樣的聲音便隨之接近，然後又逐漸遠離。街道上寂靜無聲，和牆內的光景宛如兩個世界。

人跡稀少，在某些地方甚至必須接近到幾步之內，才看得見擦肩而過的人長什麼模樣。如果是現在這種時候，自己或許感覺得到氣息吧？就在利瑟爾這麼想的時候……

「你走路看哪裡啊，混帳東西！」

「啊，不好意思。」

下一秒就差點撞到從小巷走出來的人，利瑟爾立刻撤回了他剛才的想法。成為一流冒險者的道路實在相當艱險。

「你有沒有受傷？」

「呃，喔……是沒有啦……」

看見利瑟爾關心的微笑，男人一時間沒了氣勢。

從打扮看來男人應該是在港口工作的作業員，臉色發紅，腳步不穩，不曉得是不是喝了酒的關係。每天裝卸貨物的身體強壯魁梧，男人不客氣地低頭看著利瑟爾，接著嘴唇勾起扭曲的笑。

「喂，小哥，老子有事找你商量。老子酒還喝不夠咧，但沒錢啦。」

「那麼今天就先忍耐一下，等明天再喝吧，辛勤工作之後嘗到的酒一定很美味的。那我走了。」

好像什麼事也沒發生似的，利瑟爾就這麼轉身離開。

在他身後，男人愣在原地，不知為何覺得這話很有道理，他聽了甚至還有點期待起明天了呢。但這樣沒問題嗎？他自問。

這麼簡單就被一個小白臉說服沒問題嗎？也沒什麼問題吧……不對，問題大了。完全浸在醉意當中的思緒兜了一圈，最後又回到原處，對於這男人來說成了最大的不幸。

「喂混帳給我等一下！你敢瞧不起……」

「再糾纏那個人我會讓你消失喔。」

那是一道融入夜色當中的嗓音，同時「鏗」地一聲彈開金屬的聲音響起。

聽見耳熟的聲音，利瑟爾回過頭，看見男人從身後被掩住嘴巴，一把小刀抵著他繞在脖子上的識別牌。

刀刃尖端壓在識別牌上，陷進男人曬得黝黑的頸肉，一旦男人稍加輕舉妄動馬上就會割破他的喉嚨。但即使在這種狀況下，利瑟爾看著的仍然不是面臨生命危險的那個人。

「好久不見了，精銳先生。」

利瑟爾凝視著男人身後那雙遮擋在長瀏海底下的眼睛，柔聲打了招呼。

「你今天剛到嗎？」

「沒啦，稍早以前就到了，之前在玩。」

「那太好了。」

伊雷文原先率領的盜賊團當中，由於實力優秀而倖存下來的人物。

在伊雷文口中他們只是群瘋子，道理從來沒有辦法說動他們，是群扭曲到了極點的存在。若非透過伊雷文，利瑟爾也從來不會單方面麻煩他們去辦什麼事。

因為只要那些精銳盜賊一時轉心動念，下個瞬間被割裂喉嚨的說不定就是利瑟爾自己了。

「請放開他吧。」

所以，利瑟爾露出苦笑。

言外透露出精銳盜賊想怎麼做都無妨的意思，即使割裂男人的喉嚨，他也沒有意見。無論如何，對於眼前這位精銳盜賊而言，這都不過是用來打招呼的玩笑罷了。

接著，利瑟爾將視線轉向仍然被刀尖抵著的男人。

「你也是，找冒險者的麻煩不好哦。」

掩住他嘴巴的手和小刀一塊放開了，男人腿軟似地跌坐在地。

利瑟爾沒有攙扶他，反而朝著正準備離開的精銳盜賊招了招手。精銳見狀頓時停下動作，然後放棄似地走向利瑟爾。與跌坐在地的男人錯身而過的瞬間，精銳盜賊瞥了他一眼。

只消這一眼便瞧得男人臉色發青，背脊顫抖，精銳盜賊見狀撇嘴露出扭曲的笑容。利瑟爾已經邁步往前走，沒看見他們兩人的神情。

「你見過伊雷文了嗎？」

「不，還沒。」

「這樣好嗎？」

男人留在原地，茫然目送二人的背影走遠。

教人打心底發寒的恐懼使得他渾身發抖了一會兒，這時他忽然將剛才那張高潔的臉龐和「冒險者」一詞連結在一起，內心深感疑惑。恐懼感被這件事驅趕到腦海一隅，多虧如此他才能默默站起身來，好像沒事一樣踏上歸途。

84

到了夜空中遊蕩的雲朵逐漸散去，月光從窗口照進室內的時候。

利瑟爾坐在自己旅店房間的床鋪上，翻閱著書本，身旁有個光球散發著柔和的光輝，彷彿囚禁著月光般照亮了他手邊的空間。這是他用魔力點起的光源。

窗戶保持敞開，外頭已經聽不見任何人聲，只有不知森林還是哪裡的野獸叫聲從遠處傳來。凝神細聽，說不定連樹葉摩擦的沙沙聲都能聽見。

利瑟爾悠然度過如此寧靜的夜晚時光，沉浸在書本的世界當中。不必特別意識到儀態，他的背脊依然凜然挺直，不過此刻略微放鬆了一些，程度細微得只有他本人才能察覺。

「手。」

這時，忽然有人拉了他的袖子一下。

利瑟爾從書本的世界中浮起意識往那邊看去，看見那隻從身後伸來的手把襯衫稍微拉出了點縐褶。視線往旁邊不遠處一看，他發現書頁的邊角微微向內側捲起來了。

壞習慣又犯了，利瑟爾露出苦笑，誇獎似地握了握捉著他袖子的指尖。骨節分明的手指心滿意足地勾纏上利瑟爾的小指，接著才抽開手。

「謝謝你，伊雷文。」

「嗯——」

隨興躺在利瑟爾身後，佔領了大半床面的伊雷文翻了個身面向上方，朝他淺淺一笑。

說到底，利瑟爾之所以沒坐在桌前，而是坐在床上讀書，原因正是出在伊雷文身上。他晃進利瑟爾房間之後一臉理所當然地佔據了床鋪，開始在上頭滾來滾去，過沒多久就拍著床鋪要利瑟爾快點過來。

後來兩人談論著去了地下賭場之類的話題，或許是不滿利瑟爾有點太過專注於書本的緣故，伊雷文保持著仰躺的姿勢，扭動身體在床單上移動過來，鬧著玩似地再次抓住了他剛剛才放開的那隻手。

「這次啊，隊長的行動好像很明顯喔？」

「會嗎？」

「會啦。」

伊雷文將他抓住的手掌按到臉頰的鱗片上，磨蹭著那隻手仰望利瑟爾。

像在推量對方的意圖，不漏掉任何一舉一動。但即使如此，從利瑟爾沉穩的表情當中他仍然讀不出任何訊息。

無論聽利瑟爾轉述在公會發生的事、還是最近利瑟爾的行動，伊雷文都感覺得出他非常露骨地想與那個身為學者、同時也是王族的人物搭上線。看在一個知曉利瑟爾平時作風的人眼中，他這次做得實在太顯而易見了。

而伊雷文並不樂見如此。

「你就這麼想見他喔？」

若是平時的利瑟爾，管他是王族還是什麼人，只要他想見面，一定有辦法讓對方主動過來見他，而且會輕而易舉地達成這個目的。不難想見利瑟爾聽他這麼說，一定會苦笑著說是他太過抬舉，所以伊雷文並不會說出口，但他心裡確信不疑。

伊雷文確實聽說過利瑟爾先前是為君王效命的貴族，而他從來沒懷疑過。

「當然想見囉。」

淡然的聲嗓落了下來，同時伊雷文感受到利瑟爾溫柔地按壓他臉頰上的鱗片。

指尖一枚一枚緩緩摹畫過鱗片的觸感相當舒服。本來蛇族獸人是不喜歡讓人觸碰鱗片的，伊雷文也一樣，唯有利瑟爾是他的例外。即使並非如此，看利瑟爾這麼喜歡鱗片摸起來的觸感，伊雷文也願意為了他忍耐，所以他也比誰都明白自己有多無可救藥。

手指滑過肌膚與鱗片交界處的感覺有點癢，伊雷文不禁震動喉頭笑出聲來。

「解讀古代語言也花了我將近十年，知道有人一樣努力從事這方面的研究，我是真的很高興。」

「哇靠，要花那麼久喔？」

「我的情況還算好的，手邊還有『樂譜是一封信』這道線索。能夠從零開始發現那其實是一種語言的人真的很厲害。」

即使有了現存的樂譜、即使有傳說指出那是一封信，換作是伊雷文聽了也只會說聲「是喔」，並不會覺得它真的是一種語言。利瑟爾在誰也不會存疑的狀況下產生了解讀這種語言的想法，伊雷文也覺得他已經足夠不簡單了。

「喔……」

伊雷文喃喃應了一聲，目送利瑟爾的手從他頰邊離開。

他從仰躺換成俯臥的姿勢，依然毫不掩飾不服氣的神色抬眼仰望，利瑟爾便撥開了蓋著他眼睛的瀏海，好像在敦促他繼續說下去。
「我還是不喜歡這樣。」
伊雷文明顯表露出自己的不快。還真難得，利瑟爾紫晶色的眼眸染上笑意。
利瑟爾的指背安慰似地撫過他眼角，伊雷文的心情因此稍微恢復了一些，不過他把這樣的自己藏在心底，表面上仍然擺出眉頭微蹙的表情。
「這樣不是會有人覺得隊長不惜利用公會也要跟那傢伙見面嗎，感覺超討厭的。」
要是對方產生了這樣的誤會，又或者對方是視這種態度為理所當然的那種人呢？
光想就有一股煩躁感湧上心頭，伊雷文將擱在手臂上的臉埋進床單裡。即使透過布料吸收，他咋舌的聲音似乎還是傳入了利瑟爾耳中，利瑟爾的手覆上他後腦，梳著那頭紅色的長髮。
「我想見他是事實呀。」
「我不是那個意思啦……」
「我知道。」
利瑟爾對於細微的情緒變化相當敏銳，不可能沒察覺伊雷文想說什麼。在這段有如文字遊戲的對話之後，伊雷文緩緩抬起臉。
「事情一定不會演變成你討厭的那種狀況的。」利瑟爾說。
「你怎麼知道？」
「因為王族的成員無論做了什麼都容易流傳開來呀。還有這個。」
利瑟爾立起他擺在大腿上的書本，只差沒配上「鏘鏘」的音效，伊雷文見狀心想「又來了」。有種似曾相識的感覺，他邊想邊撐著手肘支起上半身，湊過去看書上的內容。

「離開『人魚公主洞窟』之後我稍微找了一下，找到了幾本。」

從對話的上下文看來，這應該是那個王族的著作吧。

伊雷文完全無法理解書中的詳細內容，但看起來似乎是什麼東西的研究著作。明明是個王族還玩這種學者的扮家家酒，還真是好事的傢伙，伊雷文興趣缺缺地打量著那本書這麼想。利瑟爾見狀，開口為他做了簡略的說明：

「『作者對某問題很好奇於是做了假設，結果最後發現假設與事實一致』，這就是這本書大致上的內容。」

「超隨興的啦。」

該說不愧是阿斯塔尼亞的王族嗎？

「當然，書中也正式證明了這個理論。不過文體雖然沉靜，書寫方式卻有點好戰呢。」

「意思是他可能會找你吵架喔？」

「不是，比較像是好奇心重於辯論的感覺。」

「啊——」

這不過是猜測，所以只能加減做為參考而已——雖然利瑟爾這麼說，但可信度相當高。

換言之，那個王族不會是因為自尊受損而跑來找利瑟爾麻煩的那種人，假如他有意與利瑟爾見面，那一定是出於興趣。至於那是對於古代語言的興趣，還是對於成功解讀了古代語言的人感興趣，又或者兩者皆是，伊雷文就無從得知了。

「難怪對方沒有理由拒絕。」

「謁見王族的麻煩手續也不少，既然如此還是輕鬆的方法比較好吧？」
「所以你才會利用公會喔。」
原來如此，伊雷文恍然大悟似地點點頭，終於明白了利瑟爾這次行動如此明顯的原因。即使對方有意會面，謁見深居王宮的王族必得經歷一番費事的過程。但這一次，利瑟爾只要說句「那我們見個面好了」，公會就會代他處理好所有手續，接下來他只要優閒地等人通知就好。
「公會真的會行動喔？」
「我想會的。」
利瑟爾伸手翻頁，準備繼續看書，伊雷文見狀卻將自己的手插進縫隙之間，指尖撥弄著他的手打發無聊時間，似乎在叫他繼續把注意力集中在自己身上。
「為啥？」
「公會和國家本身，在立場上無論如何都會演變成彼此互不干涉的態度對吧？很難建立起明確的合作關係。」
「確實是啦，聽說不管在哪個國家這方面都滿多麻煩的。」
「接下來就看公會長的溝通手腕囉。」
利瑟爾有趣地露出微笑，伊雷文想起了王都的冒險者公會。
據說在王都的冒險者公會，是由公會長巧妙在各方勢力之間斡旋。王都公會長與雷伊也有交情，即使並非隸屬於國家，公會仍然與掌權者維持著友好的關係。
至於阿斯塔尼亞，該說是民族性使然嗎？在檯面下策動陰謀的那種人物並不是全然沒有，但也不多見。公會與國家的關係不差，甚至有傳聞說公會長與前任國王有私交。

「如果接觸沒有問題，接下來就是公會與王族建立起半永久合作關係的好機會了。至少在現任國王這一代，除非發生什麼大事，否則我想也足以避免雙方關係惡化了。」

「嗄，什麼意思？」

「只憑公會的力量，從頭開始習得古代語言是有困難的，而目前能夠迅速學會古代語言的人物是王族一員。從今以後，凡是有冒險者想要開啟那扇門，都必須借助那位王族的力量對吧？」

這麼一來，公會只會單方面欠下王族恩情而已吧？伊雷文才剛這麼想，又立刻否定了。假如真是這樣，公會只要拒絕這次利瑟爾的提議就行了。

但如此一來，通關「人魚公主洞窟」將成為天方夜譚。另一方面，現在有人成功通關這座迷宮的消息已經傳遍全國，無人不知、無人不曉，早已無法回到這座迷宮理所當然無法攻略的那個時候了。慷慨又豪氣的阿斯塔尼亞國民，對於這件事會有什麼感受？

『來自其他地方的冒險者辦得到，阿斯塔尼亞的人民卻辦不到，太丟臉啦！』

彷彿可以想見他們不自卑也不自嘲，抬頭挺胸這麼說的模樣。

正因如此，他們必須要取得打開最後那扇門的方法。除了接受利瑟爾的提議之外，公會並沒有其他辦法能獲取開門手段，而這點王族也一樣。

這不僅是為了守護人民的尊嚴，同時也是因為他們的王族抱有同樣的驕傲，甚至比人民更加強烈，因此才堪為王族。

「也就是說這是對等的合作關係囉。有辦法輕鬆準備這種條件，該說真不愧是隊長嗎……」

在極力避免雙方權力介入的前提下得以成立的合作關係，實在是太理想了。

伊雷文完全恢復了原本的好心情，眼裡蘊著笑意拉近利瑟爾握在他手中的手指，湊近唇畔張開嘴。唇間隱約露出銳利的獠牙，他緩緩咬上利瑟爾勻稱的指尖。

牙齒以不致疼痛的力道輕輕啃咬，這完全就是撒嬌的輕咬。在獨處的時候，伊雷文常常像這樣毫不客氣地向他撒嬌。

「真是的，這樣我很難看書呢。」

「嗯——」

利瑟爾若無其事地重新以單手拿好書本，伊雷文這次也不以為意。

對於獸人來說，這並不是特別罕見的肢體接觸……不過考量到伊雷文連對父母都沒這樣撒嬌過，在他而言可說是相當罕見的行為吧。

「啊，話說回來，精銳盜賊他們也抵達了呢。」

「啥，你見過了喔？哪一個啊？」

「以前也見過的那位，留著長瀏海的。」

「啊——你說那個裝作正常人的傢伙喔。前幾天我也看到那個被害妄想很嚴重的在酒館大鬧，所以是知道他們已經到了啦。」

雖說是酒館，那可是龍蛇雜處的地下酒館。

伊雷文原想去看看有沒有什麼好玩的，結果一進去就看到熟面孔正一邊哭天搶地一邊把一個陌生人用小刀釘在牆上。全場都是鐵鏽般的臭味，又吵又煩，伊雷文立刻就出了酒館，所以不知道事情後來怎麼了。
他完全不在乎對方是否注意到了自己，不過既然精銳盜賊主動接觸利瑟爾，就代表還有意願為他們所用吧。儘管覺得那些瘋子無可救藥，但反正使喚起來很方便，這樣也好。伊雷文想著，放開了口中啃咬的指頭。
「他告訴我，已經可以找他們辦事囉。好像是來打招呼的。」
「明明不懂啥禮儀，居然可以做到這樣喔？」
利瑟爾開始沉浸於書本當中，伊雷文在他身邊說著，嘲弄地笑了。

在那之後過了幾天，三人久違地一同前往公會。
在冒險者當中，利瑟爾他們接受委託的頻率算是低的。一方面因為他們不急需用錢，有時候是為了等待委託更替，有時候只是因為當時的心情不太想接委託。
到了昨晚，公會職員終於受不了他們三人這種作風，跑到旅店來拜訪，告訴他們一切已經準備就緒。順帶一提，旅店主人聽到肌肉壯碩的職員叫他叫利瑟爾出來，嚇得魂都飛了，而且不巧當時三人都出去了。職員那句「我在這裡等到他們回來」聽得旅店主人傻在原地。
「魔力聚積地越來越靠近這邊了欸，隊長你還好嗎？」
「到了晚上總覺得皮膚容易敏感呢。跟風向也有關係，這也沒辦法。」
「濃度不像魔礦國那麼高，還算好吧。」
「那邊真的很驚人呢。」
三人的神態看起來一如往常。

實際上他們也一點都不緊張，但這種態度與現狀相當矛盾，畢竟他們不可能不知道此刻前往公會的目的。

劫爾打開了公會的大門。三人一踏入室內，整個空間已經籠罩著前所未有的緊張感。原本應該坐在櫃檯另一側的職員來到了櫃檯前方，雙手扠腰氣勢洶洶地站著，魔鳥騎兵團副隊長納赫斯站在他身前，回過頭來看向利瑟爾他們。

其他冒險者們完全不清楚內情，但想必也注意到氣氛不同於以往，因此嘰嘰喳喳地猜測待會會發生什麼事。看見三人的身影，眾人察覺位在騷動中央的人物現身了，紛紛投以好奇的眼光。

「是由副隊長先生過來呀？」

沉穩的嗓音，破壞了一觸即發的氣氛。

聽見利瑟爾日常閒聊般的語氣，納赫斯頹喪地垂下肩膀，總覺得頭也痛了起來。他使勁揉了揉太陽穴。

「因為我見過你們，其他人說這樣正好，就派我過來了……我早就覺得你們遲早會鬧出大事啊。」

「這樣聽起來好像我做了什麼壞事一樣呢。」

「哎，算了。」

納赫斯先為了迷宮通關一事向他們道賀，接著邊說邊遞出一冊書本。

利瑟爾的視線追隨著那本書移動，劫爾和伊雷文側眼打量著這一幕。這是本足以挑起利瑟爾興趣的書，也就代表對方是在書本匱乏的阿斯塔尼亞還有能力準備這種東西的人物。

那本書的封面上繪著眼熟的花紋，酷似「人魚公主洞窟」最底層那道門扉上刻著的紋樣。公會職員也交疊雙臂，一臉驚愕，似乎沒想到還有這種書。

「這是送我的嗎？」

「不是。」

利瑟爾接過那本書，翻到背面不曉得確認著什麼。納赫斯顯得有點欲言又止。

「……上面交代我，如果你看得懂這本書，就帶你進王宮。」

劫爾和伊雷文微微蹙起眉頭。

同一時間，兩人周遭的氣場也隱約凌厲了些。對方想見利瑟爾，居然還要先測試過才放行？面對兩人投來的視線，納赫斯嘴角抽搐，連忙搖搖頭表示不是這麼回事。

幸好利瑟爾本人看起來不以為意，算是他唯一的救贖了吧。若是利瑟爾因此感到不快，劫爾他們就不會只是表達不悅而已了。

「嗯……」

該怎麼辦呢？利瑟爾低頭看著陳舊的封面沉吟。

這想必是遠古年代的書本，皮革製成的封面已經褪色，不過沒有破損鬆脫的情形，上頭描繪的金色紋樣也沒有磨損，能夠清楚判讀。

利瑟爾以指腹輕輕掀起封面，稍微看了看內頁，卻立刻又闔上書本。下一瞬間，寂靜完全籠罩了整間公會。

「請轉告對方，我無法閱讀。」

聽見利瑟爾伴著微笑道出否定答案，納赫斯和職員都一時語塞。

這並不是因為他們像周遭冒險者那樣無法理解談話內容，而是因為他們兩人都以為利瑟爾肯定看得懂；即使這些紋樣在這個國家沒有任何人能夠解讀，但換作是利瑟爾理當看得懂才對，因此他們驚得說不出話來。

「哦？」劫爾說。

「那要接委託嗎？」伊雷文問。

劫爾他們一副有點意外的樣子，不過既然利瑟爾說看不懂，那就是看不懂吧，他們並不在意。一方面也是因為利瑟爾看起來並不是特別惋惜，想必是錯過了這一次機會，他也還有其他辦法吧。

「喂，你說無法閱讀是什麼意思！」

「就是字面上的意思。」

「我也完全看不懂這些圖案啦，但這跟那扇門上畫的是同一種東西吧?!」

職員焦急地拉高了音量。

這也是當然的。為了建立王族與公會之間的合作關係，公會已經持續張羅了好幾天，事到如今冒險者卻說「果然還是沒辦法」實在太教人難堪了。

「怎麼了，身體不舒服嗎？我想你應該看得懂才對啊……」

納赫斯反而擔心起來。

他接過利瑟爾遞來的書本，帶著詫異的表情打量利瑟爾，眼中流露出些許擔憂色彩。

「是這種像測試一樣的說法讓你不高興嗎？那並不是殿下……不是這本書的持有者所提出的要求。是因為我們頑固的王宮侍衛長堅持說，要放冒險者進入王宮深處就一定得經過嚴謹的證明……」

「那是當然的。」

利瑟爾乾脆地點頭應道，聽得納赫斯愣怔地眨了一下眼睛。

「這次的事情，應該沒有惹那位王族不高興吧？」

「嗯，聽說立刻就批准了，雖然出借書本的時候好像遲疑了很久。」

「那太好了。」

畢竟他也沒有想見對方想到在對方不情願的狀況下還要堅持見面，利瑟爾這麼想著，露出微笑。

既然如此，為什麼還說看不懂？職員和納赫斯見狀再次開口。

「你真的沒辦法讀嗎！」

「沒辦法。」

職員高聲問道，利瑟爾也斷然回答。

「無論如何都沒辦法？」

「是的。」

納赫斯這麼問道，利瑟爾也點點頭。

看見這段互動，周遭群眾面面相覷，好奇這到底是怎麼回事。先不論對話當中出現了王宮、王族這些驚人的詞語，為什麼如此執拗地要利瑟爾讀一本書呢？

也有極少數人聯想到他們通關了「人魚公主洞窟」的事，心想這段對話該不會與攻略有關吧，但看在大多數人眼中仍然只是兩個大男人強迫利瑟爾讀書的奇妙畫面。

「雖然你們要我讀，但是……」

沐浴在眾多視線當中，利瑟爾狀似為難地收起下顎。

那雙紫水晶般的眼睛直勾勾看著他們，一股不可思議的坐立難安之感使得職員說不出話來，納赫斯則是慌張地探出身子，想著是不是太強人所難了。

但是……兩人正要開口這麼說，下一秒聽見利瑟爾說出的下半句話，又閉上了剛張開的嘴巴。

「擅自閱讀女性的日記，實在有點……」

納赫斯和職員的視線雙雙落到那本書上。沉默數秒。

他們就這麼面無表情地看了看利瑟爾，緊接著又猛然看向那本書。同一時間，冒險者們震耳欲聾的「變態」鼓譟聲在整間公會內炸了開來。

強迫人家念別人的日記，而且還是女性的日記，這是什麼瘋狂的變態行徑啊！不明白內情的冒險者只這麼覺得。而且遭到強迫的那個人氣質還如此高潔，怎麼看都與偷窺別人日記這種卑鄙的行為無緣。

罵他們「變態」的鼓譟有一半是開玩笑，換言之有一半是真心的譴責。

「不、不是啦，喂你們聽我說！事情不是那樣……給我聽話啊你們這些傢伙!!」

「回去了。」

「哎唷，我們隊長被公會還有騎兵團性騷擾了啦——」

「不是吧，你們也知道不是這個意思啊，喂！你們看當事人！看他那個笑容！喂不要偷笑！為什麼你們總是這樣……！」

利瑟爾也沒有說謊，因此場面才更加難以收拾。
三人望著他們兩人拚死辯解，一邊悠哉地討論不曉得什麼時候能夠出發。
「真是的……為什麼你們不管做什麼都沒辦法老老實實開始啊？」
「我們現在很老實地跟在你後面啊。」伊雷文說。
「那是現在。」
公會那陣騷動平靜下來之後，納赫斯重新確認過利瑟爾是否看得懂那本書上的文字，按照計畫帶領利瑟爾一行人來到王宮。
白色外牆的王宮從遠處就能望見，來到近處才發現它佔地有多麼廣闊，穿過城門之後還得走一段時間才能抵達王宮建築。偶爾有衛兵和文官打扮的人物與他們一行人擦肩而過，總會回頭多看他們一眼。
這座王宮與藍天十分相稱，利瑟爾瞇起眼心想。考量他在原本世界的地位，這種場所對他來說沒什麼稀奇，劫爾和伊雷文也毫不緊張，因此才會吸引眾人的目光吧。
「我是希望你們多少有點緊張感……」
但早就知道他們的作風了，納赫斯嘆了口氣，在不造成妨礙的範圍內為他們解說王宮內部的設施。
「那是魔鳥的廄舍，有見習騎兵負責照料。不過當然，基本上我們都會親自照顧自己的搭檔。」
「魔鳥的飼料是在那邊準備的。我們會收購賣不出去的魚或肉，也會外出打獵喔。」

「那裡就是魔鳥的訓練場。話是這麼說，不過魔鳥最有活力的還是在空中飛行的時候，所以訓練場幾乎都是我們騎兵在用。」

「看得到窗外有魔鳥在飛吧，那是為了訓練牠們遵從指示行動，刻意在不騎乘的狀況下放牠們飛行喔。」

他還是老樣子。

或許因為談論的並不是自己的搭檔，納赫斯的態度如常，但說出口的只有魔鳥相關的情報。如果帶路的不是納赫斯，他們會覺得應該是不想洩漏王宮內部的情報才刻意為之，但納赫斯無疑只是很自然地想聊什麼就聊什麼而已。

劫爾他們早已經對這個話題失去興趣，所以在聽他導覽的也只有利瑟爾一個人。

「接下來我們要見的王族，是什麼樣的人呢？」

一行人走在充滿開放感的走廊上，面朝庭院的一側豎立著成排的柱子，利瑟爾邊走邊開口這麼問。

透過傳聞能夠打聽到的事情他已經知道了。那位王族在同輩兄弟姊妹一共十二人當中排行第二，兄長便是現任國王。排行順位在這個國家意義不大，再加上本人的意願使然，他幾乎沒有繼承權。

即便如此，那肯定也不是冒險者能夠涉足王宮深處、輕易謁見的對象。相信公會一定也為了促成雙方合作相當努力，但最重要的一定是那位王族本人想見他。只憑這點就核可會面，不愧是阿斯塔尼亞。

「性格為人方面我完全不清楚，殿下一直都待在書庫裡。」

「恭喜，是你同類。」

「我有好好出門呀。」

真是失禮。聽見劫爾那句揶揄，利瑟爾笑著回嘴。

確實在原本的世界，利瑟爾也頻繁造訪自家宅邸那棟別名「大圖書館」的書庫。不過身為公爵家的主人、同時身為宰相，他相當忙碌，因此並不至於成天泡在書庫當中，雖然他的確覺得能夠整天待在裡面一定很幸福。

「至於殿下的長相，我想幾乎沒有人知道吧。」

「有這種事喔？」

「這是有原因的……哎，你們見到殿下就會懂了。」

穿過燦亮日光照耀的通道，拐過轉角，一行人來到了位於稍暗處的走廊。

一道短階梯忽然映入眼簾。階梯通往一個半地下的房間，階梯底端有道木製大門，看得出為了防止書籍損傷，特地不讓陽光照進書庫內部的用心。

四人走下階梯，來到門前，這時納赫斯突然回過頭來。

「武器交給我保管吧。」

「靠……」

「你發出那種聲音我也不會讓步的。乾脆請你們整個包包都交……喂，不要在我眼前重新偷藏小刀！」

這次請進王宮的冒險者，可是擁有足以通關「人魚公主洞窟」的實力。

王宮方面也不認為單憑沒收武器就能夠剝奪他們的戰鬥能力，畢竟打從一開始就是判斷他們並不會做出對王族出手如此愚蠢的行為，所以王宮才同意放行的。

即使如此，該做的預防措施還是得做。既然有其必要，利瑟爾他們便把武器和腰包都交出去了，雖然三人都沒有真的因此陷入手無寸鐵的狀態。

「那我開門囉，你們千萬別做出什麼奇怪的舉動啊。」

接著，納赫斯打開了他們眼前那扇門。

率先映入視野的，是數量龐大的書本和書櫃。密密麻麻的書櫃擺得水洩不通，填滿了所有空隙，一旦踏入這個空間一步便令人深受震撼。開啟門扇時產生的空氣流動，輕輕將古舊紙張的氣味吹送到鼻尖。

「……」

「……」

劫爾和伊雷文不禁看向利瑟爾，總覺得他的微笑似乎閃閃發亮。

「好了，我們走吧。」

納赫斯自然壓低了音量，在他的敦促之下，三人跟著將身體沉入這片書海。

通道狹窄得彷彿筆直往前走肩膀就會擦過旁邊的書櫃，他們一面前進一面避開書架擺不下、因而堆積在地板上的書本。

「……」

「喂，往前走。」

利瑟爾看見感興趣的書，放緩了步調，被劫爾抓著後腦催著往前走。

「……」

「隊長，腳步不要停下來啦。」

利瑟爾看見了到處遍尋不著的那本續篇，忍不住探出手，那隻手臂被伊雷文捉住，拉著往前走。

「我本來就隱約注意到了，看來你非常喜歡書啊……」

「也沒有到那個程度。」

納赫斯聽了什麼也沒說，默默將視線轉回正前方。

說到底，他們現在即將謁見的可是王族，到底為什麼還會分神去留意書本，納赫斯實在無法理解。這樣沒問題嗎？哪可能沒問題？讓殿下見他們真的好嗎？事到如今他忽然不安地這麼想道，多虧如此，他沒有聽見背後那段「想要的書乾脆直接拿走好啦」的對話。

順帶一提，提案者伊雷文被劫爾狠狠揍了一拳。

「屬下將人帶來了。」

穿越書櫃之間的縫隙，他們來到了一片圓形空地。

納赫斯只說了這句話，便退到利瑟爾一行人後方，但舉目四顧並沒有看到人影。

「？」

利瑟爾轉動視線，不動聲色地打量周遭。

四周環繞著無數的書架，書本凌亂散落一地，正中央有個由布料層層相疊而成的奇妙布團，大約是一人蹲坐的大小。

利瑟爾看向劫爾，看見他以冰冷的眼神望著布團點了點頭。

利瑟爾看向伊雷文，只見他一臉莫名其妙地指著布團。

果真如此，利瑟爾也跟著點點頭。納赫斯剛才說他們「見到殿下就會懂了」，想必就是這麼回事吧。

「得以謁見您實屬萬分榮幸，殿下。」

利瑟爾筆直望著那布團靜靜說道，不破壞書庫的氛圍。

布團動了起來。那些施有鮮艷刺繡的厚布是阿斯塔尼亞常見的布料，層層疊疊的布幔發出摩擦聲被撐了起來。

想必是對方站起身來了。身材真高挑，利瑟爾心想。

身高大約跟劫爾差不多。在對方站起來之後才終於看得到他的腳，雙足赤裸，褐色的肌膚上配戴著與阿斯塔尼亞王族身分相稱的金飾。

「唔呵、呵。」

語調像念誦劇本般平板，他們一時間還沒發現那是笑聲。

那塊布團僅露出雙腳，身後曳著長度拖地的布料朝他們走近。劫爾他們的神色略多了幾分警戒，但對方仍然毫不介意地在利瑟爾咫尺之前停下。

「你讀懂了，對吧。」

斷斷續續的說話聲低緩而甜美，富有磁性的誘人嗓音搔過耳畔。

布料縫隙之間忽然伸出一隻手來。是褐色的手臂，手腕上佩戴的金飾發出細小金屬聲，越過利瑟爾身旁往後伸去，又立刻收了回來。收回的手上拿著剛才帶在納赫斯身上的那本書。

目送那本書消失在布團之中，利瑟爾悠然眨了一下眼睛，接著開玩笑似地開了口。

「沒有。」

「騙人。」

「是真的。」

一來一往的快節奏對話逗得利瑟爾瞇起眼笑了。

「因為擅自閱讀女性的日記實在不太好意思呀。」

「日記……」對方喃喃說道，布團頓時停止了動作。

布料當中傳來啪啦啪啦翻動紙頁的聲音。看來不管是女性還是什麼人的日記，對他來說都不構成什麼躊躇的理由。

最後響起紙張之間摩擦的沙沙聲，一聲感嘆的吐息穿過了布料傳入利瑟爾耳中。

「太厲害了。哎，告訴我，這個是？」

攤開的書本再次從布料中出現，指甲修整得偏短的修長指尖指著頁面一角。

隨著他伸出雙手的動作，布料露出寬敞的開口，露出裡頭那人的頸子。脖頸上喉結明顯，頸邊晃動的金絲引人注目，是金黃色的美麗頭髮。

利瑟爾仔細往他遞來的頁面一看。對於那位身為日記主人的女性非常抱歉，但如果古代語言的書籍只有這一本，那也沒有辦法。

「『——．—』，就是『雨』的意思。」

利瑟爾讀出對方所指的單詞，抬起視線望向那雙隱藏在布料之後的眼瞳。

「殿下願意准許在下指導您嗎？」

「唔呵、呵。你的願望、是什麼、呢……」

聽見布團當中傳出不太像笑的笑聲，利瑟爾粲然露出微笑。

劫爾嘆了口氣，伊雷文受不了似地稍微退到利瑟爾背後，納赫斯則是鬆了一口氣。各種意義上印象強烈的初次會面，總算是順利結束了。

書庫當中沒有桌子，也沒有椅子。

這樣想必不太方便，納赫斯說他在下次見面之前會將必需物品準備好，第一天見面只討論了今後的計畫便結束了。雖然披著布料的書庫主人偏著頭，覺得書桌這種東西根本沒有必要。

三人踏上歸途，路上劫爾低頭瞥了利瑟爾一眼。與去程相比，他的心情明顯好得多。

「說到底你的目的還是那個啊。」

「什麼？」

「書。」

利瑟爾的空間魔法腰包裡，現在已經塞了好幾冊沒見過的書本。

那些書都來自他們才離開不久的那座書庫，討論到最後，利瑟爾精明地取得了書籍的借出許可。既然可以獲得古代語言的指導，那位王族也二話不說答應了他的要求。

在「人魚公主洞窟」，利瑟爾主要感興趣的對象也是書庫而不是王族。說不定他打從一開始就有意把局勢引導到現在這個情況了，劫爾忍不住這麼猜測。

「我是真心想跟他見面呀。」

「以書為目的？」

「真失禮，我才不會做出這麼不誠實的事情。」

眼見劫爾瞇細雙眼調侃他，利瑟爾擺出認真的表情說：

「那是兩回事。」

就是這種地方啊，劫爾在內心吐槽。

利瑟爾是真的想見對方，也是真的想使用書庫。刻意把公會捲進這件事情當中，藉此取得自身不易遭受波及的立場，同時達成上述兩個目的……利瑟爾的手腕有多精明，事到如今也無須贅言。

「是說王族裡面怪人很多嗎？啊，他是學者喔，那好像該說合理嗎……」

「不曉得呢。在那一邊，王族當中古怪的人確實也滿多的。」

「這邊跟那邊真的不一樣喔？」

「不同國家之間有所差異是理所當然的事情，大概就是這種程度的不同吧。」

「是喔。」

正因如此，利瑟爾並不是對於王族，而是對於身為學者的那個人感興趣。

說到底，利瑟爾已經光明正大地宣告自己現在正在度假，根本沒有任何理由刻意去與國家高層的掌權者扯上關係。至今為止他跟權力中心的關係早就太過密切，甚至還是位於國家中樞的當權者呢。

伊雷文想著，心領神會地點點頭。劫爾側眼看著他的反應，忽然蹙起眉頭說：

「那傢伙年紀居然比我們還大……」

「不曉得殿下幾歲呢。」

「之前是說國王多大啊？」

布團的謎團重重。

「不過，他說我們有空的時候可以隨時過去呢。」

「這樣反而很難拿捏喔。」

「花費太多時間也不太妥當，或許還是快點結束比較好。」

「說是這麼說，你還是會拖到讀完那些書再結束吧。」劫爾說。

「這我倒不否認。」

看來他們暫時要頻繁造訪王宮了。

首先已經決定了明天也要再過去一趟，需要什麼東西呢？利瑟爾一面把頭髮撥到耳後一面想。劫爾低頭看著他，呼地嘆了一小口氣。

接下來這段時間，利瑟爾一邊進行冒險者活動，一邊還得同時教授古代語言，而且書肯定也會讀得更多。他能夠輕易想像利瑟爾只花一個晚上就把借來的書讀完，隔天又跑去借新書的模樣。

雖然利瑟爾也不是不懂得管理自己身體狀況的男人，不會因此弄壞身體，不過……

「你別每天跑去啊。」

「咦……」

利瑟爾好像完全沒料到他會這麼說似地抬眼望來，劫爾無奈地別開視線，手背啪地拍了利瑟爾朝向他的額頭一下。

「今天也不准熬夜。」

「我會好好考慮的。」

你倒是給個肯定的答案啊，劫爾嘆了口氣，伊雷文見狀哈哈笑出聲來。

前一天，書庫才剛準備好了椅子和書桌。

在那些桌椅旁邊，有個布團一如往常地坐在地板上。

身為國家首屈一指的學者，同時也是王族的他正在沉思。他手上拿著那人說是日記的那本書籍，這本書現在看在他眼中仍然只是本樂譜；看出這是樂譜也已經是值得自豪的重大發現，要將這些紋樣當作一種語言來學習，不曉得有多麼困難。

他確實覺得能夠完成這項偉業的人相當厲害，但實際見到那位沉穩男子，他感到期待落空也是不爭的事實。

沉穩的舉止、優雅的氣質，假如事前不知道對方的職業，他一定不會發現對方是冒險者。在這方面，那人與身為王族的自家兄弟比起來明顯是有過之而無不及。再加上那人的辦事手腕十分高明，給足了公會與國家雙方面子，又成功讓雙方採納了自己的意見，三兩下達成了接近王族的目的，一切發生得就像上次他想引誘他們露面，卻被對方挫了銳氣一樣乾脆。

「是故意、的嗎……」

行動如此明顯，肯定是一種刻意宣示。

回想起魔鳥騎兵團的報告內容，不難猜到他是顧慮到撒路思才這麼做。這是為了表示他並不是為了自己的意願而接觸王族，只是由於公會有所需求才這麼做。

「但是，那樣就、太無聊、囉……」

不喜歡競爭，避免麻煩事，以高超的效率達成目的。

他並不偏愛這種作風，縱然身為王族，他體內流著的仍然是阿斯塔尼亞國民的血脈。凡是居住在阿斯塔尼亞的人，都會覺得毅然挺身對抗敵手的態度才有魅力。

既然想接近自己，他原以為對方肯定有什麼盤算；但從昨天見到的模樣看來，那人心中並沒有他所偏好的野心或企圖。那人一臉認真地挑選書本，明確傳達出那些書籍才是他的目的所在。

「不過、好期待。」

雖然稍嫌不足，但他對於對方的個性為人並沒有不滿。自己對於古代語言的興趣無論經過多少年都未曾減少，而現在那些謎團終於要解開了，他心中自然充滿期待。

他輕吟了幾次唯一習得的「雨」這個詞，在布料之下露出淺淺的笑，然後迫不及待地等著那位氣質高潔的男子推開門扉現身。

在納赫斯帶領之下，利瑟爾和劫爾兩人今天也穿過城門，走在通往書庫的路上。

『亞林姆塔德。我的兄弟、都叫我亞林姆、喲。』

利瑟爾忽然想起亞林姆這麼自我介紹時的模樣。

話雖如此，直到最後分別之際，他們還是無從確認對方的容貌。在初次見面之後，納赫斯詢問他們對殿下的第一印象，利瑟爾他們三人異口同聲地回答「布團」，害納赫斯聽了相當困擾，可見印象有多強烈。

不過，對方無須點破便能領略利瑟爾的意圖，也有學習意願，以指導者的角度來說是非常易於相處的對象。

「好久沒有正式替人上課了呢。」

「你指導過那些小鬼吧。」

「那算不上『正式』呀。」

當然，既然要教導別人，利瑟爾並沒有偷懶，但確實是選擇了比較輕鬆的方式。特地撥出一段時間，把某些知識教授給別人的經驗，除了前學生之外就沒有了。

「希望我能夠勝任。」

「你在那一邊沒教過古代語言？」

「是呀，古代語言幾乎只是我的興趣。當初跟前學生的父親商量過後，決定這項發現還是不要公開比較好。」

即使現在只有妖精能夠使用，但那原本是擁有強大力量的語言。

萬一遭人惡用，後果不堪設想。另一方面，這也是為了在原本的世界說不定也隱居於某處的那些妖精著想。出於上述顧慮，利瑟爾的興趣終歸只是興趣，不過本人光是成功解讀就已經心滿意足了，因此一點也不介意。

「真沒緊張感……」

指導王族這種重責大任，難道利瑟爾都感受不到壓力嗎？納赫斯喃喃說道。

這也沒辦法，畢竟他無從得知那對利瑟爾來說早已是司空見慣的事了。

「說是古代語言的指導，我聽了也不太清楚細節，雖然你們要求的東西我都準備好了……但老實說心裡一直沒什麼把握。其他還有什麼需要嗎？」
「沒有，請放心。」
利瑟爾爽快地點頭，但納赫斯似乎仍然放不下心。
以利瑟爾的作風，他看起來不像會為了賣人恩情而死纏著對方不放，也不像是有了指導者的地位就因而展現出高壓態度的那種人，面對王族的態度感覺也不會過於卑躬屈膝。即使如此，納赫斯心裡那種「他是不是又要做出什麼好事」的不安仍然無法抹滅。
「……算了，反正無論你們還是殿下，都不會主動和討厭的人物扯上關係嘛。」
「怎麼了嗎？」
「不，沒什麼。咱們的王族都不太拘泥小節，但還是請你們千萬不要做出逾越身分的無禮行為啊。」
昨天納赫斯也屢次叮嚀過這點。為什麼自己就這麼沒有信用呢？利瑟爾露出苦笑。
不過他還是乖乖點了頭。納赫斯是擔心他們才這麼說，這點他還是明白的。
他們走的是與昨天完全相同的路徑。經過庭院旁的明亮通道，拐過轉角，來到位於迴避日曬之處的那道短階梯，木製的大門仍舊伴著靜寂矗立於階梯盡頭。
二人跟在納赫斯身後穿過門扉。書庫內部沒有任何窗戶，踏進內部的瞬間令人感到有些昏暗，不過習慣之後倒也還好。
「殿下，屬下將他們帶來了。」
「啊，來了、呀。」
在書庫正中央空出一塊的圓形空間。

昨天為止還未設置於此的書桌和座椅並沒有破壞書庫的氣氛，在短時間內張羅到這套桌椅真不簡單，利瑟爾望著眼前的景象佩服地想。這時，他忽然在桌椅旁的地板上看見了那塊布團。不曉得是不是討厭坐在椅子上才坐在那裡，亞林姆整個人蹲坐在地上，整個身體完全籠罩在布料之下。

「讓您久等了十分抱歉，殿下。」

利瑟爾朝著亞林姆走去，在他面前跪下，使得自己的視線與對方平齊。

在利瑟爾身後，劫爾斜倚著近處的書櫃，環抱著雙臂閉上了眼睛。他這一趟原本就沒什麼目的。

「今天開始，就請您多多指教了。」

「唔、呵呵。請多指教、囉。」

看見利瑟爾的微笑，布團動了一下，應該是轉過去看了看桌子。

「坐到椅子上，比較、好嗎？」

「如果方便的話。因為我們也需要寫字。」

「你去坐椅子、沒關係呀。」

「我怎麼能坐得比王族更高呢。」

這麼說也是，亞林姆說著走向桌邊。利瑟爾見狀不禁笑了，這人真是直率。

亞林姆的注意力已經全副專注於古代語言上了吧。不過這樣就夠了，利瑟爾的前學生可是過了大約一個月的時間，才開始乖乖坐在桌前用功呢。

既然學生討厭念書討厭到想逃跑，那也沒有辦法，因此當時利瑟爾便任由他去。一旦稍有差池，利瑟爾也可能因怠忽職守而遭到處分，不過在那之前他的愛徒就一臉不情願地坐在桌前不再逃跑了，只要結果良好就一切都好。

「請容我坐在您前方。」

「嗯。」

利瑟爾在亞林姆對面坐下，起了個話頭。

「建國慶典遊行時我就這麼想了，阿斯塔尼亞是與音樂淵源相當深遠的國家呢，對於學習古代語言非常有幫助。」

充滿異國風情的服裝和舞蹈，輕快的太鼓節拍都仍記憶猶新。原本喜歡熱鬧的國民就多，實際上漫步在阿斯塔尼亞國內，利瑟爾也時常聽見歡快的樂聲傳入耳中。

亞林姆聞言點點頭，對於利瑟爾提起這件事並不特別疑惑。古代語言與音樂關係密切，甚至可說是音樂的起源。假如換作是對音樂絲毫不感興趣的學者，即使取得了古代語言寫成的書籍，不僅不會注意到它是語言，甚至不會發現它是樂譜。

「每次在典禮上、都會聽見、音樂哦。」

「除此之外呢？」

「除此、之外……」

聽著對方斷斷續續的嗓音，利瑟爾點點頭。

對著眼前的布團說話，雖然像和擺飾說話一樣有點不可思議，但意外地並不令人感到彆扭。利瑟爾邊想邊拿出昨天剛從這座書庫借閱的書本，一本接著一本排列在桌上。

全是音樂相關的書籍，與古代語言完全無關，大多數都是樂譜。這裡收藏了數量龐大的樂譜，不愧是宮廷樂師也會加以利用的王宮內唯一書庫。
「昨天我概略瀏覽了一下，有許多與這個國家相稱的熱鬧樂曲呢。」
「是、嗎？」
「是的。當然，也不只是這樣而已。」
亞林姆不可思議地望向利瑟爾。
他已經完全以樂譜的方式掌握了古代語言，已經成功把那些以紋樣型式記錄的語言轉化為樂譜了。換言之，他需要的是意義和文法，為什麼事到如今利瑟爾還談到音樂？
「我挑選了幾首簡明易懂的曲子，這也就是古代語言中時常使用的音色。」
利瑟爾在排列完畢的書籍另一側，靠近亞林姆的位置擺了一張筆記。紙上寫著幾十首的曲名，字跡稍微偏斜，但工整易讀。
「我想請您反覆聆聽這些曲子一段時間。」
「咦……」
「但是，果然還是以朝氣蓬勃的曲子佔多數……所以，下次我會試著與劇團交涉，問問看是否能借用他們的演奏家。樂師說他在公演結束後總是會練習兩個小時，我希望那段練習時間他能到王宮裡來……」
「等一下、比起把語言譯成音樂，我想學的是、這種語言……」
聽見利瑟爾行雲流水似地說下去，亞林姆不自覺打斷了他。
這想必是必要的訓練吧，但亞林姆完全看不出背後的意圖，事情應該也不是多聽自然就能學會古代語言那麼簡單。最重要的是，亞林姆想要早日解讀這種語言的心情十分強烈。

正因如此，他才會問利瑟爾為什麼不能直接開始學習，只是單純的疑問，沒有任何不滿。

「為什麼……？」

該怎麼辦呢？利瑟爾露出苦笑。

這是他第一次指導比自己年長的王族，儘管知道對方並不講究輩分，還是難免思考話能夠說到什麼地步。

在禮儀規矩方面，由於利瑟爾是以冒險者身分面對王族，所以決定這方面隨興就好。話雖如此，配上利瑟爾本來的氣質，他這種做法是否收得到預期的成效就很難說了。這傢伙在這方面總是白費功夫，這是劫爾的說法。

「您已經證實了這些紋樣是樂譜，可見您具有音樂相關素養，這點我也明白。」

「嗯，所以……」

「但是，我判斷這樣還不夠。以殿下的狀況看來，您似乎也沒有演奏的經驗。」

在典禮上才會聽見音樂，代表亞林姆並不會把音樂當成一種休閒娛樂主動聆聽。

這也就表示，他不曾以音樂本身為目的去聆聽樂曲，感受樂譜當中飽含的情感和畫面。

「那麼，我們就稍微實踐一下吧。」

「嗯，試試看、吧。」

縱然對方對自己的指導方法提出意見，利瑟爾卻不慍不火，也沒有因此慌張失措。

他感受到的只有淡淡的懷念。自己曾經碰上的障壁，眼前這位王族也同樣碰過啊，看著亞林姆迫不及待地取出書本，利瑟爾這麼想道。成功解讀這些紋樣時的感慨，他也一樣記得嗎？

接著，利瑟爾接過亞林姆遞來的那本女性日記，把書本朝著對方擺放，隨手翻開一頁。
「這一天，她為了採摘山菜而出發前往森林。」
指尖滑過略微泛黃的紙面，指向紋樣的一端。
亞林姆能夠將這些紋樣譯為樂譜，確實看出了利瑟爾所指的是哪幾個小節。布料中伸出的手指滑過利瑟爾所指的部分，彷彿在說即使只是解讀了幾個小節都值得高興。
「這就是『森林』的意思。」
利瑟爾的指尖就這麼滑過紙面，指向同一頁的另一處。
「然後，這也是『森林』。」
「嗯？但是，這個、第一個音……」
「不一樣，對吧？」
利瑟爾柔聲說。隔著一層布料，仍然看得出亞林姆點了點頭。
歸根究柢，假如同樣的音階能夠對應到同一個單詞，那麼解讀應該容易得多才對。造成古代語言解讀困難的，正是這個部分吧。
「這是因為與前一個音無法漂亮銜接，所以才會更動。接下來，這也是『森林』……」
「完全、不一樣、呢。」
「最初的『森林』是帶著好心情出發的關係，所以音色也有雀躍的抑揚頓挫。但這是採不到想要的山菜，心情沮喪的『森林』，所以才會完全不同。」
就像說話一樣，心情亢奮時聲音顯得雀躍激昂，心情低落時聲音則軟弱無力，古代語言這方面的情緒則是表現在音色上。聲音隨著狀況而改變，音色隨著聲音的流向調整，有時候夾雜著沒有固定法則的變化玩心，會話當中的對答也會隨著對方的回應而改變。這一切的改變重視的都是音色，最重要的是交織出一首優美的曲子。

體察對方的心情，依據不同狀況調整曲調——就像當今的人們自然對話一樣，從前也是這樣以古代語言自然地溝通。

其實聽著這段對話的劫爾心想：

「（真是麻煩透頂。）」

在後方待命的納赫斯心想：

「（完全無法理解。）」

低著頭目不轉睛地看著書本的亞林姆說：

「所以……嗯，我、知道了。」

利瑟爾要他「聆聽各式各樣的曲子」，意思也就是要他習慣完成的音色。音與音之間如何連結，才能串出美麗的曲子？曲子是以什麼樣的感情演奏出來的？正因如此，才不能只聽明快的樂曲，必須連著喜怒哀樂的音色一併學習。

「那個劇團員，可以。帶他、過來吧。」

「我知道了。必須先徵求團長小姐同意，不過我想不會有什麼問題。他們畢竟是劇團，有許多符合不同情境、感情的曲子，能為您帶來很多收穫的。」

利瑟爾粲然一笑。劫爾看著這表情，忽然想起那位不太記得長相的小提琴樂師。

劫爾同情地想，以那個團長的作風，恐怕會覺得這不僅有宣傳效果、能訓練膽量，還能在王族面前獲得表現機會，立刻就會無情地把樂師趕過來吧。

「今天我已經拜託副隊長先生，事先安排好讓我們借用宮廷樂師了。那麼就快點開始吧。」

「殿下，樂師應該已經在東間完成準備了。」

「好。雖然、不想離開這裡，但也沒辦法、呢……」

亞林姆鮮少走出書庫。由於他實在太不願意離開這裡，甚至在書庫旁邊打造了自己的生活空間。

看見他出了門在外走動，眾多的兄弟姊妹們一定會大驚小怪地吵嚷起來，但也不可能把樂師們全都擠進書庫裡，納赫斯做了這個決定也是不得已。不知為何，利瑟爾和亞林姆相關的事務已經全都由他負責辦理了。

「副隊長先生，關於劇團的那位演奏家……」

「嗯，那方面也需要安排一下吧，由我來提出請求吧。」

「謝謝你。」

自己是從什麼時候多了這項職責的？納赫斯一邊認真思索著這個問題，一邊乾脆地接下了新的工作，他變成這樣是必然的吧。與搭檔接觸的時間暫時要減少了，他本人這麼感嘆著，看來沒有發現問題癥結所在。

「還是要有樂譜比較容易理解吧？」

「嗯，我就、收下了。」

「夾著紙條的是我挑選的曲子，請您聆聽的時候多留意樂曲的詮釋與印象。」

「嗯，謝謝。納赫斯，搬過去吧。」

布團悠然站起身來，看也沒看眼神遙遠的納赫斯一眼。
果然長得很高。利瑟爾想著，也一同起身，準備恭送殿下離開。在亞林姆正要走過他身邊的時候，利瑟爾忽然叫住了對方。
布團在利瑟爾面前停了下來，看不出亞林姆面朝哪個方向，應該是低頭看著這裡吧。雖然眼前蓋著布是否看得見仍是個謎。
「結束之前，我可以在這裡看書嗎？」
「請、隨意。」
亞林姆喃喃說著，露出笑容。利瑟爾道了謝，將手放在胸前，微微彎腰。
他原打算保持這個姿勢恭送亞林姆離開，但布團仍站在他眼前沒有移動。怎麼了嗎？利瑟爾心裡這麼想著，仍然維持著端正的姿勢不動，這時，一隻褐色的手腕忽然從布料的縫隙中朝他伸來。
指尖輕輕將利瑟爾的肩膀向後推，他在對方的敦促之下順從地抬起臉，看見層層疊疊的布幔當中有塊布往旁悄然滑動，估計是亞林姆偏了偏頭吧。
「這是你的願望、我給的報酬，事到如今、不需要道謝、哦。」
當亞林姆問他有什麼願望的時候，利瑟爾說他想使用書庫。
而亞林姆答應了，所以他無疑已經獲得了書庫的使用權，亞林姆想表達的是這個意思吧。利瑟爾想著，一邊挺直背脊一邊仰望遮掩在布料之後的雙眼。
接著，利瑟爾瞇起眼有趣地笑了。說是這麼說，但亞林姆一定不希望別人理所當然又毫不客氣地去碰他親自蒐羅、珍愛的藏書吧。聽起來有點任性，不過利瑟爾並不是不懂這種心情。

「對吧。」

碰觸肩頭的指尖，隨著鏗鏘的金飾搖晃聲收回布團當中，低沉、缺乏抑揚頓挫的笑聲隨之響起。

「希望我們、興趣相投。」

利瑟爾就這麼目送亞林姆離開書庫。

確認那道奇異的背影完全消失在門扉的另一側，利瑟爾事不宜遲地行動起來。總之先從近處的書架下手，眾多的書本看似雜亂地塞滿書櫃，其實肯定也是以書庫主人的偏好來配置的。

「眼前可見的所有書籍任挑任選，很幸福呢。」

好久沒有這種感覺了，利瑟爾抱著幾本書，看起來心情很好。

距離中央這片空地越近的書籍，對於亞林姆來說一定是重要度越高的書吧。看來兩人的喜好並沒有太大落差，太好了，感覺很聊得來。利瑟爾想著，踏著輕盈的腳步走向桌邊。

「……既然是你提出的，我想這一定是最有效的學習手段，但你敢看著我的眼睛，說你完全不是因為想要讀書才把殿下丟給其他人嗎？」

「我無法否認。」

「不要用直率的眼神看著這裡說！」

納赫斯對他說了蠻不講理的話。

利瑟爾已在位子上坐定，納赫斯帶著一臉難以釋懷的表情，在他面前把樂譜和書籍一本接著一本往懷裡堆。書本已經堆積到足以妨礙視線的高度，納赫斯的動作看起來仍然游刃有餘，彷彿感覺不到重量，不愧是阿斯塔尼亞引以為傲的魔鳥騎兵團成員，利瑟爾點點頭。

「哎，算了。在我回來之前不要離開這座書庫喔，乖乖在這裡看書。」

「好的。」

「你們真的是只有表面上的回應這麼老實……」

納赫斯這麼說不曉得是擔心他們，還是對他們有所警戒。以職責來說應該是後者才對，但納赫斯走出書庫的時候明顯透露著前者的氛圍。

留在書庫的就只剩下利瑟爾與劫爾兩人。把外人單獨留在這裡沒問題嗎？雖然這麼想，不過這意思是假如他們是需要警戒的人物，打從一開始就不會放他們進入王宮吧。

利瑟爾朝著斜倚在書櫃上，望著大門口的劫爾招了招手。

「劫爾，你也坐下吧。來，這是你的份。」

「嗯。」

劫爾接過利瑟爾遞來的書本，跟著坐到椅子上。

劫爾並不特別喜歡讀書，但也不特別討厭。利瑟爾會憑著獨斷與偏見為他挑選他「好像會喜歡」的書本，劫爾也時不時會拿那些書來打發時間，可見利瑟爾挑的書確實合他胃口吧。

「原來你對自家國王以外的傢伙也講究禮儀啊。」

「這不是當然的嗎？」

劫爾忽然從書本上抬起視線，看向這裡，而利瑟爾也回望那雙灰色眼瞳。

他身為公爵，同時高居宰相之位，是地位最接近國王的人，也有過多次與他國國王會面的機會，可不能做出欠缺禮儀的舉動害自己的君王蒙羞。

利瑟爾對於自己的王抱有絕對的忠誠，但絕不盲目；他心目中的頂點唯有一人，但他同時也對其他人表示相應的敬意。這種不受任何人拘束的思考方式帶來了寬廣的視野與深沉的思慮，可以說這正是利瑟爾的強項吧。

「你這次接近他做得這麼明顯，一方面是因為撒路思的事吧。」

「之前伊雷文也這麼說。我平常的行動有這麼隱晦嗎？」

劫爾斜倚在桌邊，將手肘撐在桌上嘆了口氣。

那還用說，他心想。在一切落幕之後才終於注意到利瑟爾真正用意的經驗也所在多有，那並不是利瑟爾特地隱瞞的結果，而是因為這麼做對他來說太理所當然，行動得太過自然所導致。

「反正也跟我沒什麼關係。」

「是呀。」

無論是否察覺利瑟爾的真意，都不會改變劫爾的行為。無論對利瑟爾還是劫爾來說，事到如今那都無須多言。

「撒路思盯我們盯得這麼緊？」

「不曉得呢，但聽說撒路思主動與西翠先生他們接觸了。」

劫爾有些嫌惡地微蹙起眉頭，利瑟爾則是不以為意地看起了書。看書對於交談沒有妨礙，他想趁著能讀的時候多讀一點。

「你從哪聽來的？」

「精銳盜賊告訴我的，說這情報就充當伴手禮。」

前幾天在月下與他打招呼的精銳盜賊說，西翠他們的隊伍按照預定行程前往撒路思，現在也還在那裡停留。聽起來一切無恙，真是太好了。

而撒路思的國家高層與西翠他們接觸了。這也不奇怪，知道撒路思要人與那場大侵襲有關的也只有極少數人，這件事必須秘而不宣。

因此，與西翠他們接觸的過程中也隱瞞了這件事情，表面上就只是找來S階隊伍面談而已。有不少貴族基於各式各樣的理由想與高階隊伍接觸，西翠他們對此也習慣了，反正拒絕了也麻煩，據說他們二話不說便答應了下來。

正因為知道這次接觸並非以S階隊伍為目的，而是由於他們與利瑟爾的隊伍有過接點，那就更沒什麼好驚訝的了。

「我事前已經跟西翠先生說過了，假如在撒路思被問到我們的事情就全盤托出沒有關係，看來他們巧妙應付過去了呢。」

「那傢伙不是見過你的武器？」

「西翠先生不會說出去的。」

雖然利瑟爾也並未特別費心對他隱藏武器。

利瑟爾說得沒錯。在連精銳盜賊也無從得知細節的談話當中，提及最強冒險者一刀的隊伍時，西翠只說利瑟爾是個魔法師。

那是他在心目中把撒路思和利瑟爾放在天秤兩端衡量過的結果——得罪了哪一方、與哪一方為敵比較棘手？這只是單純的取捨選擇，以冒險者的觀點、考量隊伍利益所歸納出來的答案。

說到底，撒路思的當權者也和帕魯特達爾一樣，就連利瑟爾他們是否確知幕後主使者的真實身分也沒有把握，總不能隨便問出太深入的問題自掘墳墓。結果會談當中沒發生任何狀況，西翠就這麼完美掩藏著自己平時不服氣的表情，順利結束了會面。

「我想撒路思也沒有敵意，只是戒備一下以防萬一而已。」

「你還特地揮手回應他們的戒備，真親切啊。」

「對吧？」

這份親切，利瑟爾也不過是在取得書庫使用權的過程中順手為之。

被國家盯上這點程度的事無法搖撼利瑟爾心目中的優先順位。算了，當事人看起來樂在其中就好了吧——做出這種結論的劫爾也一樣，說到底，對他們雙方而言，在意這種事都是多餘的了。

亞林姆的古代語言課程開始之後，過了幾天。

亞林姆還是一樣，每次都保持著布團一樣的打扮離開書庫，持續聆聽演奏，利瑟爾獨自默默讀書，大抵上劫爾和伊雷文其中一個人會跟著利瑟爾一起過來，百無聊賴地度過這段時間。另外，團長的反應不出所料，一聽到他們的提議便大喜過望地出賣了自家團員，因此劇團的小提琴演奏家也在每一次公演結束後都會來到王宮。

順帶一提，他每次來到書庫，都在亞林姆和利瑟爾他們面前邊拉小提琴邊緊張得發抖。

這是因為他本人表情嚴肅地宣告，至少視野範圍內要有熟面孔在，否則他真的會死掉。這段發言獲得了團長一句「你這個膽小鬼」的臭罵，還加碼一聲響亮的咋舌。

「嗯……」

然後來到了現在，小提琴的音色正在書庫裡迴盪。

伊雷文嫌無趣似地闔上了正在閱讀的書本，雙手擺在後頸，仰起背脊舒展僵硬的脖子。艷紅長髮從低矮的椅背上落下來，他整個人肩膀往後傾，隨之露出的喉結發出一聲咕噥。

沒有連著椅子往後倒下真厲害，利瑟爾佩服地望著這一幕。

或許是終於閒得受不了了，伊雷文今天終於拿起了一本書，但書本果然還是沒辦法打發他的無聊時間。他本來就不太喜歡看書。

「很無聊嗎？」

「嗯……」

利瑟爾伸手拉過他拋下的那本書，書名是《陷阱百選》。書中解析了自古至今東西方各地的陷阱，從簡易到殘虐的都有，包羅萬象。

「你看，這個陷阱感覺你會喜歡哦。」

「啊——是不錯啦……」

伊雷文將上半身緩緩拉回原位，有點不解似地探頭看向利瑟爾手邊。

「但是陷阱這種東西就是要出其不意啊，寫在書上解說好像有點那個……」

看來是打從一開始就選錯書了。

原來如此，利瑟爾點點頭，開始在腦海中篩選伊雷文可能感興趣的書籍。他絕不會說出

「反正我自己一個人來也沒問題」這種話，糟蹋伊雷文和劫爾的體貼，正因如此才想盡可能幫他們打發這段閒暇時間。

對於利瑟爾來說等同於無上幸福的書海、令人傾心的小提琴音色，看來都無法勾起伊雷文的興趣。即使如此他還是陪著自己過來了，利瑟爾讚許似地伸出手，將一、兩綹落在他那張慵懶臉龐上的瀏海重新撥好。

「你要不要回旅店？」

「嗯，沒差。你繼續看啊。」

聽見伊雷文打著呵欠這麼答道，利瑟爾闔上了原本正在瀏覽的那本書。他從頭到尾快速翻閱了一遍，沒有特別感興趣的內容，他不打算細讀。

「那我去找下一本書囉。」

「慢走——」

利瑟爾於是抱著剛才閱讀的書本，在伊雷文揮手送行之下離開了位子。

利瑟爾才將一本書放回架上，便看見底下一格的書本，驀地停下了動作。手上的書都還沒收完，他已經開始對下一本感興趣了。利瑟爾伸出空著的那隻手從架上抽出那本書，攤在手臂上靈巧地翻看起來。

隔著布團，亞林姆看見伊雷文撐著臉頰望著這一幕，微微露出笑容。

「可以、問你嗎？」

只有小提琴旋律的空間當中，落下了一句呢喃的疑問。

這音量一般人只會覺得自己應該是聽錯了，伊雷文卻朝著那個鎮座於利瑟爾剛離開的位子對面，像擺飾一樣的布團瞥了一眼。

但伊雷文什麼也沒說，立刻又撇開視線。一陣沉默。

「你為什麼、選擇、跟隨他？」

亞林姆不以為意地繼續說下去。

他知道，對方無論是否看著自己，都不僅無意傾聽，甚至是完全的漠不關心。但只要聽得見他說話，那就夠了。

「他、很厲害呢。知識淵博，所以也很會指導人。但是、你是冒險者，這不構成你跟隨他的理由。」

對於身為學者的亞林姆來說，利瑟爾擁有龐大的知識量卻仍然勤學不輟，是非常優秀的人物。但從冒險者的角度看來就不一樣了吧，利瑟爾的形象，感覺與他會想跟隨的那種人物正好相反。

儘管沒見過利瑟爾作戰的模樣，但也不可能強過一刀和眼前這位獸人才對。正因如此，亞林姆才感到更加不可思議。

「他可能、需要你們，但我不認為、你們需要他。」

假如利瑟爾是迴避競爭、追求安穩的人，那就更不必說了。

「哎，我、問你……」

「……吵死啦。」

伊雷文開口打斷他，聲音聽起來閒得發慌。

他仍然沒有看向亞林姆，視線投向書海深處，想必是追隨著換了位置，現在不見蹤影的利瑟爾移動。至於他們談論的中心人物，看來還專心致志於揀選書本。

但伊雷文的視線忽然從那個方向轉開了。這個問題可以獲得解答了嗎？亞林姆仍然將意識集中於小提琴的音色，在布幔中從樂譜上抬起視線。

但伊雷文又再次無趣地啪啦啪啦翻動起書本來。

「為什麼？」

啪答一聲，封面拍上紙頁的聲音。

原本垂眸看著書本的那雙紅水晶般的眼瞳，微微擴展瞳孔轉向了這裡。這只是因為對方判斷，這或許能替他打發點時間吧。

即使如此也無所謂，只要自己的疑問能獲得解答就好。

「相反吧。」

「相反……」

伊雷文抬起了沒有撐在頰邊的那隻手。

「我們需要隊長……」

他指向書架另一端，看不見身影的利瑟爾。

「而隊長不需要我們，就這樣。」

那指尖咚地敲了伊雷文自己的脖頸一下。

亞林姆需要數秒的時間才能夠理解伊雷文所說的話。身為國家首屈一指的學者，他從來沒有過無法理解別人話語的經驗，卻無法掌握伊雷文這句話真正的意思。

眼見亞林姆默然沉思，伊雷文忽然撇了撇嘴，那是顯而易見的嘲笑。

「不懂還敢廢話，雜魚。」

亞林姆從沒受過這種辱罵，但他不以為意。

對他而言，沒有任何事情比釋清疑惑更加優先。這種想法才是他獲得學者之稱最主要的原因吧。

「他……」

素有最強冒險者之稱，擁有廣大知名度的一刀，以及實力強大、個性再怎麼乖戾都足以獲得容忍的獸人。說不需要這兩人，實在令人難以輕信。

那到底是為什麼？

「他要是沒有你們，絕對、很困擾吧……」

「哪會困擾。」

伊雷文卻理所當然地斷言。

「他要阻止那場大侵襲、吃那個鎧鮫肉，就算沒有我們也一樣辦得到啦。」

「他看起來，沒有那麼、強大呀……」

「是不算很強啊，實力還可以啦。」

但利瑟爾仍然能夠達成目的。

即使沒有劫爾他們，他一樣能阻止大侵襲。他會策動周遭眾人行動，誘導幕後主使者，縱然難免造成更多犧牲、花費更多工夫，但他本人依然游刃有餘。鎧王鮫也一樣。

劫爾和伊雷文都如此確信。

「所以說啦，隊長並不是絕對需要我們。」
「那、為什麼他會把你們……不對，為什麼你們、會追隨他？」
伊雷文的瞳孔猙獰地瞇細，彷彿在質問他怎麼還聽不懂。
小提琴的樂聲仍然綿延不斷，靜靜沸騰的某種情緒從音色中滿溢而出。
「明明不需要卻還是想要，這不是太棒了？」
亞林姆瞠大雙眼。
那雙掠食者般的眼眸彎成兩道月弧。撐在頰邊的手掩在嘴邊，指縫間仍能窺見那雙唇勾勒出笑弧，表露出確切的歡喜。
分明不需要，卻仍然想要，無關乎有用與否——箇中緣由唯有一個，那就是他已經深受吸引，直至心焦的地步。即使不到那個程度，「想要」的心情也確切無疑。
「不過，有我們在一定還是比沒有輕鬆啦。反正我們也可以獲得他的『想要』，利害關係一致啊。」
伊雷文口中「利害一致」的關係，聽起來實在太過鬆散。
亞林姆原以為當中一定有更加明確的好處，但對他們而言，重要的唯有這點，也只有這才是絕對的吧。鬆散的關係，反而給了他們自由的空間。
即使是仰慕的對象，劫爾他們也相當排斥自己的行動受到對方限制。對於比誰都要自我中心的他們兩人而言，這是相當自在的空間吧。
「說到底，聽到人家說需要自己也很煩啊。」
伊雷文邊說邊往椅背上一靠。

「只是不敢光明正大說『我想利用你』而已吧，聽了就想殺人。」

「聽得出你的個性、非常扭曲、呢。」

還有，很討厭受人束縛，亞林姆補充道。而對方的視線從此沒再轉向他。

看來伊雷文的興頭過了。亞林姆試著喊他，本來還想能不能再聽他多說點話，但只換來對方往桌子煩躁的一踢做為回應。

過一會兒，利瑟爾一手抱著堆到極限的書本回來了。

伊雷文向他搭話，而亞林姆一邊望著利瑟爾回應的模樣一邊尋思：受這個人渴求，真的是那麼有價值的事情，值得高興到失去理性嗎？那種感覺，一定只有曾經受他求取的人才會明白吧。

只是個頭腦聰明的人而已——自己或許必須撤銷這評語也不一定。

「呵呵。」

聽見利瑟爾告知結束時間到了，小提琴演奏家安心地嘆了一口大氣，蓋過了亞林姆細微的笑聲。

86

這一天，劫爾漫無目的地在阿斯塔尼亞的市街上閒晃。

平常一個人的時候，他通常會潛入迷宮或是接取委託，但也不是每一次都會跑出城外精神抖擻地揮劍。有時他在某處抽菸，有時候也會逛幾家店鋪採買必需品、逛逛鍛冶屋看有沒有好劍，或是逛幾間酒鋪尋找好酒和下酒菜。

最近只要到利瑟爾房間，那裡總會擺著幾本書，所以他沒心情外出的時候也會在房間度過。看看書本的內容，全是劫爾看了也不嫌無聊的書籍，利瑟爾擺的那些書肯定有「想看的話請自便」的意思吧。劫爾毫不客氣地把那些書拿走了。

這幾天，利瑟爾總是泡在王宮裡。

這恐怕不是因為他熱中於指導學生，只是忠於自己的讀書欲而已。受他指導的那位王族也注意到了這一點，不過似乎覺得只要能夠學習古代語言就無所謂。

聽利瑟爾說，在原本的世界，他的宅邸就有座傳聞中蒐羅了全世界所有書本的巨大書庫。利瑟爾幾乎看遍了那裡的所有書籍，現在看見同好蒐集的眾多未知書本，心情雀躍是當然的，劫爾也覺得這沒什麼關係。

幸好在利瑟爾前往王宮的時候，劫爾和伊雷文儘管沒經過特別商量，也總是有其中一個人陪他同行，因此得以阻止利瑟爾連日帶回大量的書本。

利瑟爾是有能力自行應付大多數事態的男人，他們也不覺得利瑟爾需要有人照看。即使如此還是陪同他前往王宮，只是他們二人的自我滿足。

吃完午餐，劫爾再度回到熱鬧的街道上。

代替成天泡在王宮的利瑟爾，去瀏覽一下公會的委託好了。他想著，轉往冒險者公會的方向。

「嗯？啊，等一下！」

一個聲音這麼喊道，聽起來像是偶然看見而叫住對方。這嗓音他有印象。

但自己跟對方沒什麼特別交集，叫的應該不是他吧。劫爾沒有放慢腳步，繼續在來往的人潮中前進。

「喂，不是叫你等一下嗎臭小子！那邊那個長得很兇的！」

說到底，從這個人叫住自己這一點就感覺得出肯定是麻煩事。

劫爾並不是拒絕她、要她不許跟自己搭話，但他對此缺乏興趣到了足以嫌麻煩置之不理的地步。劫爾毫不掩飾這種態度，一般來搭話的人看了也會退縮吧。

雖然會隨意跟劫爾搭話的人本來就不多。

「我知道你對我沒興趣啦！但我要講的事情跟那個很有氣質的傢伙有關！停下來啦！」

這時候，劫爾才終於停下腳步。

他微蹙著眉頭回過頭去，最先躍入眼簾的是一頭亂蓬蓬的頭髮，以及尺寸不合臉的眼鏡。那人身高低矮，劫爾得隨著她跑近不斷壓低視線，但按照利瑟爾的說法，那人年紀大概跟他們差不多。

來人正是幻象劇團「Phantasm」的團長。她在劫爾面前停下腳步，溫暖的氣候使得她額上沁著汗珠。為什麼叫住你還不停下來？團長臉上寫滿了不滿，卻不知為何比平時安分了幾分，拇指往路旁一比，要劫爾一起到旁邊去。

雖然是理所當然，但看來真的不是因為看見認識的人而叫住他而已。

劫爾跟著迅速開始帶路的團長，繞到一旁那間路邊攤的後方。不過移動了幾步，但總覺得那裡涼快了些，也不可思議地稍微安靜了一點。

「你腿太長啦，走得很快耶臭小子，好熱。」

團長撥亂了悶著熱氣的頭髮，自言自語般喃喃說道。

若是利瑟爾的話，一定會注意到今天的團長沒了平時的霸氣，主動問她發生了什麼事吧。但劫爾毫不在意，只是默默低頭看著團長，催促她說出來意。

團長見狀，難得心虛地皺起臉來。她撥亂頭髮的那隻手就這麼滑落頸邊，視線游移，欲言又止。

「那個啊，我是想說我是不是做了多餘的事……你隊上那傢伙感覺會很喜歡，我才介紹她過去的，但聽說你們拒絕啦臭小子。」

「啊？」

劫爾聽不懂她在說什麼。

聽見劫爾詫異地出聲回應，團長也注意到雙方認知似乎有落差，於是挑了挑眉，雙手扠腰挺起胸膛仰望過來。

「你們不是有接到指名委託嗎，一個小說家提的。她跟我說你們拒絕了。就算是你們這樣的人，也不會連內容都不問就拒絕委託吧臭小子。」

如果這個委託惹你們不高興，那很抱歉──團長想說的應該是這個意思吧。

但是……劫爾尋思似地別開視線。他自己對此完全沒有印象。也可能是利瑟爾在他不知情的時候到公會看過了，但不太可能吧。

利瑟爾確實會拒絕指名委託，但除非碰上什麼特殊情況，否則他一定會確認過委託內容。假如知道是團長介紹的，利瑟爾拒絕了委託也會向她致歉吧。

還有，雖然利瑟爾在本人無能為力的部分與冒險者氣質無緣，令人意外的是他還滿認真扮演好冒險者角色的。身為隊長，他不會完全不跟隊友商量就拒絕指名委託，雖然偶爾也有例外。

「……我去確認看看。」

「我不是叫你們非接不可的意思喔，臭小子！」

看她特地跑來致歉，這一點不用她說劫爾也明白。

儘管這麼想，但劫爾沒說出口，就這麼轉身折返，回到人來人往的街道上。不曉得是不是打一開始就不期待劫爾回答，團長也理所當然似地就地解散，她的腳步聲往反方向漸行漸遠。

劫爾的目的地從冒險者公會換成了王宮。既然都要確認，還是早點確認得好，這恐怕也是利瑟爾希望早點獲知的事件吧。

發生這種誤會的原因，劫爾並不是無法想像，也確信利瑟爾並不樂見這種事發生。最重要的是，現在時機不好。

「（希望不會發展成什麼麻煩事。）」

在書海裡幸福假寐的男人遭到了干預。劫爾咋舌一聲，加快了腳步。

書本闔上的啪答聲在書庫裡響亮得不可思議，趴在桌上的伊雷文聽了抬起臉來。至於坐在對面的亞林姆，他正不停忙著填滿利瑟爾為他準備的挖空譜面。

利瑟爾闔上了正在閱讀的書籍。

筆尖刮擦紙面的沙沙聲，襯托得整間書庫更加寂靜。

「這幾天我都沒有到過公會才對。」

利瑟爾將闔上的書本擺在桌上，一邊將手放上封面，一邊緩緩偏了偏頭。

劫爾聽到的那段團長所說的話，指名委託、小說家、拒絕委託……利瑟爾都完全沒有印象。儘管知道十之八九和伊雷文無關，利瑟爾仍然看了他一眼，只見伊雷文瞇起眼睛聳了聳肩。

「團長小姐認識的小說家……啊，是那位寫吸血鬼的作家嗎？」

「吸血鬼？」

「是只有在這個國家的『黑影洋館』才會出沒的魔物，由蝙蝠集合而成的斗篷才是牠的本體。好像有戀愛小說以這種魔物為主題哦。」

「是喔──莫名其妙欸。」

對於每天與魔物對峙的冒險者而言，伊雷文這句話道盡了他們聽見這件事的感想。

和魔物談戀愛……而且說到底，這根本是跟斗篷談戀愛。興趣真奇怪，沒讀過小說的人一定都懷著這種感想吧。利瑟爾也一樣，若不是聽團長說過「我心目中的最強美男」形象完全是創作產物，也完全無法想像那是什麼樣的作品。

「不過只是主題元素，我想指的應該是氣質接近吸血鬼的人吧。」

「啊——那樣的話……不對啊，跟那種東西談戀愛喔，是什麼懲罰遊戲？」

試著解開誤會，又招致了新的誤會。

劫爾也一副摸不著頭緒的樣子，他們兩人完全與戀愛小說無緣，或許這也沒辦法吧。不曉得他們的戀愛觀如何？利瑟爾覺得有點有趣，邊想邊尋思般撫過書本封面。

接著，他露出苦笑。

「如果是完全沒有興趣的委託，發生這種事我並不會介意，但是……」

不巧，利瑟爾對於那位小說家的委託感興趣。

雖然利瑟爾自己完全不碰這種文類，但那是團長認為值得介紹給他們的人物，特地指名找他們的理由也令人好奇。

是想撰寫冒險者主題的小說嗎？利瑟爾這麼想道，絲毫沒有注意到想寫冒險者小說的人絕對不會找上他。

無論如何，既然隊伍中沒有任何人拒絕過這項委託，就表示那是公會擅自做的決定。

「嗯……」

利瑟爾像在思索什麼似地垂下視線，劫爾和伊雷文都不發一語地等待。

關於這件事該採取什麼行動並不是自己該決定的事，二人都自然而然接受了這一點，實際上無論利瑟爾如何應對，他們也都會遵從他的判斷，不會感到任何不滿。

「雖然從公會的角度看來這麼做應該是出於親切，但這種事令人有點困擾呢。」

「都害人家困擾了，那就不算親切了啦。」

「這麼說也有道理。」

利瑟爾有趣地笑了。好了，這下該怎麼辦呢？他想著，目光掃過書架。

公會擅自拒絕委託，想必是對他們的體貼吧。他們最近長時間待在王宮，完全沒到公會接取委託。或許是公會判斷他們肩負指導王族的重責大任，其他指名委託相較之下不過是雞毛蒜皮的瑣事吧。

一般而言確實是這樣沒錯，但對於利瑟爾他們來說並非如此。

「如果公會產生了什麼誤解……」

利瑟爾擺在書本上那隻手忽然抬起了一隻指頭。

他叩叩敲了敲封面，原本事不關己動著筆的褐色手腕於是停了下來，布團動了一下。是亞林姆抬起了臉。

儘管完全包裹在布料之下，但亞林姆確實把利瑟爾的身影看得一清二楚。無論是他緩緩抬起了低垂的視線，還是他塞在耳後的頭髮輕輕落在頰邊，還是那雙紫水晶般的眼瞳加深了高貴的色彩，全都一覽無遺。

「太可惜了。難得有這麼迷人的地方……」

一反他口中說出的話語，利瑟爾臉上浮現的微笑不帶半點惋惜。亞林姆無法移開視線，同時也領會了利瑟爾的弦外之音。

換言之，假如真是如此，這個課程就要結束了，利瑟爾也不會再造訪此地。即便公會與王族之間的關係惡化，對他而言也無關緊要。

也就是說，儘管這場古代語言課程起初是以促成雙方最佳關係為目的，他仍然可以輕易捨棄。真是難以捉摸的人，亞林姆邊想邊點點頭。這次是公會的過失。

「……、……嗯，我知道、了。」

簡而言之，利瑟爾的意思是假如不希望課程中止，那就請王族向公會提出勸告吧——也可能是單純想叫對方主動出面說明就是了。

「我現在、馬上傳喚。」

話一說出口，他忽然看見利瑟爾的雙眼染上笑意。

那雙眼睛甜美、凜然地瞇起，有如一種褒獎，接著彷彿什麼事也沒發生似的，就這麼低垂眼睫看向書本。他打開封面，翻過紙頁，從剛剛中斷閱讀的地方繼續看了起來。

亞林姆在布幔底下靜靜瞠大雙眼，那感覺就好像只有那一瞬的時間流逝得特別緩慢一樣。他是聲名遠播的學者，另一方面又身為王族，對於他人的稱讚他早已習以為常才對。

但利瑟爾剛才給予的，和那些讚美都不一樣，宛如由位高權重的人手中接下了賞賜；正因為高居於亞林姆這種地位，所以才從來不曾獲得這樣的獎賞。它所帶來的感覺並不只是喜悅，還催生出了榮耀，所謂受到滿足，指的就是這種感覺吧。一旦體驗過一次，就教人忍不住再度求取的感覺。

給了他這種感覺的是個冒險者，但亞林姆毫不抗拒地接受了這一點。

「（假如受到他渴望、回應了他的期待之後，可以獲得這樣的獎賞……那麼、也不是不能理解。）」

想起先前從伊雷文口中聽過的話，亞林姆笑了。

接著，他立刻叫人準備好書簡，開始對冒險者公會寫下自己的遺憾之意。

這是生平第一次，肌肉壯碩的公會職員覺得自己的心臟快停了。

公會長一邊告訴他「那些冒險者就交給你應對了」，一邊前往覲見國王，好窺探國王的臉色，而他獨自被領到從未涉足的王宮深處。設立在那裡的一間書庫當中，等著他的是面貌熟悉，卻散發著陌生氣場的那三人組。

一刀慵懶地斜倚著書櫃，獸人則是反向坐在椅子上，手肘撐著椅背；不像冒險者的那位冒險者從書本上抬起視線，三雙眼睛一同看向他。

就在不久之前，王宮派遣急使到冒險者公會，使者送來的書簡內容引起整間公會一陣騷然，內部急忙確認詳情、著手應對。

畢竟信上的內容一言以蔽之，竟然是：打著王族的名號侵害冒險者的權益，豈有此理。

一查之下才發現，是某位職員基於自己的個人判斷拒絕了利瑟爾他們的指名委託。

公會裡沒有任何人能斷言這是個錯誤判斷，倒不如說，萬一當時負責應對的是自己，他們甚至覺得自己說不定也會做出相同的判斷。那位職員遭到公會長的嚴正警告，但其他人誰也沒有多加責備他。

然而這種狀況還是教人很想逃跑，身為公會當中位居一人之下的副手，那位職員這麼想道。

「不愧是公會，應對相當迅速呢。」

在王宮書庫這種超脫現實的場所，利瑟爾臉上浮現的微笑與他平時在公會見到的並無二致。分明什麼也沒變，但他看了那道笑容違論放鬆，反而不知為何更緊張了。

「先讓我道個歉吧，公會把你們的委託推掉了，真的很抱歉。」

「真的，難得團長小姐特地介紹了委託人給我們呢。」

惋惜的模樣看起來不像裝出來的，語氣也毫不遲疑。

弄個不好，旁人聽了這種發言說不定會認為他們將委託人的優先順位排在王族前面。在王宮當中光明正大這麼說，還面不改色，是因為認為這種話不論被誰聽到都沒什麼嗎？

怎麼可能沒什麼，職員在心裡感謝這裡除了他們以外沒有其他人在。

「我一開始就說過了，我會在教授古代語言的同時繼續進行冒險者活動，對吧？」

「是沒有錯，不過現在優先的應該是古代語言吧。」

「那是你們公會自己這麼想吧？」

職員啞口無言，利瑟爾說得沒錯。

雖說利瑟爾他們經常造訪王宮，那也不構成擅自拒絕指名委託的理由。平時也一樣，即使是必然遭到拒絕的指名委託，公會也一定會告知冒險者。

以王族為優先是理所當然，對於冒險者來說這件事的重要度最高，也能帶來最大的利益——這些他確信不疑，但公會確實放棄了本來辦事的原則，無法光以體貼一詞開脫。

從公會的立場來說，也無法否認他們確實希望這場課程早日圓滿結束，好確立公會與王族之間穩固的合作關係。

「關於這一點，真的只能說我們非常抱歉。」

職員低下頭表示歉意。

他維持著這個姿勢，沒有人說話。經過數秒的沉默，職員緩緩抬起頭，臉上卻帶著嚴肅的表情。

「但是，你這樣策動王族為你辦事，真的做得太過火了。」

職員無意質問他們是怎麼巴結王族的。

遞送到公會的那封書簡，措辭比起王族更接近學者的口吻，只是請公會避免做出妨礙課程進行的舉動而已。來自王族的親筆信本來就有其效力，但可以看出撰寫者並不是想要濫用自己的威權地位。

正因如此，職員才會出言忠告。這純粹是冒險者的不滿，說句老實話，為了這點程度的事情使喚王族根本要不得。

「如果是你一定明白吧，倒不如說你不是心裡有底，才刻意營造出現在的狀況，想讓公會和國家建立友好關係嗎？」

聽見職員這麼說，利瑟爾只是面露微笑，稍微偏了偏頭。

儘管利瑟爾的反應不置可否，職員仍確信自己的料想沒錯。這場公會與國家雙方互惠的條件交換在轉眼間成立，彷彿有誰在引導局勢。

至於主導者是誰，眼前這位沉穩男子一手造就讓王族習得古代語言這種前所未有的事態，除了他以外沒有其他可能。

「為什麼事到如今，還這樣……」

為什麼還要做出撤銷這一切的行為？職員正要這麼說的時候，至今默默聽著他說話的利瑟爾緩緩張開了雙唇。

「一開始先容我訂正一下吧。」

嗓音落在安靜的書庫當中，像漣漪般擴散開來，傳入在場所有人的耳中。職員連忙閉上嘴。

「策動王族什麼的，我怎麼敢做出如此不敬的事呢。」

「那是……」

「這只是殿下的好意。」

利瑟爾乾脆地這麼說，職員聽了只得曖昧地點點頭。

對他來說，王族是在利瑟爾拜託之下才準備那封書簡還比較好一些。因為，如果王族自主採取了這次行動，那正意味著公會這次惹得王族相當不高興了。

如此熱中於習得古代語言確實相當可靠，但很可惜，職員現在的內心狀態根本沒有餘力對此感到喜悅。

「其餘我想，大致上就像你的猜測一樣。」

反過來說，利瑟爾並不是刻意希望雙方的關係惡化。

既然如此，接受公會的道歉之後，他應該會繼續古代語言授課才對。職員這麼想著，鬆了一口氣。

「公會總是對我們多所關照，假如能夠幫上公會的忙，我也想盡一分心力。」

功績應該要獲得相應的報酬。

利瑟爾視之為理所當然，而且也不會將自己撇除於這個原則之外。並不是虧欠人情的問題，純粹只是「對方為我這麼努力，我也想給予對方一點回饋」這種粗略的想法而已。

至今為止，利瑟爾給了告知有益情報的艾恩迷宮品致謝，在離開前給了大侵襲當中幫忙向妖精求援的那位男孩謝禮，也給了按照指示行動的精銳盜賊一些他們會喜愛的獎賞。

這一次也不例外。他個人有個「想看看王宮書庫」的目的，也確實抱有想把事前準備交給公會，自己樂得輕鬆的心情。儘管如此，他確實也有不透過公會仲介就能接近王族的手段。

「既然這樣……」

「所以說。」

職員話剛說出口，便被利瑟爾打斷。

「我並不是非這麼做不可，以我個人的立場，做不做這件事也都無所謂。」

「你說什……不，你等一下……」

「停止教授古代語言，我是不會有任何猶豫的。」

職員啞口無言。

帶著沉穩微笑的那張臉龐沒有敵意，沒有焦躁，甚至沒有不滿。正因如此，職員花了一段時間才理解這句話的意思，接著急急忙忙開了口：

「就算是這樣，這麼重要的事你怎麼可以擅自決定……！」

「或許很重要吧，但這是情報提供的一環。你也知道吧？迷宮相關的情報提供是任意的。」

即使王族牽涉其中，這的確是情報提供的延伸。

要不要提供情報是冒險者的自由，倒不如說這一次是公會越過了這道界線，主動向冒險者求取情報。即使過程中必須仰賴王族協助，但這整件事基本上仍然成立於利瑟爾的善意之上。

「規定明擺在眼前，你還想要求我『不准擅自決定』嗎？」

職員瞠大雙眼。

面前那道沉穩的微笑沉穩依舊，卻帶上了令人屏息的高潔氣質。劫爾牽制般瞇細了雙眼，伊雷文則是吊起唇角。

「請你認清分寸。」

這一幕強烈喚醒職員的自覺，告訴他假如以為這三人完全臣服於公會，那可是大錯特錯。

職員吞了吞口水，喉結上下起伏。他該說什麼才對？該說自己不是那個意思嗎？職員的思緒拚命運轉，但他還找不到答案，周遭緊迫的氣氛便立刻煙消雲散。

怎麼回事？職員看向對方，只見利瑟爾忽然露出惡作劇般的笑容，抬起手輕握著自己的頸子說：

「能夠替我戴上項圈的，只有一個人而已。」

居然有這樣的人嗎，職員聽了下意識這麼想。

職員跟不上突然轉變的氛圍，愣愣張著嘴巴。利瑟爾朝他揮揮手，拿起了闔上的書本，舉止間透露出結束談話的訊息。

「所以，下次請好好跟我們確認哦。」

「呃、好。」

職員僵硬地點點頭，這時劫爾忽然走近桌邊。

同時，伊雷文也從椅背上直起身來，訝異地打量利瑟爾的神色。二人的舉止看起來似乎在擔心利瑟爾，職員這才終於發現利瑟爾從見面到現在完全沒有挪動身體。

「隊長，你今天為啥這麼兇啊？身體狀況很差喔？」

「沒有，只是魔力點的位置很接近，所以我最近也盡量不外出……但今天的影響特別顯著呢。」

「因為沒風吧，尤其是沒有海風，這點可能有影響。」劫爾說。

職員不禁面部抽搐。

這幾天他都待在王宮裡閉門不出，原來不是熱中授課，只是因為不想受到魔力聚積地影響才沒接委託嗎？原來如此，難怪對於公會這次的失誤這麼不高興。

在意想不到的時間點發現了真相，職員猛地垂下肩膀，答應會向該指名委託的委託人致歉之後，便踏著無力的步伐走出了書庫。

職員躬著壯碩的背，離開了書庫。

想必是在門外待命的衛兵將他帶走了，聽著兩人份的腳步聲逐漸遠離，利瑟爾忽然露出苦笑，喃喃開口：

「還有，該說殿下真不愧出身王族嗎……或許是這個原因，我比較容易習慣性進入工作模式。」

在原本的世界，與他國王族會面的時候，利瑟爾大抵都會全力開啟工作模式。不曉得是不是這個緣故，在教授亞林姆古代語言的時候，他有時候也會差點進入工作狀態。

這種時候總是令他切身體會到王族的影響力有多厲害。利瑟爾佩服地想著，回頭看向對桌。

「殿下，非常抱歉，在御前這樣驚擾您。」

「沒關係、喲。是我、說你可以儘管、利用的。」

鎮坐在椅子上的布團當中，傳出了缺乏抑揚頓挫的笑聲。

「那傢伙到最後都沒發現啊。」

「還一臉淡定說了什麼策動王族之類的話，雖然隊長不著痕跡地幫他打了圓場啦。」

打從職員造訪書庫開始，直到他離開的時候，亞林姆一直都在這裡。尋常地坐在椅子上，尋常看著書，那模樣就是個不折不扣的布團。乍看之下只覺得有坨布幔堆在椅子上，即使亞林姆多少有點動靜，一般也只會覺得是錯覺吧。

畢竟誰想得到王族會待在那裡面呢？職員完全沒有發現，甚至根本沒把注意力放在那團布上面。利瑟爾他們也有點懷疑這樣真的好嗎，不過既然本人不介意，那就沒關係吧。

「所以說，殿下，明天要請您自習了。」

「委託、加油、哦。」

不知為何，王族替他們加油的嗓音聽起來心情很好。話聲落定，利瑟爾重新開始讀起書來，劫爾和伊雷文則各自開始打發時間。

隔天，利瑟爾他們造訪了某間咖啡店。

他們坐在店裡最邊邊的位置，不過座位面朝著敞開的窗子，因此沒有封閉感。光線明亮，多虧了長屋簷的關係陽光離得很遠，通風也相當良好。這間店、這個位子，正是委託人指定的見面地點。

昨天從王宮回去的路上，他們立刻繞到公會一趟，接下了指名委託，然後委託人立刻就約他們隔天見面。不愧是團長的朋友，很有行動力。雖然他們聽了覺得約在公會比較確實，不過委託人好像從一開始就拒絕在公會見面，理由是「不好意思踏進那裡」。

「『請給我創作小說的靈感』……這個委託我們該做什麼呢？」

「都指定在店裡集合了，應該是要談話吧？」

伊雷文靈巧地把玻璃杯中的冰塊倒進嘴裡，邊咬碎邊這麼說。

確實，委託人應該不會像某魔物研究家那樣，說出「我想親眼看看冒險者活動現場，請帶我進迷宮」這種話吧。對方連桌位都指定好了，可見今天大概只會在這裡談話。

「如果只是想採訪冒險者，也不必指定找我們吧。」

「那就要看團長是怎麼跟委託人介紹我們的了。」

聊著聊著，鈴鐺聲忽然在店裡響起。

柔和的鈴聲，表示店門打開了。時間也差不多了，說不定是委託人來了，三人轉過視線瞄向門口，只看見一個年幼的女孩。看來不是委託人，利瑟爾他們正準備繼續聊天，卻聽見微弱的腳步聲朝這裡接近，三人於是閉上嘴。

「那、那個那個，你們就是委託約好的冒險者、嗎…………應該是吧？」

那個小女孩就站在他們旁邊，保持坐姿的狀態下仍然必須低頭往下看，否則對不上她的視線。

女孩剪齊的頭髮長度及肩，布製的大髮箍是她的特徵，此時她正抬起那張稚嫩的臉孔，戰戰兢兢地仰望他們三人。看來好像認錯人了，那雙大眼睛缺乏自信地閃爍不定，唯有撥好瀏海的動作看起來特別成熟。

該不會……劫爾和伊雷文同時看向利瑟爾。沐浴在兩人份的視線當中，利瑟爾露出親切的微笑安撫對方，緩緩開口問道：

「妳好，妳就是委託人吧？」

「是、是的。」

「請坐。」

身為委託人的女孩，在利瑟爾的敦促之下坐到了椅子上，接著低下頭行了一禮。

「那個，所以說……」

「小朋友會寫小說喔？」

「伊雷文。」

聽見伊雷文毫不客氣地插嘴，利瑟爾訓了他一聲。

不過似乎已經太遲了。女孩不滿地嘟起嘴，忿忿瞪著伊雷文說：

「我想，我的年紀絕對比你還大。」

「啥？」

「把你們介紹給我的那個女生跟我同年呀，所以應該不會錯吧。」

團長的年紀與利瑟爾和劫爾差不多，換言之，眼前這女孩也是二十幾歲後半了。

外表與實際年齡有落差的人不少，但身材嬌小的團長也有著與年紀相應的身材，伊雷文的母親雖然看起來格外年輕，但也是苗條的成人體型。

但眼前這女孩不一樣，任誰怎麼看都會覺得她年紀幼小。

「……太複雜啦！」伊雷文說。

「不是我的問題吧！」

伊雷文皺起臉，女孩滿不在乎地吼回去。

關於外貌的評語，她肯定聽都聽膩了吧。對她真是抱歉，利瑟爾邊想邊看向劫爾，只見他正望著窗外，全力假裝不認識他們。

從旁看來確實是被誤會成糾纏小女孩的冒險者也不奇怪，但劫爾和他們坐在同一桌，怎麼裝都沒用吧。

「小說家小姐，先前真是不好意思。」

「咦？」

利瑟爾重振精神，對著一臉不甘心的女孩開了口，她聽了眨了眨眼睛。

「中間有些誤會，所以一開始推掉了妳的委託。」

「啊，不會。我才是提出了這麼奇怪的委託，你們願意接就算是賺到了吧，大概。」

「妳這麼想就太好了。」

看見利瑟爾的微笑，少女感慨萬千地想，原來也有這樣的冒險者呀。

要是有人聽見她這麼說，一定會奮力否認她這句話。不過她沒說出口，因此錯誤的冒險者想像就這麼根植於她內心了。再過不久，她應該會注意到自己搞錯了吧。

「啊，對了對了，你們可以點些什麼呀，我請客吧。」

「這樣畫面看起來太過分了啦。」

讓小女孩請客的三名冒險者。納赫斯騎著魔鳥飛過來也不奇怪。

「別擔心、別擔心，這間店我常來，我想應該沒問題吧，大概。店員都知道情況的。」

下一秒，伊雷文以疾風怒濤之勢開始點起餐來，少女只得死命阻止他。

事後少女說，她從沒想過自己會在現實生活中體驗到「菜單從頭到尾點一遍」這種瘋狂行為。不過這也能當作小說的創作材料吧——少女下了這個結論，看得出她是個不折不扣的小說家。

「然後呢，聽說妳這次委託是為了尋找靈感……」

「啊，嗯嗯。下次我想要寫個以王宮為背景的逆後宮故事……」

「那啥？」

伊雷文往迅速送來的三明治上咬了一口，邊吃邊看向利瑟爾。

然而，儘管伊雷文看向他尋求解答，但利瑟爾也不甚清楚。他沉吟一會兒，在腦中整理目前所知的情報。

「我也是到了這個國家才第一次聽說……她好像就是『逆後宮』這種類型的代表性作家哦，相當受到年輕女性的歡迎。」

「是喔，原來有奇怪癖好的女人這麼多喔。」

「內容相當獨特呢。」

「咦？」

「啥？」

聽見意想不到的評語，少女僵在原地，伊雷文看見她的反應一臉嫌惡，彷彿在說「妳該不會覺得這是什麼正常癖好吧」。利瑟爾看著這一幕，這才發現自己和伊雷文似乎有什麼嚴重的誤會。

「看來不是被周遭討厭的故事呢。」

「不是吧！」

原來不是這樣，二人聞言不禁點頭。

畢竟「後宮」指的是在離宮受到多位側室愛慕，而逆後宮是後宮的相反，他們還以為是遭到多數人厭惡的故事呢。

假如這種小說在年輕女性之間大受歡迎，那確實滿可怕的。

「那麼，為什麼說是逆後宮呢……啊，是性別嗎？」

「嗯，沒錯沒錯。可以說是女孩子的浪漫吧。」

少女往包包裡掏了一陣，拿出一本書。

利瑟爾接下書本，啪啦啪啦翻動著迅速瀏覽過去。原來如此，看來故事的主角是名少女，受到不同類型的幾位男性追求，基本上直到最後都沒有察覺他們的好感。

坐在他身旁的伊雷文也把肩膀湊了過來，探頭來看書本內容。雖說書本在阿斯塔尼亞的娛樂色彩較強，但在其他地方，書籍是一種只有追求知識的人才會涉獵的東西。伊雷文也不例外，他看見大量文字馬上就舉了白旗。

「我是搞不太懂啦，總之就是大家搶一個女的就對了？」
「是的。雖說是搶奪，不過不可思議的是關係看起來並沒有那麼險惡。」
「為啥？讓礙事的傢伙全部消失就輕鬆啦。」
突如其來的危險發言把少女嚇到倒彈。
「這、這個嘛，做出太暴力的事情應該只會被女孩子討厭吧，大概……」
「沒差吧，總比被人家搶走好啊。」
「是、是這樣嗎？」
話是這麼說嗎？少女大感混亂，伊雷文則滿臉不可思議地覺得莫名其妙。利瑟爾見狀苦笑，說到底伊雷文和戀愛小說是致命地不合，他一點也無法理解那些細膩的感情波動。
利瑟爾也一樣，儘管他明白戀愛小說是什麼樣的文類，但是讀起來沒有共鳴。至於劫爾就更不用說了，想到這裡令人不禁懷疑委託人是否找錯人了。
「不好意思，妳這次的指名委託是團長小姐介紹的吧？」
「咦，嗯。」
「小說家小姐，妳這次委託想找的是什麼樣的人呢？」
「咦，這個嘛，我說想要找『性格超級濃烈的人』，她就立刻把你們推薦給我了……」
原來他們被團長認定為性格濃烈的人了。
「已經寫過不少男性角色，我差不多沒點子了，所以才想來試試看能不能想到不錯的角色靈感……」
接著少女整張臉閃閃發亮，開始連珠炮般說了起來。

她說她接下來想寫的是宮廷故事，登場人物當然也考慮加入王子，苦惱的是真正的王子她並沒有機會親眼見到。這時候，團長說她認識氣質很像王子的人，於是向小說家介紹了利瑟爾他們。而且，在先前公會推掉委託的那場糾紛當中，她又得知他們三人最近常與真正的王族會面。

「你們見過王族了吧？古怪的王族感覺很有意思，或許可以當參考資料，所以我想聽你們聊聊王族的事情！」

利瑟爾一行人面面相覷。

說古怪，那位王族是真的很古怪，但老實說他是一團布塊真的好嗎？對眼前這位滿心期待的小說家……不，對敬重王族的阿斯塔尼亞國民直接說出真相真的好嗎？

反正說了她也不會相信，三人邊這麼想邊開了口。

「他的身材非常高䠷呢。」利瑟爾說。

「講話聲音很甜。」劫爾說。

「布團。」

咚一聲，腳被人猛踩了一下的伊雷文被擊沉在桌上。

他不發一語忍著痛，少女看著他，疑惑地納悶到底發生了什麼事。為了引開少女的視線，利瑟爾不著痕跡地轉換話題。

「除了王族以外，妳還構思了什麼樣的角色呢？」

「咦，嗯……最王道的果然還是騎士吧，司書之類的也不錯。啊，會照顧人的執事也很好吧！我之前出過的小說也曾經引發執事熱潮呢！」

少女越說越激動，終於意氣風發地從包包裡拿出了紙筆。

是有了什麼靈感嗎？她提筆匆匆撇下什麼東西的模樣，令人聯想到面對劇本的團長。她們感情一定很好吧。當利瑟爾望著這一幕這麼想的時候，劫爾忽然朝他看了過來。

「你的行動倒是滿自然的。」

「你指的是？」

「本來多得是負責伺候你的人吧。」

剛開始利瑟爾曾經做出各種「好事」，儘管現在仍會露出一點蛛絲馬跡，例如更衣速度較慢，但他不至於生活無法自理，也不曾凡事都仰賴劫爾幫忙。

劫爾側眼看了那位口中念念有詞、正在振筆疾書的少女一眼，隨口問利瑟爾：

「你身邊本來也有執事？」

「有呀。」

怎麼突然問這個？利瑟爾一臉不可思議。「我想也是。」劫爾聽了點點頭。

這時伊雷文終於從疼痛中恢復過來，他把頭抵在桌上仰望利瑟爾，中途不忘怨恨地瞪了劫爾一眼。

「是喔，隊長，有人負責照顧你？」

「是呀，小時候我從更衣到各種生活瑣事都借助執事幫忙。不過，最近他常常負責指導後進……所以，負責照顧我的主要是領地守護軍的總長。」

「護衛還得負責替你打理生活？」

「比較像是在宅邸警備之餘順便照顧我吧，他也會好好完成自己分內的職責。」

利瑟爾懷念地瞇細雙眼。

那人現在肩負總長的職位，就像那位執事一樣，從利瑟爾小時候就常常照顧他。他和利瑟爾是同乳兄弟，是兄長般的存在，利瑟爾初次上戰場時，他一直陪在利瑟爾身邊，在利瑟爾遭人綁架的時候也和父親一同趕來救援……雖然那時候利瑟爾被他嚇到了。

不曉得他過得好不好？利瑟爾沉浸在思緒中這麼想道。伊雷文見狀忽然坐起身來，張嘴咬了一大口三明治，動著嘴巴邊嚼邊問：

「他是怎樣的傢伙啊？」

「這個嘛……感覺就像是與劫爾完全相反的人。」

「啊？」

「穿白色軍服、戴白色軍帽，最重要的是個性非常爽朗。」

伊雷文勉強忍住沒把三明治噴出來，但後背還是忍不住抖個不停，在他勉強把嘴裡的東西嚥下去的同時還噎到了。

「伊雷文，來，喝水。」

「咳、咳，謝啦……哈哈，大哥的表情好嚇人……！」

看見劫爾皺著臉的模樣，伊雷文的笑意再度回湧。注意到他發笑的模樣，少女停下筆，愣怔地交互望著他們三人。

看來她的筆記也寫到一個段落了。利瑟爾看著她，小說家一對上利瑟爾的視線便急忙擱下筆，接著乾咳一聲，像在掩飾自己失控的舉動。

「如何呀，我們的情報對妳的創作有幫助嗎？」

「嗯，我想一定沒問題的，大概！性格比我想的更濃烈！」

這是誇獎嗎？三人一面疑惑，一面按照委託人的需求重複了許多次提問與回答。

再過一段時間，少女在利瑟爾一行人的協助之下所執筆的作品開始陳列在阿斯塔尼亞的書店裡了。

中午時段人潮擁擠的大眾餐廳一角，利瑟爾他們三人正在一塊用餐，不過還在吃的就只有食量比誰都大，不管過多久都吃個沒完的伊雷文而已。劫爾和利瑟爾早就吃飽了。

利瑟爾手中拿著一本書。

是那位小說家送給他們做紀念的書。讀完那本小說，利瑟爾啪地闔上了書本。接著他不經意看見劫爾，「嗯」地點了個頭，再次啪啦啪啦翻動紙頁瀏覽起來，看看書本，然後又看看劫爾。同樣動作重複了幾次，看得劫爾也介意起來，他於是詫異地開口：

「怎樣？」

「沒有……」

利瑟爾說到一半，忽然露出有所企圖的笑容。

他翻開書本正中央左右的頁面，拿起來給劫爾看，接著指尖咚咚指出其中一句臺詞。

劫爾和伊雷文都知道那本書是某位少女的作品，利瑟爾這動作是什麼意思？二人邊納悶邊湊近去看，結果其中一人露出滿臉意有所指的奸笑看向被指名的男人，另一人則是嫌惡地皺起臉來。

但是後者，也就是劫爾忽然哼笑一聲，讀出那句話：

「『別擺出那種表情。我一不小心……就會把妳碰壞。』」

嗓音充滿感情，再附贈單手遮臉的動作，看得利瑟爾和伊雷文馬上噴笑出聲。沒想到劫爾還滿配合的。

在小說當中，隸屬於王宮的一位騎士為了自己過於強大的力量而苦惱不已，卻又忍不住擁住女主角。那個角色的原型明顯是劫爾，利瑟爾平常明明感受不太到戀愛小說的魅力，這次卻讀得樂趣橫生。

「噗哧……劫爾，再念得更痛苦一點……」

「大哥你要有愛！帶著愛念啊！」

「蠢貨。」

劫爾轉瞬間恢復原本的語氣，從利瑟爾手中輕鬆奪過那本書。

接著他啪啦啪啦翻過書頁，找到了需要的臺詞才停下手上的動作，報復似地將攤開的那一頁轉向利瑟爾。

利瑟爾揩了揩笑到泛淚的眼角，探頭去看那隻骨節明顯的修長手指輕敲頁面示意的地方。

「咳。」他清了清嗓子，學著書中聰慧的司書露出悲傷的笑容：

「『妳總是說我什麼都知道，但是……我不知道有什麼方法，能讓妳回過頭來看著我。』」

「啊——很像隊長會說的話！」

「要是你的話感覺會知道啊。」

大獲好評真是太好了，利瑟爾也綻開笑容。

劫爾究竟把自己當成什麼了？看著他意有所指的笑容，利瑟爾邊想邊從他手中抽回那本書，接著篩選頁面，這一次朝著正在爆笑的伊雷文翻開。

伊雷文帶著滿面笑意，探出身子確認過翻開的那一頁之後，指尖撥開蛇一般在身後擺動的那束紅髮，接著完全消去了臉上的所有笑容：

「『為了把妳奪到手，殺死多少人我都不在乎。所以……妳快點頭答應啊。』」

「演得有點誇張了，伊雷文。」

「太誇張了，有夠假。」

「哪會啊，這樣差不多啦。」

這位暗殺者在潛入王宮時邂逅了女主角，從此日漸生情，進而發出了這句慟哭……卻遭到利瑟爾他們毫不留情的嫌棄。三人一下挑這句、一下挑那句，選著臺詞玩了一陣子。

不過……玩到一個段落，他們低頭看著桌上那本書。

三人接下少女的委託時，聊的並不只是他們三人的事。少女說也想聽他們聊聊其他朋友，因此在不造成妨礙的範圍內，他們也談到了賈吉和史塔德等人。

最好的證據就是，這本書裡除了前述的角色之外，還有其他幾個氣質熟悉的角色登場。

話雖如此，假如事前不知道作者參考了利瑟爾他們的談話內容，即使是本人看了這些角色也只會覺得「感覺有點相像」而已。小說家對於這方面也有所顧慮，因此將角色外貌寫得與參考的模特兒截然不同。

「但是這個喔……」

「是呀。」

「太另類了吧。」

但是，正因為他們三人知道這些角色是參考什麼人所寫出來的，看了心情實在是非常複雜。

『為了妳，我還能做些什麼呢……我想為妳做點事。』

『反正先到床上讓我為所欲為一個晚上就可以了！』

聽見為人盡心奉獻、不求回報的青年這麼說，女主角這麼秒答。

『與妳相處的時候，我好像變成了一個不像自己的人，讓我不禁感到不安。』

『跟我過一晚我就會讓你忘了那種不安，來，把衣服脫了吧！』

聽見漠無感情的青年這麼說，女主角這麼秒答。

『妳問我為什麼老是問問題？當然是因為對妳感興趣啊。……不好嗎？』

『太好了，讓我們帶著滿滿的興趣用愛的肉體語言徹夜暢談吧！』

聽見步調獨特的青年這麼說，女主角這麼秒答。

「太肉慾了吧。」

「為什麼會拿藥士小姐當模特兒呢？」

「這算是戀愛小說喔？」

女主角是過度講究肉體契合度的類型。

伊雷文會產生這種疑問也很合理，就連看過幾萬本書的利瑟爾也不清楚這小說算是什麼類型。

是自己的錯嗎？三人低頭看著那本書納悶，而在他們身後……

阿斯塔尼亞少女們之間最廣受討論的小說家推出了新作，距離發售日已經過了幾天，此刻坐在店內的少女們人手一本，即使手邊沒有書，也有許多人已經閱讀完畢。

她們一邊吃著午餐，一邊交換小說感想，正在討論她們究竟能不能接受如此奇葩的女主角；不過無論如何，這都是她們喜歡的作家的新作。

而那三個男人竟然把這本書當作笑柄大肆嘲弄，少女們立刻投以嫌惡的目光，卻看見利瑟爾他們宛如從小說世界走出來般的相貌和演技，許多少女看得目不轉睛，不禁僵在原地……而利瑟爾他們並不知情。

面對著露出巨牙逼近的鎧王鮫，劫爾唇角漏出了些許氣泡。

巨大的身軀捲起強烈水流游近，換作是一般冒險者早已站不穩。血紅幽深的口腔像個敞開的洞穴，朝著獵物筆直迫近，任誰看見牠嘴裡好幾列的巨牙都會做好死亡的覺悟。

宛如恐懼的化身，獵物無法逃跑，只能呆立原地任其宰割。

劫爾面不改色地緊盯著對手，在利牙即將觸及自身的瞬間蹬地避開。機動力低了一大截，但他無法提早行動，鎧鮫會修正行進軌道照樣撕裂獵物，他只能在遇襲前千鈞一髮迴避。

動作毫不慌張，對他而言這就和在街上與人擦肩而過沒有兩樣。那些只是劃過手臂就足以將之割裂的利牙，以數公分之差的距離伴著轟然巨響經過他身側。

劫爾看也沒看巨牙一眼，揮動單手持握的大劍。這武器在水中理應難以控制，但他憑著蠻力與銳勁直揮到底，鈍重的「鏗」一聲響徹水域。

「……」

他輕聲咋舌，舉劍抵擋游過身邊時襲來的強勁尾鰭。

劇烈的衝擊力在水中無法完全擋下，劫爾被尾鰭推開，目送那條龐然巨物游過，再度響亮地嘖了一聲。

劫爾想至少剝下牠一枚鱗片，但那也相當困難。鎧王鮫的鱗片全都交錯相疊，構造上絕不會剝落，因此想要品嘗牠的肉，擁有剝除鱗片技術的漁夫不可或缺，利瑟爾也才會特地顧慮到這項技術的傳承。

但加以破壞並不是不可能。

劫爾從剛才就往同一枚鱗片上攻擊，上頭已經刻下了幾道傷痕。劫爾成功砍傷了那些在一般攻擊下根本不會受到分毫傷害的鱗片，但仍然蹙起那張兇惡的臉孔心想，這表現太丟臉了。

「（要是能固定身體就好了……）」

在這寬敞的空間當中，鎧王鮫絕不會游近牆邊。

即使待在牆邊誘敵，牠也會在靠近之前轉換方向，要像上次作戰那樣讓牠露出腹部也有困難。這一次他是自願獨自前來，並不覺得「假如利瑟爾在就好了」，但已經不知第幾次體認到利瑟爾縱然沒有特出的戰鬥強度，有這個人在卻方便得不得了。

無論戰鬥還是其他事情都想盡可能高效率解決，這點很符合利瑟爾的作風。

當然，前提是必須樂在其中，所以利瑟爾並非什麼事都以最快手段完成。他尤其擅長考量劫爾和伊雷文的偏好，指出滿足條件的最佳路徑。

但那對於現在的劫爾而言沒有必要；有人教過他，追求強度最迅速的方法就是將自己的力量發揮到極致。他不想被與某個把刺激當快感、興趣差勁的獸人相提並論，不過能夠打成平分秋色的對手正中他下懷。

「……」

鎧王鮫緊盯著他，利齒咬得喀喀作響，擺動尾鰭準備突進。

劫爾忽然想到什麼似地微微張開雙唇，呼出氣息的同時，口中漏出微小的氣泡搔過臉頰，感覺有點癢。

「（要不是一個人我不會這麼做。不過……）」
左手握著的大劍垂在身側，劫爾保持自然的站姿微微揚起唇角。
刺痛鼓膜的咬牙聲戛然而止，鎧王鮫巨大的身軀狂亂游動起來，張著能夠輕易吞下一個人的血盆大口氣勢洶洶地逼近。
劫爾右手反握住一柄尺寸較大的短刀，躲過直逼他鼻尖的鎧王鮫。就連近似風聲的隆隆水聲也來不及傳入耳中的一瞬空檔，劫爾連著整條手臂將短刀伸進厚實巨齒的內側，毫不猶豫地刺入牠血紅的口腔。
這絕不會成為牠的致命傷，但鎧王鮫感受到疼痛，仍然反射性閉上那張巨大的嘴巴。
「鏗」地一聲，有如沉重金屬相撞般，足以粉碎萬物的破壞音在水中炸開。
「（穿的要不是這裝備，手就被咬斷了。）」
劫爾對此只是不悅地蹙了蹙眉頭。
他瞥了自己的手臂一眼，手肘以下被夾在齒列之間，看不見了。確實感受到手臂折斷了，但也僅此而已，燒熔大腦的劇烈疼痛他毫不在意。
鎧王鮫始終沒有減緩游速，牠注意到自己咬著獵物，忽然猛地改變前進路線，好將那隻手臂甩斷。
本來經牠這麼一甩，劫爾的手臂理應斷成兩截，但最上級的裝備不允許這種事發生。劫爾確認過這點，腳踩上鱗片調整姿勢。
現在他不會再受到水流影響，也不會受到雙方的質量差距被壓制。他瞇起眼睛嗤笑，使勁握緊大劍，刺向傷痕累累的鱗片。

「…………嗯？」

喀啦喀啦，筆尖刮過紙面，留下斷續的墨跡。

利瑟爾見狀提起筆，看向剛才浸過筆尖的墨水壺。接著他放下筆，拿起墨水壺往裡瞧，玻璃瓶已經完全見底了。

這時間太陽還得過一陣子才會升上天頂，利瑟爾在旅店的房間裡獨自坐在桌前。

根據旅店主人的說法，劫爾在朝霞還未消褪的清晨便外出了；伊雷文還在睡，但聽說他今天也會出門。看來他們盡情享受著阿斯塔尼亞的生活，太好了，利瑟爾一邊漫不經心地想著，一邊伸展僵硬的背脊。

接著，他將手伸向掛在椅子上的腰包，往裡頭翻找新的墨水壺，但他手邊的動作又立刻停了下來。

「（這麼說來，來到阿斯塔尼亞之後還沒買過墨水……）」

明明差一點就要完成了，利瑟爾低頭望著攤在桌上那些寫到一半的樂譜。

那是他為亞林姆製作的教材。國家首席學者並非浪得虛名，亞林姆學得很快，也擁有聞一知十的知識量。最重要的是他的學習欲望相當旺盛，堪稱教師眼中的理想學生。

不過亞林姆最近只聆聽音樂，沒有接觸到古代語言，對此想必很不滿足吧。差不多該同時讓他嘗試直接解讀古代語言了，利瑟爾正在為此親自準備教材。畢竟無論到哪裡都不可能找到古代語言的資料，因此他只能自己製作。

他先向旅店主人打聽了阿斯塔尼亞家喻戶曉的童話故事，正在將童話改寫為樂譜，但這個工程也必須中斷了。利瑟爾拿起腰包，站起身來。

「（哪裡有賣墨水呢？）」

他想一口氣把這份樂譜寫完，於是簡單整理了一下儀容。

利瑟爾將腰包綁上腰部，底下穿的不是裝備，而是一身便服。房門原本就為了通風舒適而敞開，利瑟爾直接走出房門，邊想著該到哪間店舖邊走下階梯。

想歸想，但他平時的行動範圍之中只有冒險者相關的商店，要不然就是餐飲店和路邊攤販。

「（去觀賞幻象劇團公演的時候，好像有看到販賣墨水的商店……）」

他走下最後一級階梯，腳尖輕聲踏上地面。這時候，旅店老闆正好拿著裝了洗滌衣物的籃子現身。

「嗨，客人你要出門啊？我一瞬間本來還想跟你說『你可不可以幫我忙啊……開玩笑的！』但光是想像貴族客人答應之後那種讓我無地自容的尷尬我就冷汗狂冒，所以還是算了。」

旅店主人還是老樣子，是個會把各種想法說出口的人，利瑟爾邊想邊露出苦笑。不過像他這樣坦白說出自己的想法很好懂也很有意思，沒什麼不好。

不過，劫爾他們好像覺得旅店主人「過量的情報很囉唆」。

「墨水用完了，我想出去買。附近有賣墨水的商店嗎？」

「墨水我可以直接借你用啊。」

「不，之後我會頻繁用到。」

儘管感謝旅店主人的提議，利瑟爾還是拒絕了。原來是這樣，老闆聽了也點點頭，替他介紹了幾間商店。

旅店主人應該是盡可能介紹位於附近的店家給他，聽起來要走到最近的商店得先經過公會，順便到公會看看委託或許也不錯。

「謝謝你，旅店主人。」

「現在我確實收到了名為微笑的獎賞！對了，獸人客人還沒起來嗎，我想曬床單。」

「昨天他好像很晚才回來，應該還不會起床。」

昨晚，利瑟爾也一直讀書讀到過了夜半的時間。

但他直到睡前都沒有見到伊雷文。伊雷文走動不會發出任何聲響，利瑟爾無法察覺，不過只要看見利瑟爾還醒著，他回到旅店的時候就會來打招呼，可見他昨晚應該是在利瑟爾就寢之後才回來的。

「伊雷文早上起不太來，可能過了中午才會起床哦。」

「把他叫醒他會殺了我吧，我放棄了。」

旅店主人臉色略微發青，惋惜地喃喃這麼說。利瑟爾朝他微微一笑，聽著老闆那聲不知為何異常恭敬有禮的「出門小心」離開了旅店。

強烈的日照之下，利瑟爾低垂著眼睫走在阿斯塔尼亞的街道上。

「（今天該怎麼辦才好呢？）」

他最近頻繁造訪王宮書庫，不過原本是約好在閒暇時間才到那邊去的。

利瑟爾並沒有特別決定哪幾天過去，也沒有非去不可的日子。可以這麼約定，也是因為亞林姆總是待在書庫閉門不出的關係，無論利瑟爾什麼時候到訪他都會在。

「（還是不去王宮了。）」

今天就努力製作教材吧，利瑟爾在心裡點頭。

利瑟爾早已察覺劫爾和伊雷文兩人不想讓他獨自到王宮去，既然如此，他就不會做出自行前往王宮這麼不體貼的事情。

偶爾吹來的微風徐徐撫過臉頰，揚起他細軟的髮絲。利瑟爾將頭髮撥到耳後，正想著如果看到感興趣的委託，一個人接接看也不錯，就在這時……

前方忽然傳來喧鬧聲。

避開就得繞遠路了，於是利瑟爾並未停下腳步，走近一看，原來是冒險者之間起了爭執。圍在四周看熱鬧的群眾並沒有站在遠處觀望，反而出聲起鬨，不愧是阿斯塔尼亞，利瑟爾邊想邊從旁邊經過。

冒險者之間的爭執在王都也絕不算少見，但是在阿斯塔尼亞又發生得更加頻繁，對他們來說就像玩耍打鬧一樣不足為奇吧。

「（雖然我也被人糾纏過，但沒有遇過這種……互瞪威嚇？就像不讓別人看不起自己的一種慣例儀式。）」

兩個隊伍互瞪，互相叫囂「看什麼看」、「想打架喔」的那種衝突方式。

利瑟爾自己意外地沒遇過這種人來找碴，他聽著背後傳來的喧鬧聲，納悶地思考這究竟是為什麼。不過這場爭執雖然只是鬧著玩，仍然長時間擋住了街道，而且假如他們拔出了武器，公會一定也不會默不作聲吧。

這時忽然傳來一陣慘叫和責備聲，接著是東西遭到破壞的聲音。

雙方的怒罵越發激烈，看來是動手了。利瑟爾這麼想著，維持原本的步伐繼續前進，卻無意間看見前方揚起一陣塵土。轟轟轟的地鳴聲逐漸接近，隨之現身的是光頭閃亮、肌肉壯碩的那位公會職員。

利瑟爾悄悄往路邊靠，職員以一種與他魁梧的身軀完全不搭調的迅猛速度從他身邊跑過，就這麼毫不遲疑地衝進騷動中心。

「不是交代過你們不准做出給人添麻煩的事情嗎你們這些死小鬼!!」

利瑟爾停下腳步，回過頭，只見冒險者們一看見職員肌肉隆起的粗壯手臂就面部抽搐，緊接著全數遭到擊飛。

利瑟爾望著這一幕，點了個頭，原來那就是傳說中的「大叔金臂鉤」。王都有史塔德進行絕對零度的肅清，在商業國馬凱德則是有蕾菈的鐵拳，打到冒險者道歉為止。看來公會職員也是相當勇猛。

接著職員還得把冒險者抓起來訓話，一邊還必須承辦損害賠償問題，也是相當辛苦。利瑟爾在內心對冒險者公會致上慰勞之意，絲毫不去想把最近最重大的工作丟給他們處理的正是利瑟爾自己。

就這麼走了一會兒，便看見了這附近最高大的建築物，冒險者公會。

看見公會大門旁邊熟悉的攤子和商人，利瑟爾朝那裡走去。這時間大多數冒險者都已經外出執行委託，攤位前沒有客人，綁著金色雙馬尾的商人也趁這時候咬著麵包休息，只是形式上顧個店。

還是不要打擾她吃東西比較好吧，利瑟爾見狀轉而朝公會走去，這時不經意與盤腿坐在厚地毯上的商人四目相對。她動著鼓起的臉頰咀嚼，把食物咕嚕吞下喉嚨之後咧開嘴，露出豪邁的笑容。

「什麼，是你啊。上次謝謝你啦，讓咱撈了一筆。」

「妳好。」

「嗯。要不要來看看啊，今天也進了很多好貨喔！」

商人得意地笑著說道。有點令人好奇，利瑟爾微微一笑，重新走向地攤。

蹲下身一看，毯子上擺放的商品和上次有些不同。消耗品和必需品類的東西還是老樣子，不過原本放著鎚子和眼鏡的地方擺著其他便利道具。

是賣掉了嗎？利瑟爾邊想邊拿起不曉得用在哪裡的長針和巨大剪刀仔細端詳起來。商人三兩下把東西吃完，見狀便為他說明了用途，原來這兩樣東西都是解體魔物用的道具。

「有了這些工具，解體起來很方便呢。」

「有些魔物沒工具還沒辦法解體喔！像採集蝶系魔物鱗粉的時候，不用這種針固定就會被牠逃跑或反擊。」

在他們隊上都是由劫爾一把抓住魔物，利瑟爾根本無從得知這種事。

鱗粉必須在魔物活著的狀態下採集，所以只能固定翅膀，但是魔物不拍翅膀就採不到鱗粉，所以才必須用這種針……商人向他解釋道，利瑟爾聽了帶著意味深長的表情點點頭。

說到底，他根本沒見過劫爾他們使用解體魔物的工具，他們兩人只需要一把小刀就能把魔物漂亮解體。利瑟爾一邊跟著他們學習，有時候也會嘗試動手解體，但總是不太順利，因此他一直覺得經驗老到的冒險者很不簡單。不過有了這種工具，說不定就不一樣了。

「其他冒險者必需品也是應有盡有喔！有什麼想買的東西儘管說！」

「啊，那我想買墨水。」

「咱說的是冒險者必需品耶，你沒在聽喔？」

看來這裡沒賣。

「但我聽伊雷文說，一般攻略迷宮的時候都是邊畫地圖邊前進……」

「你們不是攻略過一堆迷宮了嗎！」

怎麼連這種基礎中的基礎都不知道！商人拍著地毯表達她無處宣洩的情緒，利瑟爾見狀有趣地笑了。

「我的記憶力很好。」

「是喔……不對，那不一樣吧？這種事哪可能、呃……你說對不對！」

「什麼？」

「你不懂啊……」

商人放棄一切似地用力嘆了口氣，從排列著消耗品的角落拿起幾枝棒狀物，那是把布纏在黑色棒子上製成的東西。

商人把那東西遞到他眼前，利瑟爾眨眨眼凝神打量起來。

「在迷宮裡怎麼可能拿出墨水壺、拿筆沾墨水，然後找平坦的地方畫地圖啊。用的是這個啦。」

「啊，是木炭呀。但是這只能畫出簡單的線條……」

「那不就夠了嗎？」

利瑟爾沒在意過這件事，不過冒險者本來就鮮少有機會寫字。只有在委託需要的時候，冒險者才會拿起公會桌上備好的紙筆，動作不甚熟練地握筆寫字，也有不少人看得懂文字卻不會書寫。

「墨水什麼的要用在哪啊，你是冒險者吧？雖然看起來也不像。」

「我正在撰寫一份無論如何都需要的樂譜。」

商人的嘴角抽搐了一下。

就在這時，公會大門砰地一聲打開，一個嬌小的人影跌跌撞撞跑了出來。那個看起來快哭出來的小女孩，正是不久前利瑟爾他們剛見過的那位小說家。

「嗚哇——！冒險者果然都是粗魯又恐怖的人！雖然之前沒接近過冒險者，但這次都遇到沉穩有氣質的哥哥系冒險者了，本來還以為冒險者裡面既然都有這種人了應該沒那麼可怕的！」

「這種冒險者到處都有還得了啊傻蛋!!」

「嗚哇啊啊——！連不認識的女孩子都罵我!!」

在腦袋一片混亂的情況下，小說家眼眶含淚莫名其妙地大喊。利瑟爾見狀苦笑著站起身，朝她遞出手帕。小說家道了謝接過，吸著鼻子把手帕按到臉上。

不曉得這麼做是否能讓她冷靜下來？正當利瑟爾低頭看著她這麼想的時候，少女忽然停下動作，從蓋住臉的手帕底下緩緩露出眼睛看他，而利瑟爾也露出柔和的微笑回應。

少女身為小說家，大概先前就對冒險者這個職業感興趣，但一直怕得不敢接近吧。遇見利瑟爾他們之後才發現，原來冒險者也能這麼沉著冷靜地談話，於是她以此為契機鼓起勇氣，為了蒐集資料還是什麼原因闖入了公會。

以阿斯塔尼亞冒險者們的習性，不難想像他們看見小說家年幼的外貌會怎麼起鬨。即使冒險者們只覺得是開開玩笑打個招呼，對於小說家本人來說想必不是這麼回事。

「妳還好嗎？他們有沒有對妳怎麼樣？」

既然如此，他就該負起一部分的責任……雖然沒有這麼嚴重，但自己對於冒險者或許還是說明得不夠清楚吧，利瑟爾這麼想。

他配合少女嬌小的身高彎下腰，稍微偏著頭問道，原本愣在原地的少女聽了睜大眼睛。

「我、我只是嚇了一跳，大概。」

「不好意思。」

「不、不會，這不是你的錯吧……啊，謝謝你的手帕。我洗過再還給你哦。」

「沒關係的。」

看來她冷靜下來了。

太好了，利瑟爾站直身子，不著痕跡地從小說家手中收回手帕。要是把手帕留在她手上，她恐怕真的會洗好再歸還；就算直接把手帕送她，她可能也會再買一條新的回送。

利瑟爾將手帕收進腰包，這時忽然感受到來自地攤的視線。往那邊一看，坐在攤子上的商人正以狐疑到了極點的眼神朝這裡仰望過來。

「……你們該不會是父女吧？」

「不是的，這是我之前的委託人。」

「咱開玩笑的啦。是說幼女竟然是委託人喔，怎麼回事啊？」

「我的年紀一定比妳還大好嗎！」

果然要一眼猜出小說家的實際年齡還是有難度吧。

也不是不懂這種心情。利瑟爾點點頭這麼想，看著兩個女生你一言我一語地說著「騙人」、「我才沒有騙妳」。商人旅居各地經商，一定聽過不少奇聞軼事，對於小說家來說想必會是很不錯的邂逅。

「商人小姐，她說的是真的哦。」

「哇，真的喔。」

「妳看吧！」

二人雖然吵得不可開交，跟剛才那些冒險者比起來倒算是相當可愛的拌嘴了。利瑟爾打斷她們，先替雙方介紹了一下。雖然他對於她們兩人也不太瞭解，但總比沒介紹好。

「什麼嘛，原來妳就是寫了那部愚蠢小說成名的傢伙啊。」

「什麼愚蠢！」

「跟魔物談戀愛不是很愚蠢嗎？不過這也是咱們這種人想不到的點子啦，滿讓人佩服的。」

雖然這措辭褒貶莫辨，商人仍然像她說的一樣「哦」了一聲，佩服地眨了眨眼睛。

「咱們這種人」，指的是瞭解魔物的人吧。小說家並沒有實際見過魔物，只是參考傳聞中在阿斯塔尼亞出沒的魔物寫成這部小說，因此在這方面她並沒有異議。

「這種類型的故事在其他國家很少見，咱們也在討論要不要進貨到其他地方去賣。」

「願意大量購買我會很高興的，但數量太多可能有困難哦，大概。聽說之前複寫書本用的魔道具壞了一臺。」

「真的假的，咱再去跟他們說。」

正如利瑟爾所猜測，商人隸屬於遊走各國的商隊。

商人的意思是要把這消息轉達給商隊的高層知道嗎？書本的重量不方便搬運，需求也有限，有本錢引進這種商品的可能是擁有一定規模的大型商隊。

「（書本的製作過程，在這邊應該也一樣吧。）」

利瑟爾原本的世界也會使用魔道具複製書本。

不過過程仍然是手工作業，無法一口氣大量生產，加上魔道具本身數量稀少，因此這種技術並不會使用於較為小眾的書籍。而且不知為何，這種魔道具也無法使用在迷宮出產的書籍上，因此人工抄寫的手抄本還是相當盛行。

「小說家小姐，妳到公會有什麼事嗎？」

「啊，對了對了！」

小說家猛地抬起臉來。

「我從之前就想寫冒險者題材的故事了，但還是覺得冒險者好可怕……」

少女一邊撥好瀏海一邊說道，商人聽了莫名其妙地皺起臉來。

「那些傢伙全是些肌肉腦啊，被糾纏隨便應付過去就好了啦。」

「要是做得到我就不會這麼辛苦了，大概。」

「什麼嘛，妳小說裡寫了一堆把男人玩弄在股掌之間的女人，結果這點小事也辦不到喔？」

真是不留情面。

聽起來不像是花樣年華的少女讀了戀愛小說會有的感想，不過這方面反映了她身為商人現實主義的一面吧。這麼說來賈吉有時候也會露出這一面，利瑟爾想起了那位當起商人來意外強勢的怯懦青年。

「勸妳是不要低估完全沒在跟異性互動的我有多膽小喔！要接觸冒險者這種活躍又引人注目的人種對我來說太難了！」

「妳幹嘛這麼激動啦！」

看見小說家拚命過頭的樣子，商人邊傻眼邊在形式上道了聲歉。

經商的她早已習慣接觸人群，不太理解小說家在說什麼；利瑟爾聽了則是納悶地想著，小說家並沒有表現出怕他的樣子呀。

「我本來想採訪一下公會相關的情報，結果一到櫃檯去交涉，就看到長相很嚇人的職員……而且話講到一半，那個人聽到有人申訴『有冒險者在路邊鬧事』，就氣勢洶洶地衝出公會了……我被丟在那邊有多不安啊！被人起鬨說小孩子來這邊幹嘛的恐懼！來自猙獰壯漢的視線！妳知道這有多恐怖嗎!!」

「妳才比較恐怖啦傻蛋!!」

小說家睜著布滿血絲的眼睛講述自己的恐懼，商人劈頭就是一句吐槽。

看來跟利瑟爾剛才目擊的事件有關係。跑去跟那位阿斯塔尼亞公會當中長相數一數二兇惡的職員交涉，小說家也相當努力了吧。

不過即使避開那位職員，最後這件事還是會轉達給他負責，無論如何小說家都得跟面貌兇悍的職員交涉就是了。都這麼努力了還空手而歸，一定非常失望吧。利瑟爾微微一笑，向小說家開口：

「小說家小姐，我現在要稍微到公會一下，妳要不要一起來呢？」

「咦，那個那個，可以嗎……！」

「啊——對啦對啦，妳就接受人家的好意吧，去、去。」

商人揮揮手作勢把他們趕走。在她的目送之下，利瑟爾推開了公會大門。

他稍微往旁邊靠，跟在他身後的小說家愣愣地看了看利瑟爾，又看了看公會內部，交互望了幾次，才小跑步慌忙踏進公會。

嘰——大門發出輕微的摩擦聲闔上。公會裡有幾組冒險者在。

聽見關門聲，他們反射性看向門口，確認來者是利瑟爾，邊想著「這個人還滿常一個人到公會來的」邊準備移開視線……卻在這時看見小說家的身影，又猛地將視線轉回他們兩人身上。小說家從利瑟爾腰部後方探出臉來，看見冒險者們一臉呆滯地看著這裡，不禁嘴角抽搐。

但利瑟爾不以為意地往公會裡走，於是她也急忙往他身後跟去。

「那就是委託告示板，越往裡面是階級越高的委託。低階委託看著很有意思哦。」

「呃、哦……」

「在那旁邊的是警告黑板，會公告魔物異常出沒以及魔力點……魔力聚積地之類的危險地區。最近魔力點慢慢遠離了，身體也比較輕鬆了呢。」

「原、原來……」

「這裡設置的桌子冒險者可以自由使用，委託之前有事要討論，或是想打發時間的時候都會到這裡來。我也在這裡比過腕力哦。」

「好、好方便……」

看見利瑟爾露出溫煦的笑容為她導覽，周遭的冒險者感到莫名其妙，在內心用力吐槽：那個人為什麼講得好像他可以代表所有冒險者的樣子？解說內容確實沒有錯，雖然沒錯卻讓人無法釋懷。

正當其他冒險者因為這種無處宣洩的感想感到煩悶的時候，利瑟爾毫不介意他們怎麼想，一邊繼續說明一邊大步走近委託告示板。

「我會按照原本的計畫瀏覽委託，這段時間妳不妨在公會裡參觀一下……不過一個人參觀需要一點勇氣呢。跟冒險者們聊聊，說不定可以當作創作的參考哦。」

「要是有這種勇氣我大概就不會這麼辛苦了吧！」

要以小說家的身分與公會談合作，現在可能有困難吧。

公會長不在，位階第二、負責掌管公會事務的職員也不在，這只能改天再談了。不過既然要寫冒險者題材的小說，與各式各樣的冒險者聊聊肯定不會吃虧的。

因此利瑟爾才會這麼提議，但低頭一看，小說家已經冷汗直流，看來與冒險者攀談對她來說難度太高了。話雖如此，在他瀏覽委託的時候，小說家只是站在旁邊一定很無聊吧，利瑟爾也不希望做出把女性拋在一邊不管的行為。

「那麼……」

怎麼辦才好呢，利瑟爾環顧公會內部。

一看之下，他找到了一位眼熟的冒險者，就是選擇了修羅之道，暗戀著團長飾演的魔王的那位冒險者。一對上利瑟爾的眼神，他顏面劇烈抽動，整個人僵在原地。

看來他是一個人。「繳交委託品的三成」這類特殊的報酬需要花一點時間確認，那位冒險者應該是在等待職員辦理這類手續吧，利瑟爾邊想邊走近他坐著的那張桌子。

「你好，常常見到你呢。」

「呃、嗯。」

男人戰戰兢兢地點頭。

他並不討厭利瑟爾，也不是不擅長應付他，倒不如說利瑟爾是給了他暗戀對象情報的貴人。只要身邊沒有那個對人沒興趣卻散發著渾身壓迫感的劫爾，還有那個連嘲笑都不遮掩一下的伊雷文，利瑟爾個性親切，對他來說還是相對容易攀談的人物。

只是這個人明明個性沉穩，所作所為卻讓人完全無法預測，所以下意識提防他而已。尤其是利瑟爾後面帶著一個小女生這種莫名其妙的狀況……在那個小女生一個人跑進公會裡來的時候，他還跟周遭的冒險者一起起鬨咧。

「我有事情想拜託你。」

「什麼啦……」

「她是個作家，想要撰寫以冒險者為題材的故事。你能不能跟她聊聊？」

利瑟爾露出探詢的微笑，男人啞然抬頭看著他。

在公會內眾多視線聚集之下，利瑟爾還能面不改色地與對方談話。小說家原本也對利瑟爾投以敬佩的目光，這下聽了也跟著啞口無言，她立刻緊張地小聲喊他。

「等、等一下吧！」

「怎麼了？」

「那個那個，能跟冒險者說到話我很高興！真的很高興！但是你看，也還有其他年紀更成熟的人呀，找這種看起來就非常調皮的孩子感覺不太好談吧……！」

順帶一提，男子全都聽見了。

他確實是跟一大夥人在路邊閒晃也不奇怪的那種類型，年紀雖然比利瑟爾輕，但相貌打扮也不是「調皮」這麼可愛的詞彙可以形容的。這種冒險者很常見，不過對於完全沒有接觸過冒險者的民眾來說，確實不容易攀談。

「調皮……」男子看起來心情相當複雜。利瑟爾沒有理會他的反應，而是不可思議地低頭望向小說家。

「但是，妳跟劫爾和伊雷文說話不會害怕吧？」

「那次是委託呀，而且她介紹的一定不會是壞人，只要安排好雙方談話的場面，我也是可以正常說話的，大概。」

「劫爾不是長得非常兇惡嗎？」

「但並不是讓人擔心他會突然拿武器攻擊過來的那種兇惡吧，大概！」

確實如此，利瑟爾點點頭。小說家坐立難安地撥好瀏海，一邊仰望利瑟爾，一邊打量著他的臉色說：

「那個，我並不是想給你惹麻煩。能參觀公會內部已經很足夠了，希望你不要介意吧。」

「別擔心，我不覺得麻煩喲。」
利瑟爾微笑道，接著忽然惡作劇似地瞇細雙眼。
雖然這不是什麼良好行為，不過也不曾有人要求他保密嘛。利瑟爾彎下腰，像說悄悄話一樣對小說家耳語：
「我來告訴妳一個秘密吧，妳聽了就不會覺得他可怕了。」
「唔哦……」
眼見利瑟爾將臉靠了過來，小說家表情嚴肅地喃喃回道，豎起耳朵。
她瞥了利瑟爾一眼。那張臉龐稱不上特別美型，不過工整對稱的五官散發出高潔的氣質，臉上帶著柔和的笑容。不知道這種人生起氣來會是什麼模樣？忍不住思考這種問題，或許是身為小說家的本性使然吧。
希望他面無表情地踐踏、打罵，一直罵到對方哭出來為止。利瑟爾無從得知小說家此刻驚人的想法，只是悄悄說出冒險者的秘密。
「他現在暗戀的對象，是團長小姐飾演的魔王。」
「噗呼!!」
看見小說家猛地噴笑出來，男子的肩膀用力抖了一下。
順帶一提，他現在還以為誰也沒發現他暗戀人家，但事實上不只利瑟爾他們，就連男子自己的隊伍成員都知道了。不只這樣，當時在場的眾人當中，凡是比較敏銳的幾乎都察覺了真相。
看來成功消除了她的恐懼。利瑟爾低頭看著抖著雙肩忍笑的小說家這麼想道，轉而面向那個男子，朝著正來回看著自己和小說家的那位冒險者粲然一笑。

「就是這麼回事，拜託你了。」

「你等一下，剛才這傢伙說了老子一堆壞話欸！而且我也沒幫別人帶過小孩啦！」

「太失禮了，怎麼可以對一位比你年長的女性這麼說呢？」

整間公會頓時鴉雀無聲。

幸好小說家現在還死命忍著笑，因此沒有注意到周遭情況，否則明明誰也沒說話，她大概還是會高聲大喊：「吵死了!!」

「而且，你想想看……」

這一次，男子聽了完全僵在原地，利瑟爾趁勢開口，以周遭聽不見的音量打出關鍵王牌：

「她是飾演魔王那位演員的朋友，我想你對她親切一點是不會吃虧的哦。」

「姊姊，妳想問什麼儘管問！」

「姊、姊姊……！」

聽見冒險者幹勁滿滿地這麼說，小說家回話的聲音裡充滿感動，利瑟爾聽了就此確定事態已經解決。

事不宜遲，他替小說家拉開椅子請她坐下，然後便走向告示板確認委託了。二人興高采烈談話的聲音從身後傳來，恢復了平時喧鬧的周遭人群則是議論紛紛地鬧著說「騙人、怎麼可能」，利瑟爾聽著這些聲響，望著雜亂擁擠的委託單心想，不曉得有沒有有趣的委託？

「啊……煩死了。」

一艘小船在夕照染紅的海面上平順前進，伊雷文穩穩站在船上，煩悶地擰乾吸了水結成一束的長髮，水滴隨之啪答啪答落在船底。

吸滿水分的頭髮和衣服都好重，要是利瑟爾在這裡就會為他召喚風，一下子替他弄乾身體了。伊雷文嘖了一聲，抽下紮著頭髮的繩子。

背心上的絨毛沾了水黐成一團，襯衫整件貼在皮膚上，伊雷文將這些衣物也脫了。從頭頂褪下衣物時，飾品碰到鎖骨帶來一陣冰冷觸感，同時濡濕的頭髮整片蓋到背上的觸感也一言難盡。這種時候真不方便，他從濕透的腰包裡拿出一塊布，往頭髮上胡亂擦拭一通。

「最近流行一個人進迷宮嗎？」

「我哪知道。」

聽見船夫搭話，伊雷文隨口敷衍過去，綁好了稍微乾燥一些的頭髮。

至於船夫為什麼會問這種問題，他倒是心裡有數。他伸出指頭撥開綁好的頭髮漫不經心地想，那個罪魁禍首從迷宮離開的時候，應該也像自己一樣咋著舌吧。

伊雷文將背心扔進腰包，擰乾了襯衫再次穿上。反正身體還是濕的，拿出乾淨衣物穿上也沒用，還不如繼續穿著最上級裝備比較舒服，至少擰過之後好一點了。

小船緩緩靠近港口的棧橋。費用剛上船時就付清了，伊雷文於是往船底一蹬，跳到還有一段距離的棧橋上。背後傳來船夫佩服的讚嘆聲，但他沒有多加理會。港口上滿是結束捕魚作業的漁夫，伊雷文環顧了一圈。

「找到啦。」

他在港口一角聚集的人群當中找到了勉強還有點印象的面孔。

伊雷文撩起潮濕的瀏海，踏著輕巧的腳步朝那裡走近。這次並不像先前那樣連續在迷宮裡待了好幾天，因此身體的倦怠感也沒那麼嚴重。
「喂。」
「啊？喔，是你啊，冒險者先生。」
伊雷文撥開人群，叫住了之前利瑟爾委託解體鎧王鮫的其中一位漁夫。
一旁的年輕漁夫看起來有點驚訝似地看過來，伊雷文不以為意地將手伸進腰包，接著手臂猛一使勁，將他想拿的東西拖了出來。
「這個，像之前那樣幫我把素材弄下來。」
「怎、咦，怎、怎麼……這個……咦？」
「啊，先說好，這個肉不能吃，裡面有我的毒。毒性超強的那種。」
聚集的人群當中，爆出了一陣像驚叫又像歡呼的悲鳴。
躺在伊雷文身邊的是一尾鎧王鮫，儘管牠動也不動，兇悍的模樣卻彷彿隨時都會將眼前的人群吞噬殆盡。看見那隻散發出壓倒性存在感的魔物，整個港口頓時陷入半狂亂狀態。
這也不奇怪，畢竟理論上一輩子也不可能見到一次的鎧王鮫，在上次登場之後沒過多久，竟然又出現在碼頭……而且還是兩隻。
「師、師傅！」
「不用叫我也看得到！蠢小子！」
先來的那條鎧王鮫橫躺在巨大的作業檯上，年老漁夫站在上頭大聲吼了回去。
技術純熟的老漁夫上了年紀仍然身強力壯，揮著比自己身高更長的解體用刀，深深刻著皺紋的臉上露出了好戰的笑容。說話聲裡沒有憤怒，反而滿溢著讚許與歡喜。

「喂冒險者先生，反正你那條肉不能吃，排在這條後面行吧！」
「啊？你們拖太久的話我會忘記欸。」
「不會讓你等那麼久啦！哈，你們隊伍是怎麼回事啊，量產這麼多傳說魔物，我們都要習慣這種奢侈的日子啦！」
「鏗」地一聲破壞音，鱗片隨之翻起，老練的漁夫一邊接連向作業員下達指示，一邊低頭俯視伊雷文。
「這條果然是大哥的喔？要割哪些部位？」
「他說跟之前一樣，素材跟魚肉。」
「耶，可以吃欸！那我那條之後再弄沒差，趕快把現在這條解體完吧。」
雖然是他自己問的，伊雷文聽了毫不意外地點點頭。
素材當然不用說，利瑟爾吃得那麼津津有味的東西，劫爾不可能不要求漁夫取下。利瑟爾食量根本不大，卻與劫爾和伊雷文一起說著「好吃、好吃」一邊吃個不停。伊雷文還記得利瑟爾隔天就說肚子痛，整個人蜷在床上，以他平時嚴格管理自己身體狀況的作風來說實在難得一見。
「好，包在我們身上。你那條我們也會好好解體的啦！」
「嗯——」
漁夫高聲叫人把伊雷文獵到的那條鎧王鮫運走。這條魚肉裡浸滿了毒液，難保不會有垂涎美食的人在不知情的狀況下偷拿去吃。必須嚴密保管，漁夫數度下達嚴格指示。
該說的也說完了，伊雷文就在這種狀況下轉身折返，朝著旅店走去。沒和利瑟爾一起行動的時候還真難得受到這麼多人注目——感受到身後眾多的視線，他隱約露出笑容心想。

這天晚餐，三人很自然地聚在旅店一起吃飯。

其實他們三人一起吃飯的次數一天有一次就算多了，尤其不接委託的日子，三人都到齊的情況反而還比較少見。但有時候也會像今天一樣，三人明明分頭行動，卻在用餐時碰頭。一邊取用旅店主人接連端上桌的晚餐，三人聊著今天發生的事。

「所以隊長，你買到墨水了嗎？」

「買到了，小說家小姐為我介紹了不錯的店舖。店裡有各式各樣的墨水，逛起來很有意思哦。」

「用起來都一樣吧。」劫爾說。

「不一樣，寫起來的筆觸不同。」

好的墨水延展性較佳，筆觸滑順……不過即使利瑟爾這麼說明，劫爾他們還是完全沒有頭緒。他們並非從不寫字，但確實很少握筆，這也是沒辦法的事。

「伊雷文，你的傷勢還好嗎？」

「大概就斷了一條腿而已啦，我跟牠打起來比大哥更有利。」

利瑟爾也聽說劫爾傷到了一隻手臂，不過伊雷文經常使用捨身攻擊，對上同樣敵手所受到的傷害卻與他相差不遠，那果然是適性的問題吧。劫爾的大劍在水中不容易揮動，而且假如換作毒液無效的對手，伊雷文也會打得更加吃力。

「原來毒液對牠有效呀，這樣其他人應該也有辦法打倒牠才對。」

「不可能、不可能，你以為我用了多少劇毒啊，放毒的傢伙在水裡還死得比鎧鮫快咧。」

而且我還有專門用來下毒的小刀。」

「雖然沒有感受到明顯的不便，不過果然還是水中環境呢……」

正因如此利瑟爾才一時沒有考慮到這點。鎧王鮫在水中自由游動，持續帶動水流，考量體型大小，下毒的那一方肯定死得比獵物更早。

「用來下毒的小刀？」

「這個這個。」

劫爾聽起來有點興趣，伊雷文於是實際拿出小刀給他看。

那是能夠內藏毒液的小刀。利瑟爾也一邊看著那把刀，一邊舀起燉菜放入口中心想：能夠輕描淡寫地說自己只是斷了手、斷了腳，他們還真不簡單。

明知道那是肯定會使自己身負這種重傷的強敵，卻還刻意挺身挑戰，這種事利瑟爾絕對做不到，即使備有回復藥也一樣。他能夠忍痛，但忍耐不會減輕疼痛。

「我不太明白你們為什麼不怕痛。」

「也不是不怕啦。」伊雷文說。

「有心理準備就還好。」劫爾說。

反正習慣就好，二人說得輕鬆，利瑟爾忽然偏了偏頭。

「該不會你們兩位都是被『哎喲喂呀不小心把盤子掉到地上啦不知怎地覺得自己做得好我太神啦』狂吧？」

利瑟爾那句玩笑話被打破盤子的聲音蓋過，只有劫爾和伊雷文聽到，而他們二人聽了都擺出極為不悅的表情。「果然不可能嗎……」利瑟爾見狀心領神會地點頭。

88

在王宮的書庫當中，利瑟爾望著眼前那個聚精會神盯著一本書看的布團。

以亞林姆現在的學習階段，使用的仍然是利瑟爾親自製作的童話樂譜，不過利瑟爾有時候也會從先前那本書籍當中挑選比較簡單的部分讓亞林姆翻譯。那本書是他接觸古代語言的契機，讀懂了一定很開心，學習動力也會有所提升。

亞林姆整個人完全覆蓋在布料底下，利瑟爾無從得知他的感受，不過請他試著翻譯看看的時候，亞林姆的回應聽起來有點高興……雖然現在他正身陷苦戰就是了。利瑟爾微微一笑，將視線轉回手邊的紙張上。

前幾天，他開始請亞林姆用古代語言書寫日記。

亞林姆的學習能力相當優秀，已經能寫出兩、三個單詞組成的簡單句子了。每一次利瑟爾將新的樂譜交給他，他都會自發性地對照原本的童話，到了隔天已經熟習了其中的內容。

「（果然是非常優秀的人呢。）」

但是亞林姆每一天的日記內容都大同小異。

比起日記，那些文章倒比較像是讀書感想文，要不然就是最近仍然在持續聆聽的音樂演奏感想。他基本上都待在書庫閉門不出，而且只能運用簡單的詞彙撰寫，這也難免吧。

話雖如此，總覺得這個人即使精通了古代語言，好像還是會寫出同樣的日記就是了。想到這裡利瑟爾不禁笑了，一邊替他訂正了寫錯的地方。

「完成了、喲。」

眼前的布團動了動。

色彩鮮艷的刺繡滑動了一下，是亞林姆抬起臉來了吧。在他手邊，可以看見將古代語言譯為樂譜，再將樂譜翻譯出來的筆記。

「『我、瞪了他、一個小時』。」

「這個人非常執拗呢。」

希望他在翻譯過程中就對這樣的內容起疑。

「這裡不是『一小時』，而是『一瞬間』的意思，最自然的翻法應該是『一下』吧。」

利瑟爾從他對面的座位上伸出手，指尖滑過筆記上的樂譜。

本來還是不要重寫成樂譜，培養直接閱讀古代語言的習慣比較好，但亞林姆並不需要使用古代語言與任何人交談，也不是非得迅速閱讀不可。現在仍在使用古代語言的只有妖精而已，阿斯塔尼亞國民也和其他國家的居民一樣，相信妖精們是只存在於傳說當中的種族。

假如閱讀速度造成了什麼妨礙，亞林姆會自己想辦法改善吧。利瑟爾教導他的是開啟迷宮深處那扇門的方法，並不打算指導得那麼徹底。

「——♪……——」

利瑟爾忽然哼唱出簡短的音節，亞林姆邊反芻邊想了十幾秒。

「休止、一小時……不對，是『一下』……休息一下？」

聽見亞林姆導出正解，利瑟爾褒獎般微微一笑，伸手闔上亞林姆面前擺著的那本古代語言書籍。他不休息，利瑟爾也沒得休息。

感受到布團散發出些許不滿的氣息，利瑟爾露出苦笑，將批改過的日記還給他。

「對了，先前您推薦的那本研究書還有續作嗎？」

「你、喜歡？唔呵、呵……」

念稿般缺乏起伏的笑聲。

聲音裡聽不出喜悅，但亞林姆的笑意一點也不假。這些研究書和理論書籍在阿斯塔尼亞幾乎沒有讀者，現在有了一個人能夠與他對等討論這些，他是真心感到高興。

「堆在那邊深處的、書架上方、喲。」

這間書庫反映了主人的喜好，就連隨處堆放的書籍都經過精心考量而配置，亞林姆不會忘記書本放在哪裡。

順帶一提，之前他推薦給利瑟爾的那本研究書就放在桌子旁邊的書櫃裡，好好直立著排列在架上。背後究竟有什麼樣的規則呢？利瑟爾邊想邊望向布團當中伸出的手臂所指的方向。

從利瑟爾的角度看過去，那個書架設置於直角方向，比周遭的櫃子都高了一截。找到了目標，利瑟爾正打算站起身來。

「你坐著。」

「劫爾？」

就在這時，一直斜倚在書櫃旁默不作聲的劫爾開了口。

他啪一聲闔上單手拿著的那本打發時間用的書籍，看向聽話坐回原位的利瑟爾，然後語帶揶揄地說：

「你拿不到吧。」

「這點我無法否認。」

利瑟爾有趣地笑了。

亞林姆身材高眺，會理所當然地將書本堆在書櫃上方，但利瑟爾只有平均身高，有時候拿不到。這一次恐怕也是吧，於是他安分接受了劫爾的好意。

利瑟爾目送著那道黑色背影逐漸消失在不規則排列的書櫃深處，然後忽然看向亞林姆。

確認對方也轉了過來，利瑟爾於是拿出先前借的研究書籍。

「方便請教您一個問題嗎？」

「請、說。」

放在桌上的那本書，與阿斯塔尼亞的某項魔法有關。

布料之下，亞林姆笑了。他猜得到利瑟爾口中那個「問題」的內容。

這也不是什麼難事，眼前這位沉穩的賢者會特地來詢問自己的事情，他也只想得到一項。

「這間書庫裡關於魔法的研究書籍我已經讀了不少，但是都沒有看見任何關於魔鳥騎兵團的記載……」

「……唔、呵呵。你問得、意外直接、呢。」

就只有魔鳥騎兵團是如何與魔鳥締結友好關係，這一點而已。

利瑟爾微微一笑，態度如常，一點也不像在探問國家機密。這是想表達他這麼問並無他意吧，事實上，亞林姆也找不出他除了「求知」以外詢問這件事的理由。

可是，這並不是只要沒有他意就能告訴他的機密。利瑟爾明知如此還這麼問，究竟是為什麼？

「因為那些魔法、都是口傳，書裡不會、留下記載喲。」

「那麼，就只有騎兵團和王族知道囉？」

「是、呀。」

原來如此，利瑟爾點點頭，神情看起來並不特別高興或失望。

亞林姆對此也沒有特別警戒。以王族的立場，他確實希望利瑟爾放棄探究，不過想知道魔鳥騎兵團秘密的人本來就出乎意料地多，而這些人也不一定懷有惡意。

想成為魔物使的人當然不用說，即使不以成為魔物使為目標，凡是富有探究心的魔法師一定都曾經對此感到疑惑。在生活周遭也一樣，夢想加入騎兵團的孩子們每一次在城裡見到騎兵，也會天真地問他們這是怎麼辦到的。

「你也只是、想知道、而已吧。」

「很令人好奇呀。」

「也是。」亞林姆愉快地喃喃回道。

身為學者，他能理解這種心情。即使還有其他意圖，首要的原因果然還是「想知道真相」的求知欲吧。

「不過、我總覺得，如果是你，遲早會知道、喲。」

「假如事情變成這樣，那就代表我知道了阿斯塔尼亞的國家機密喲。您這麼說真的好嗎？」

「要是、被你知道了，就到時候、再說囉。」

隔著層層疊疊的布料，兩人打趣地相視一笑。

亞林姆看著利瑟爾的指尖緩緩撫過放在桌上的那本書。魔法方面的研究書籍大多是以生活上的魔法為主題，編造出戰鬥魔法的人往往想要隱藏它的秘辛，而魔物使這方面的傾向又特別強烈。

因此，每一位魔法師構築魔力的方法都各不相同，要猜測出騎兵團所使用的魔法也絕不簡單。但不可思議的是，亞林姆卻覺得利瑟爾真的能辦到。

「就像那個、擁有緋紅色彩的人、說的一樣、吧。」

「您說的是伊雷文？」

「即使沒有他們兩人陪伴，你也能、達成自己的願望。」

他這麼想沒有理由也沒有根據，違反了學者該有的原則。

即使應該陪在他身邊的那二人不在，這點肯定也不會改變。直到現在，他才完全理解了伊雷文那句話是什麼意思。

亞林姆從布料之間伸出手，勾過利瑟爾放著手掌的那本研究書，將書本朝自己拉近，皮革裝幀的書籍發出細微的摩擦聲滑過桌面。

「你、不需要、他們。」

利瑟爾毫不抗拒地讓出了那本書，亞林姆凝神觀察著他。

利瑟爾微微偏了偏頭，動作小得非得定睛看著他才得以察覺。耳際的耳環隨之隱約露出，那飾品不太符合他的形象，吸引觀者的目光。

接著，利瑟爾追隨著書本的視線轉向了亞林姆，那雙眼睛不可思議地眨動，看起來相當意外，不過那表情過沒多久又立刻轉為苦笑。

「伊雷文說的話請您不要太當真，表面上看起來像真心話，但那孩子往往只是隨口說說而已。」

「感覺倒是、不像謊話。」

「按照劫爾的說法，伊雷文提到跟我相關的事情似乎不會說謊。」

伊雷文和利瑟爾待在一起的時候，除了故意開玩笑以外並不會撒謊。

假如說了謊也會被看穿，那就沒有說謊的必要了。話雖如此，那男人面對利瑟爾也一樣會避免說出自己的真心話，即使表露了一點真心，大概也還有九成是藏起來的。

「而且，他也不是只說到『不需要』就結束了吧？」

「是、呀。」

利瑟爾彷彿當時在場似地說中了對話內容，亞林姆一面將拿到手邊的書本拉進布料內側一面點頭。

借給利瑟爾的書上沒有多出半點傷痕，不過這也是當然的。他邊想邊漫不經心地撫過書本，一摸之下，指尖竟摸到一點突起，似乎有什麼東西從書頁之間凸出來。

那是一張紙片。他以指甲挑出紙片，緩緩將它抽了出來。原本懷疑是內頁摺到，他一瞬間因此停下了動作，不過他確信利瑟爾並不是會拗摺書頁的人，因此立刻繼續抽出那張紙。

紙片輕易被他抽了出來。那是一張工整對摺的紙片，原本的尺寸與手上這本書的頁面差不多大。

「他說，明明不需要、卻想要，簡直……」

他忽然想起伊雷文扭曲的笑容。

那不可能是謊話吧。但是，假如那個人藏起了大部分的真心話仍然展現出那種樣貌，那他暴露出所有真心究竟會是什麼樣子？

亞林姆並沒有多大興趣。既然如此，為什麼會想起他來？亞林姆打開那張對摺的紙片，下一秒瞠大了眼睛，下意識說出下半句：

「太棒了。」

這究竟只是重述伊雷文所說過的話，還是自己按捺不住的感想，亞林姆自己也不明白。

紙片上寫的是一個魔法理論，字跡把整張紙填得密密麻麻。

由阿斯塔尼亞創建，唯有阿斯塔尼亞能夠實現，使用阿斯塔尼亞特有的魔法才得以成立的魔鳥騎兵團——紙上所寫的魔法正是騎兵團的根基，理論完整得讓人相信除此之外沒有其他可能。

這魔法參雜了各種彼此互為對極的領域，越是學有專精的學者就越難抵達，該擁有多麼淵博的知識和視野才有可能證明這樣的魔法？太厲害了，亞林姆心裡只有讚嘆。這時，他忽然注意到紙片右下角顏色不同的墨跡，目光於是被吸引過去。

那裡畫了一個「？」，是明確的提問，問他這是不是正解。

「伊雷文說了那種話呀？」

不曉得有沒有注意到布料當中所發生的事，利瑟爾這麼說道，聲調比平常更加柔和。亞林姆聽了，抬起原本緊盯著紙片的視線。

那一瞬間躍入眼簾的神情，和平常沉穩的表情並不相同。紫晶色的眼睛甜美地漾開，微啟的雙唇綻開笑靨，傳達出內心由衷的喜悅。

亞林姆見過他牽制公會的模樣，原本理所當然地以為利瑟爾聽了只會說句「是嗎」。但此刻利瑟爾的模樣甚至令人感覺到滿足的氣息，原本高潔的氣質淡了些，年紀看起來比平時更小一點。

「不是不能理解，但那傢伙還真扭曲啊。」

「這不是很有伊雷文的特色嗎。」利瑟爾回道。

叩地一聲，書角抵上桌面，一本書出現在兩人之間。

亞林姆朝那方向看去，看見遞出書本的是一隻裹著黑衣的手臂，劫爾找到書回來了。看來你心情不錯嘛，劫爾說著露出帶有諷意的笑容。

「謝謝你。」

「嗯。」

劫爾的手驀地放開書本。

利瑟爾扶住即將倒下的書本，微微一笑，這時已經恢復了尋常的笑容。他的視線接著從劫爾轉移到亞林姆身上。

利瑟爾一定看不見布幔內部，那雙眼睛卻澄澈透明，彷彿看穿了一切。亞林姆將紙片細心摺好，淡淡笑了。

「您剛才說的『時候』有可能會到來嗎？」

「我能說的、只有一句話、喲。」

亞林姆將手中的書本放到桌上，書裡任何一處已經找不著那張紙片，沒留下任何痕跡。

「不需要問號。就、這樣。」

對於利瑟爾推敲出機密一事佯裝不知，不過亞林姆告訴他，那就是正解。

「那太好了。」利瑟爾愉快地點點頭，這樣他已經滿足了。挺身挑戰難題，也確實解開了謎底——這件事對他來說僅此而已，從今而後，他一定也不會再提起這件事了吧。

正因如此，亞林姆也不必做出封口、監視這些莽撞輕率的舉動，而他也不打算這麼做。為了國家著想，他能夠確信不疑地說自己做出了最佳判斷。

「接下來、要做什麼、呢？」

「這個嘛，來檢討日記吧。」

既然如此，他也沒什麼好在意的了。

繼續努力學習古代語言吧。亞林姆就這麼輕易地轉換了心情，看來他也是個優先順序分明的男人。

從王宮回去的路上。太陽仍然高掛天空，街上充滿活力。

亞林姆仍然需要保留持續聆聽演奏的時間，以便培養音樂素養，因此利瑟爾並不會為他上一整天的課。尤其他們今天很早造訪王宮，時間上頗有餘裕。

「劫爾，你知道嗎？在迷宮內記錄地圖的時候用的不是筆，而是木炭哦。」

「是喔。」

「好一點的炭筆好像還有專用的收納盒和握柄呢。」

這傢伙是從哪裡獲得這些知識的？劫爾邊想邊點頭。

一般的魔物不可能讓劫爾陷入苦戰，因此即使稍微迷了路也能維持一定以上的攻略步調。他從來不畫地圖，而且冒險者相關知識他也沒特別受過誰的指導。

即使沒有機會得知一般的地圖記錄方法，在採購最低限度的必要道具的時候，看到陳列在貨架上的細木炭，他也很自然就能猜到這是用來畫地圖的工具。不過利瑟爾平時在冒險者活動方面往往是受人指導的立場，現在難得他在享受指導別人的感覺，劫爾還是選擇閉嘴不提這件事。

至於為什麼利瑟爾一直沒注意到，那當然是因為他從出生到現在用的都是最頂級的筆，要他發現木炭是拿來寫字的反而比較困難。

「下次我也使用看看好了。」

「你不是記得住路線？」

「是沒錯。」

「動不動讓你停下來畫地圖也很麻煩。」

「確實如此。」

利瑟爾乾脆地點頭，他也相當瞭解自己的特質吧。

他在奇怪的地方做事特別仔細，不可能只是畫個隨筆記錄的地圖就結束，恐怕會連距離都正確描繪出來。要是他特地為了畫地圖停下腳步，那就不用攻略迷宮了。

假如說什麼都想畫地圖，那等到離開迷宮之後回到旅店坐在桌邊慢慢畫就好了，反正以利瑟爾的記憶力能夠辦得到……雖然一點意義也沒有。

「最近的委託都是森林或是城裡，明天久違地去一趟迷宮吧？」
「隨你高興。」
二人就這麼優閒地走在街上，以港口為目的地前進。
昨天漁夫來告訴旅店主人，劫爾帶回來的第二條鎧王鮫差不多加工完成了。據說今天中午之前能夠完成解體，現在應該已經結束了吧。
加工期間比上次更短，不曉得是人手增加了，還是漁夫們的手感回來了。劫爾想把跟漁夫交涉之類的雜事全丟給利瑟爾去辦，因此約了他一起到港口，所以他們現在才會走在前往港口的路上。
「今晚就吃鎧鮫全餐了，我想再吃一次旅店主人上次做的魚排。」利瑟爾說。
「一定要叫他做炸魚塊。」
「上次的薄切生魚片也非常好吃呢。」
「你明天不是想去迷宮？肚子痛了我可不管。」
「這你不用擔心。」
利瑟爾刻意鬧彆扭似地這麼說，劫爾聽了哼笑一聲。
實際上，利瑟爾確實是不會重蹈覆轍的男人，今晚品嘗傳說中的魚肉，他一定會巧妙拿捏好分寸吧。看來明天的迷宮行程是確定了，劫爾邊走邊在內心做出結論。
稍微走了一陣子，風裡的海潮香氣越發濃烈。越往海邊走，大海也逐漸填滿視野，反射日光的海面熠熠生輝。望著這幅現在仍然看不習慣的光景，二人踏上了熱鬧的港口。
「和之前同樣的地方嗎？」

「大概吧。」
豪氣的喊聲和人群的喧囂從四面八方傳來。
他們宛如撥開聲浪般往前走去，看見巨大調理檯的前方像上次一樣擠滿了人。劫爾不悅地皺起臉來，而他身邊的利瑟爾微微抬起手，向正好注意到他們的老練漁夫打了招呼。
「喔，冒險者先生！」
漁夫使勁一舉手，同時圍在調理檯周遭的人群便讓了開來。
看見人牆另一端的光景，利瑟爾和劫爾頓時明白了這裡為什麼聚集著這麼多人。布料包裹的鎧王鮫肉和素材一起沉甸甸地放在調理檯上，而旁邊正在進行另一條鎧王鮫的解體工程。
隨著「鏗」地一聲豪邁的破壞音，比人頭還大、厚如岩石的鱗片掉落到調理檯上，在一旁待命的漁夫接著拿起鱗片將它搬走。眾人看著這一連串過程，不禁發出讚嘆。
「你好，漁夫大哥。」
「嘿，讓你們久等啦。」
「不會的，比先前還快呢。」
漁夫穿過人群之間空出的道路朝他們走來，聽見利瑟爾這麼說，他哈哈大笑。
「多了新面孔呢。」利瑟爾說。
「上次吃過鎧鮫的傢伙可有幹勁啦，一直吵著說想找回手感啊。」
原來是這樣，二人聽了重新打量解體作業的現場。
漁夫們不分老少，吃過鎧王鮫都深受感動，不過比誰都努力處理鎧鮫的是經驗老到的漁夫們，年輕漁夫則遵照周遭怒吼般的指令四處奔波。
二人在漁夫的敦促之下來到作業檯前，當然，是已經解體完畢的那條鎧王鮫前方。劫爾低頭看了看那些東西，接著瞥了利瑟爾一眼。
「有什麼想要的嗎？」
「沒有。」
利瑟爾搖頭答道。劫爾聽了點點頭，沒什麼特別的感動，就這麼一把一把將素材收進腰包。
豈止沒有感動，他甚至嫌這些素材太多了很麻煩。因為這些都是只能在「人魚公主洞窟」才能取得的素材，所以他還是決定留著；但堅硬的最上級素材還有其他種類，這不是唯一選擇，目前也沒有使用機會。
不過先前他也曾經提供素材給利瑟爾和伊雷文使用，留下來的素材確實派得上用場，他不會說自己不需要這些東西。
「把這拿去做把劍吧。」劫爾說。
「伊雷文的小刀好像也還沒有做好。」
「工匠自己會想辦法吧。」
匠人聽見這段對話大概會哭出來。二人邊聊邊把素材收好，檯面上只剩下布料蓋著的肉塊了。劫爾看向漁夫，後者便心照不宣地將那塊布掀了開來。
「嗯，看起來真美味。」利瑟爾說。
「來，你們趁新鮮快吃啊。」

鮫肉的油脂呈霜降狀分布，鮮明的紅白對比和上次一樣美麗。氣味不腥不臭，聞起來甚至帶點甜味，誘人的甜香乘著海風飄散，刺激人們的食慾。

漁夫迅速從巨大的肉塊上割下生魚片，盛在盤子上遞給他們。打贏這隻鎧鮫的人先吃吧，利瑟爾看向劫爾。不過劫爾只是抬了抬下顎，示意利瑟爾快吃，利瑟爾見狀也就不客氣開動了。

「劫爾也請用吧。」

「我會吃啦。」

劫爾也從遞來的盤子上拈起一塊魚肉，拋入口中，和上次一樣，無可挑剔的好滋味。

「我們這次也帶一半回去嗎？」

「交給你了。」劫爾說。

「那麼，反正也吃不完，就像上次一樣……」

「這可不是我們每次都好意思收下的便宜貨啊，小哥！」

眼見劫爾事不關己地一塊接一塊吃著生魚片，利瑟爾也察覺了他邀請自己同行的意義，因而露出苦笑。這下該怎麼辦呢？利瑟爾別過視線，看向巨大的肉塊，看向漁夫，看向正在解體當中的鎧王鮫，以及圍在周遭看熱鬧的興奮群眾。

「不趁著最美味的時候食用完畢，對於這種傳說食材就太失禮了呢。」

「確實是在今天內吃完最好吃囉。」漁夫說。

「嗯……」利瑟爾苦惱地沉吟，漁夫見狀笑了。

話雖如此，利瑟爾心裡從沒考慮過將這麼高價值的東西毫無意義地發送出去，這麼做等於是在貶低這種食材的價值。漁夫們保有處理鎧王鮫的珍貴技術，又為他們發揮了本領，如果多餘的肉能給漁夫當作報酬當然最省事了，但漁夫本人又不願收下。

這傢伙會怎麼做？劫爾邊想邊吃著盤子裡追加的生魚片，這時利瑟爾的目光忽然捕捉到一臺攤車。

「漁夫大哥，你們是怎麼把剩下的肉賣出去的呢？」

「啊？每個人都喊著賣給我、賣給我，沒完沒了啊，我們也沒辦法，最後就臨時開個拍賣會賣出去啦。」

拍賣會，利瑟爾喃喃重複道。

一來一往的喊聲，熱鬧程度遠勝過平常，人們爭相喊價，漁夫們在前方拿出氣魄控制住人群……利瑟爾也見過拍賣的場面才對。

該不會……劫爾蹙攏眉頭，一股不祥的預感。

「拍賣會，感覺不錯呢。」

劫爾再清楚不過了。

他知道先前利瑟爾初次挑戰擺攤的時候，曾經在與銷量完全無關之處徹底失敗，也知道利瑟爾一直在等待雪恥的機會。基本上利瑟爾是個絕對會從失敗經驗中汲取教訓的男人。

眼見事態這麼發展，周遭人群一陣騷動，滿懷期待閃閃發亮的視線全都聚集到利瑟爾身上，而利瑟爾就這麼在眾目睽睽之下面不改色地走向無人的攤車。隔壁攤子的店主應該就是攤車的主人，只見利瑟爾和他交談了一陣，便露出笑容點點頭，看來交涉成立了。

「這輛攤車該怎麼移動呢？」

「……你讓開。」劫爾說。

這輛攤車由推車改良而成，似乎是可以移動的。

但是沒有把手……利瑟爾不可思議地打量著攤車。劫爾嘆了口氣，讓利瑟爾退到一邊去，單手掀開擺放商品用的桌板。刺在地面上的木樁隨之拔起，支撐攤車的只剩下車輪，這麼一來就可以推動了。

「謝謝你，劫爾。推到那邊好了。」

「擺在前面比旁邊好吧？」劫爾說。

「是這樣呀？」

劫爾推著攤車，發出喀噔喀噔的鈍重聲響，這對他來說並沒有多重。

那就擺在那裡好了，走在他身邊的利瑟爾朝定點指了指，劫爾於是將攤車停在擺著肉塊的作業檯前方。「嗯，」利瑟爾繞到攤子前點了下頭，看起來相當滿意，但周遭完全跟不上他的思路。

「漁夫大哥，請問能不能借我一位……不對，兩位懂得切分魚肉的人力呢？報酬就每個人五枚金幣吧。」

「金……！」

「啊，還是用銷售額的兩成之類的方式計算報酬比較好呢？攤車的租金好像是銷售額的一成。」

看見利瑟爾溫煦的微笑，年老漁夫放棄似地把年輕漁夫叫了過來。

他們之前也見過的那兩位年輕人，一邊說著「怎麼啦、怎麼啦」一邊靠了過來。聽完事情始末，看見利瑟爾正勤奮地準備擺攤，他們便察覺了自己待會要負責什麼工作，兩名年輕人於是忍不住望向遠方。

吐槽點多得讓人一句話也說不出來，只能閉嘴對吧，劫爾也在內心對他們表示贊同。

「嗯，攤子上什麼都沒有看起來太冷清了……一樣是鎧鮫身上的素材，就擺個鱗片試試看吧？」利瑟爾說。

「那這些你拿去用吧，我不需要這麼多。」

「可以嗎？」

沒想到真的可以買到鱗片，太幸運啦！冒險者們正在歡天喜地的時候，看見這一幕紛紛錯愕地驚叫。

即使是同隊的隊友，把這種高價素材隨便送人沒問題嗎？理所當然地把素材拱手讓人的一方當然不對，但毫不遲疑收下的那一方也有問題啊。

但利瑟爾他們無從得知旁人的反應，他們只覺得東西可以有效運用就好。

「嗯……這種事情很考驗品味呢。」

這樣不對、那樣也不對，利瑟爾翻來覆去地擺弄那些鱗片。他的品味也絕不算差。無論禮品包裝還是其他場合，他都能配合對方的需要安排最適合的外觀，品味反而還算好吧。由於沒有私下外出的需求，史塔德沒有休閒服，當時利瑟爾也順利為他挑選了合適的衣物。

那為什麼他對自己的衣服總是那麼隨便？說不定是從貴族身分獲得解放的關係吧，畢竟對於貴族來說，就連衣著打扮都是一種義務。簡單來說，利瑟爾挑選自用衣物的時候根本草草了事。

「劫爾，這樣如何？」

「不錯啊。」

巨大魚鱗這種東西，排列起來也沒什麼努力的空間吧。

劫爾原本是這麼想的，不過沒想到利瑟爾擺得還算整齊，攤位看上去並不雜亂。見他點頭，利瑟爾便蓄勢待發地走進攤車內側。

「你要雪恥？」

「是呀。回想起來，我就是缺少女主人那種俐落的做事技巧。」

儘管知道該如何有效率地行動，但再加上「做生意」這個前提，利瑟爾的經驗是壓倒性的不足。這次換成了拍賣會，拍賣者不需要移動，切分魚肉的人手也安排妥當了，再準備一些鱗片，冒險者立刻就會積極搶購，這麼一來自己也容易跟上拍賣會的氣氛……

利瑟爾將這些分析內容娓娓道來，劫爾默不作聲地聽著。利瑟爾沒說錯，但並不是那個問題。

「嗯，反正你加油。」

「我會加油的。」

劫爾全都不管了，也可以說他抱著一點看好戲的心情。

「每片鱗片賣一枚金幣，鎧鮫肉就在每次割下的時候競價。」

利瑟爾沉穩的嗓音宣告拍賣開始，增加的圍觀群眾登時群起朝攤子探出身體。聽著背後傳來的這陣喧囂，對於買賣興趣缺缺的劫爾離開了拍賣現場，開始到附近閒晃打發時間。

等到劫爾回到攤車旁邊，率先看到的是正在接受納赫斯訓話的利瑟爾。

「銀幣一百二十枚成交！那邊那個小夥子拿去！下一個、下一個！」

「不是叫你們不要在攤子上動粗嗎傻蛋！算啦，後面那個小哥拿去！謝謝惠顧啦！」

不遠處，利瑟爾最重視的那個攤位上，現在仍然持續著怒吼聲交錯的競價拍賣。

漁夫扯開嗓門高聲主持，面對著幾乎無法聽清的紛亂喊價聲，一塊接著一塊賣出魚肉；面對為了買到鱗片你推我擠、幾乎展開一場亂鬥的冒險者，年輕的金髮商人大聲怒斥，一片接著一片確實售出鱗片。

然後將視線轉回來，映入視野的是乖乖坐在納赫斯面前的利瑟爾。

「（…………那傢伙在幹什麼啊？）」

港口附近開著許多優良的酒舖。

劫爾買了幾款適合搭配鎧王鮫肉的辛辣酒類，估計拍賣差不多該結束了才回到這裡，眼前的光景卻讓他傻眼。他停頓一下，又繼續邁步往那邊走去。

利瑟爾老實坐在一把低矮的椅子上，應該是漁夫還是什麼人替他準備的吧。納赫斯則是雙臂環胸，叉開雙腿氣勢洶洶地站在他面前，一副正在訓話的樣子。隨著距離逐漸接近，納赫斯拚命勸說利瑟爾的聲音也傳入了劫爾耳中。這種事態完全在預料之內，想必是利瑟爾又做了什麼好事。

「我並不是不准你這麼做，凡事都挑戰一下很好啊。但為什麼偏偏是拍賣會！總有更適合你的事情吧！」

「我本來覺得可以成功的。」
「你是哪來的那種自信！」
聽起來是由於整個場面實在太過擁擠，因此納赫斯在騎著魔鳥度過幸福巡邏時間的時候注意到了這場騷動。以前漁夫們舉辦的拍賣會幾乎是在自己人之間進行，但這一次是公開拍賣，導致聚集了過多的人潮。
看來利瑟爾雪恥失敗了。察覺劫爾走近，利瑟爾抬眼朝這裡望了過來，神情裡沒有沮喪，只不過現在坐在這裡旁觀想必也不是他的本意吧。
「為什麼換成漁夫主持了？」
劫爾嘆了口氣，胡亂揉了揉利瑟爾的頭髮。
「我的思路和聽覺跟得上喊價，但嘴巴跟不上。漁夫大哥要我多炒熱氣氛，見好就收準備賣下一塊，說著說著不知不覺就自己上場主持了。」
原來，劫爾點點頭。
利瑟爾的語速並不特別慢，但語調沉穩，是好好等待對方說完才會開口的類型，因此想必沒辦法抓準空檔高聲打斷對方。而且他太我行我素了，主持起來也沒有拍賣會特有的那種買賣雙方互相挑釁的高昂氣氛。
要是完全切換成工作模式，利瑟爾也能輕易讓群眾沉默，按照自己想要的步調說話，但利瑟爾想辦的是拍賣會啊。換言之，他跟這種活動是致命的不合……劫爾早就知道了。
「那小鬼是？」
「你沒見過嗎？是常在公會前面擺攤的商人。我在找零的時候從腰包把銀幣拿出來，結果她用不敢置信的眼神看著我……」

把收下的金幣收進腰包，拿出找零，然後交給對方。

為什麼不事先準備好零錢？不要還沒確認收了多少錢就直接收進腰包，找零的時候不需要用兩隻手你以為這是什麼高級服務啊！少女原本是對於生意興隆的攤子感興趣而跑來看看狀況，一看見利瑟爾的動作卻激動地這麼大喊。她還說他應對客人手腳太慢、那邊不該這樣，說著說著不知何時就站在攤子內側了。

身為專業商人，那一幕想必有許多她無法接受的地方吧。那幅光景就連劫爾看來也是莫名其妙，這也是當然的。

「以你的頭腦一定能預測到事情會變成這樣啊，為什麼還讓這種事發生！」

「副隊長先生太看得起我了。」

「你該不會真的覺得拍賣能順利舉行吧……？」

聽見納赫斯戰戰兢兢地這麼問，比誰都精準預料到這個狀況的劫爾不動聲色地別開視線，望向攤子，正好看見他們高聲宣告全數售完。

利瑟爾發誓，下次還有機會一定要再次挑戰雪恥。在他將說好的租金交給攤車主人的時候，又發生了一個老闆面無表情瞬間暈厥的插曲。納赫斯慌了手腳，利瑟爾眨了眨眼睛，劫爾側眼看著這一幕暗自心想：哎，某種意義上這也在預料之中吧。

89

發生了指名委託事件之後，利瑟爾他們和冒險者公會的關係並沒有什麼特別的改變。

利瑟爾沒那麼閒，不會在事情過後還總是追究對方已經挽回的過失，公會方的所有職員也都同意那是正當的抗議，畢竟利瑟爾他們也沒有仗著自己有王族撐腰，就要求什麼不當的賠償。

但老實說，如果問某位職員那天在書庫跟他對峙的利瑟爾是否只是個冒險者，他確實有些疑問。當時的利瑟爾渾身散發著冒險者不可能擁有的高貴氣場，要他挑出這個人像冒險者的地方還比較困難。

那種令人忍不住追隨，聽令於他的感覺。正因如此，自從那場騷動之後，這位公會職員總覺得跟他們見面多少有點尷尬……雖然只看結論，這完全是不必要的擔憂。

「這裡出沒的只有史萊姆。」劫爾說。

「史萊姆就是類似水中元素精靈的魔物對吧，呈果凍狀的……」

「啊……牠比水中元素精靈還要更黏呼呼一點。」伊雷文說。

「黏呼呼？」

「黏呼呼。」

利瑟爾他們一點也不在意，仍然是老樣子。

散發著與周遭其他人截然不同的氛圍，對話內容卻讓人不禁多看他們一眼，就像平常一樣。職員原本還暗自煩惱，萬一自己再也沒辦法把他們當作一般冒險者應對該怎麼辦，這下再次確認了他們就是這樣的人。

表面上看起來很正經，其實聊天內容相當古怪，基本上人畜無害……呃，有時候旁人會自己被他們耍得團團轉，不過這並非當事人的本意，他們基本上是無害的。倒不如說，職員還希望他們多聊點符合那種超凡脫俗氣質的對話咧。

被冒險者這樣耍得團團轉，自己也還差得遠啊。職員扠腰站在櫃檯，一手摩娑著自己下巴上的鬍鬚這麼想道。就在他暗自感慨的時候，正在辦理委託手續的冒險者哈哈笑著問他「你是癡呆了喔」，職員往他們頭上賞了鐵爪攻擊，一個也沒放過。

「史萊姆也有許多類型呢。」

利瑟爾沒有注意到職員的目光，兀自瀏覽著史萊姆相關的委託。他還沒有遇過史萊姆系的魔物，只在書上取得了相關知識，一直好奇地覺得那是相當有趣的魔物。

史萊姆的外觀套用伊雷文的說法，就是「黏呼呼」的果凍狀。果凍部分以核心為中心聚成圓形團塊，大小多半是成年人膝蓋左右的高度，據說目前確認到的最大個體尺寸超過兩公尺。

「論攻擊手段確實是滿多的啊。」劫爾說。

「書上說牠們會變形模仿對手的外觀，還會連著核心整個自爆呢。」

「那些傢伙變形真的模仿得一模一樣，完全看不出差別，都不曉得牠們變身前半透明的顏色跑哪去了。」伊雷文說。

「畢竟是只在迷宮出沒的魔物，有點特殊性也很合理呀。」

許多只能在迷宮中見到的魔物都相當古怪。

史萊姆的變形也不僅限於與牠當面對峙的本人，有時會變成對方恐懼的對象、不擅長應付的對象，然後以一模一樣的戰鬥模式襲來，不過強度還是會減弱的樣子。

其他還有會自爆、擅長使用魔法的個體，以及利用牆壁反彈使出強力猛撲的個體，可說是個性相當豐富的魔物。不過史萊姆基本上都在地面緩速移動，因此假如不想跟牠們交手，快速從牠們身邊跑過去也是個辦法。

「假如不小心攻擊到自己的夥伴就糟糕了呢。」

「史萊姆變的不會說話，也沒表情，你一看就知道了。但確實聽過哪座迷宮的頭目變形之後真的逼真到無法分辨。」

「要跟大哥對打喔，真不是開玩笑的欸——啊，還有那個和那個也是。」

伊雷文哈哈笑著說道，又替利瑟爾指出了幾張史萊姆相關的委託單。

大部分都是收集史萊姆核心的委託。史萊姆核心和魔石幾乎是相同的東西，但魔石質地堅硬，史萊姆的核心則具有彈性，由於這種特殊性質，它在各種領域都有一定的需求。

「選哪一個好呢？嗯……」

利瑟爾將那些委託瀏覽了一遍。

同樣是以史萊姆為目標，但委託階級不同，是因為需要的核心品質不一樣吧。如果和魔石一樣，史萊姆核心也有這方面的差別，那麼越深層的史萊姆身上應該可以取得越優質的核心。

「那我們的目的地就是那個只有史萊姆出沒的迷宮，沒問題吧？」

「打起來沒什麼成就感欸──」

「是這樣呀？」

「在牠們做出什麼事情之前砍爆就好啦。」伊雷文說。

「嗯，大致上這樣就解決了。」劫爾同意。

原來如此。眼見劫爾和伊雷文相視點頭，利瑟爾只能佩服。

史萊姆無論使出變形還是其他攻擊都需要一段準備時間，可是想要迅速打倒牠沒那麼容易。牠的物理攻擊抗性相當高，再加上形狀不定，劍刃無法輕易給予致命傷害，必須準確擊中牠體內流動的核心才行。

必須使出相當銳利的劍擊才能辦到這點，但以他們兩人的實力想必無需多言。真可靠，利瑟爾微微一笑，聽他們熱絡地聊著史萊姆的話題。

「不過，有一次在深層碰到牠們大量掉下來真是挺麻煩的，整片地面都填滿了史萊姆。」

「真假？大哥被圍攻喔，這種史萊姆play誰想看啊。」

「蠢貨。」

利瑟爾忽然眨了眨眼睛。

以劫爾的實力，遭到史萊姆圍攻一定也能毫不留情地將牠們全數斬殺吧。這點沒有問題，令他困惑的是伊雷文揶揄般的笑容和回應。

利瑟爾就這麼看著他們。劫爾投來納悶的眼神問他怎麼了，於是利瑟爾也在敦促之下說出自己的疑問：

「雖然也不限於史萊姆，不過面臨攻勢只能防守的一刀應該很多人想看吧？我也沒見過劫爾苦戰的模樣呀。」

「……」

「……」

看見利瑟爾那副不可思議的樣子，劫爾他們迅速別開視線。

他怎麼會不知道？不對，他不知道才是正常的，那種詞彙不會出現在書裡。二人瞬間交換了一個眼色。正因為一路上看過利瑟爾不論面對梅狄還是來找碴的傢伙，都面不改色地回應那些黃腔類的發言，他們剛才才會一不小心失言。

至於劫爾他們為什麼聽過這種黃色笑話，是因為在冒險者這行混久了，這類話題自然會傳入耳中。為什麼只出現在迷宮裡面的史萊姆，會和稀少的女性冒險者搭配在一起呢……只能說這種情境是男人的浪漫了，這也是冒險者在酒席間炒熱氣氛的話題之一。

「？」

不要問比較好嗎？利瑟爾不經意望向周遭，周圍的冒險者都不約而同把臉往反方向轉。

「（明明說的是這麼常見的發言，隊長講起來印象就是不一樣欸……就算解釋了他應該也只會說『原來還有這種事呀』，而且我們完全錯失解釋時機了啦。）」

「（對於不必要的知識沒興趣倒是很符合他的作風。既然這樣，不必知道也沒差吧，我也不想特地糾正他。）」

一瞬間的沉默之後，劫爾他們開了口。

「別說蠢話了，快決定委託吧，再拖下去馬車會很擠。」

「隊長，你想看史萊姆的話就選這個委託不錯啊，不管打哪一種史萊姆都收。」

利瑟爾眨了一下眼睛，然後老實點了頭。

從他們二人和周遭的反應，利瑟爾也看得出應該是自己的發言有什麼奇怪的地方，當然也知道他們是刻意扯開話題。不過既然劫爾他們沒有明說，那就表示不是什麼重要的事吧。

利瑟爾乾脆地下了結論，低頭看向伊雷文交給他的委託單。

【史萊姆核心委託】

階級：不指定

委託人：魔道具開發所所長

報酬：隨史萊姆顏色變動（詳見背面或詢問公會）

委託內容：收所有史萊姆核心，種類不拘，需要大量。

要打倒史萊姆，唯有破壞核心一個辦法。

不過核心在史萊姆被打倒後會立刻再生，遭到破壞的核心會在內部擴散，與周遭果凍狀的部分同化，整隻個體就在這時重新凝縮為一顆核心。

據說在迷宮當中，這種狀態的核心放置一段時間後會再度復活成史萊姆，但復活所需的時間較長，而且一經取得它就不會復活了。迷宮的法則還是一樣充滿謎團，不過迷宮就是這樣，沒辦法。

「不曉得史萊姆核心是用在什麼樣的魔道具上面呢。」
「用在沒辦法拿魔石代替的地方？」伊雷文說。
「畢竟能用魔石的話還是魔石比較省事。」劫爾說。
利瑟爾從劫爾他們手中分別接過二人的公會卡，走向委託櫃檯。
時間正值早晨，有好幾組隊伍排在他前面，不過多虧負責辦理業務的是經驗老到的職員，並沒有等太久就輪到他了。
「麻煩你了。」
「喔，這個啊。需要幫你講解報酬的詳細規定嗎？」
「不用了，沒關係。」
他將三人份的公會卡交給那位理著光頭的職員，職員立刻著手替他辦理手續，邊忙邊稍微壓低了聲音問：
「怎麼樣，你們在王宮沒遇到什麼困難吧？」
「沒有，殿下對我們非常親切。」
利瑟爾正在教導王族古代語言的事並未特別隱瞞，許多冒險者也已經察覺到了。只不過這件事也不曾正式對外公告，因此職員才會壓低聲音。
職員這麼問沒有其他意思，單純只是想告訴他需要幫忙儘管說，不必客氣而已。利瑟爾微微一笑，緩緩搖了搖頭。他和亞林姆之間關係良好，指導順利，書本隨他看，利瑟爾沒有半點不滿。
「我們也沒有做出任何讓各位擔憂的事情，請放心。」

「嗯，你的禮儀談吐方面我們是一點也不擔心啦。」

職員安心地放鬆了肩膀，在辦完手續之後將公會卡交還給他。

利瑟爾道了謝接過，一邊將自己那張卡片收進腰包，一邊不經意開口：

「我們從來沒有發生過爭執，而且前幾天殿下還叫我『老師』呢，真難為情。」

利瑟爾露出一點也不困窘的笑容這麼說完，便走向劫爾他們身邊了。

他並不知道，職員在他身後啞口無言地目送著他們三人走出公會，逃避現實地想著：

「啊，這種狀況也不知道發生第幾次了。」為什麼他們就不能不要帶來任何衝擊，和平離開呢？是因為當事人沒有帶來衝擊的自覺吧，原來如此，職員獨自心領神會地想。

「那些傢伙到底打算往什麼目標前進啊……！」

王族居然承認了冒險者是值得師事的人物？職員不願面對難以置信的現實，而利瑟爾他們就這麼走了，把抱頭苦惱的他留在公會。排在後面的冒險者開始催促他手腳快點，害他聽了反而生起氣來。

阿斯塔尼亞冒險者公會持有的馬車，和王都的有些不同。

這裡的馬車就像只在載貨馬車上加蓋了一個屋頂的構造，側面完全是開放的，因此通風良好，周遭的狀況也一覽無遺。不過，也可以說一旦在馬車行駛中遭遇魔物急襲，完全沒有牆壁可供掩護。

在王都，這種時候冒險者們有個潛規則：低階冒險者退到馬車內部，由高階冒險者負責對付魔物。阿斯塔尼亞就沒有這種規矩了，這個國家的冒險者不論階級高低都勇猛好鬥，遭遇襲擊的時候所有人都會一起上陣迎戰。

馬車之所以設計成這樣還有其他原因，例如避免這一帶特有的潮濕空氣悶在車廂內部等等，不過最主要的恐怕還是上述理由吧。

「即使超出規定人數，這種車廂還是有一點開放感呢。」

「馬車要搭多久啊？」伊雷文問。

「劫爾？」

「大概一小時吧。」

真久。利瑟爾一行人站在車廂最後方，望著向後流逝的景色。

在乘車人潮眾多的早晨，可以佔到牆邊的位置已經不錯了。馬車基本上沒有座椅，整個車廂裡冒險者擠得水洩不通，因此站在車廂中央的人得忍受擠沙丁魚之苦。

利瑟爾他們運氣好，剛好排在勉強擠進乘車人數的位置，最後才上車，因此站在車廂最後方，腰部以上都是開放空間。偶爾會感覺到背後傳來擠壓感，不過還是可以靠在出入口悠哉看著外面的風景。

順帶一提，搭車的時候利瑟爾理所當然地覺得「已經擠不下了」，是後面的人說著「可以啦、可以啦」硬把他推進去的，老實說要不是劫爾抓著他，他恐怕在車門關好之前就被擠出車廂了。

「你面向後面不會暈車？」劫爾問。

「沒做其他事我是不會暈的，不過搖晃倒是讓人有點擔心。」

無數次馬車往返之下已經把道路踏得密密實實，不過仍然是在森林之中，搖晃無可避免。

感受著馬車行駛的震動，利瑟爾仰望著不時從樹木縫隙間露臉的天空。早晨的森林有點涼意，正當他這麼想的時候，忽然從層疊的枝葉縫隙之間看見什麼東西掠過天空。

「（是魔鳥嗎？）」

騎兵團起得真早，利瑟爾略微探出身子。

才剛動作，劫爾便以手背擋住了他肩膀。利瑟爾順從地退回原位的瞬間，頭頂立刻傳來撥開草木的沙沙聲，不曉得什麼東西從他眼前掉下，緊接著伊雷文的小刀便將之貫穿。一切發生在一眨眼之間。

「這什麼蛇啊，我忘了叫什麼。」伊雷文說。

「是碧玉蛇。青色的鱗片很漂亮呢。」

從正上方瞄準獵物的蛇類魔物，在遭到小刀貫穿之後仍然奮力掙扎。

牠與先前見過的黃玉蛇一樣，是鱗片被視為寶石看待的美麗種族。一方面由於碧玉蛇比黃玉蛇更小，價值也更加高昂。

那條碧玉蛇纏上伊雷文的手腕想將它折斷，但抵不過伊雷文的肌力；想以毒液跟他對抗，毒牙又被裝備擋下。

「你別管牠啊。」劫爾說。

「我沒事做嘛。」

穿著裝備被蛇身纏緊還是感覺得到痛才對，伊雷文卻面不改色地給了牠最後一擊，鮮艷的青色蛇身就這麼往馬車外掉落。

同車的冒險者們本來一邊在內心「咦……」一邊看著一連串事態發展，這時見狀差點忍不住叫出聲音。一條碧玉蛇的鱗片，賣掉的價錢也夠恣意揮霍一整晚了。

但他們又不能說「既然都要丟掉還不如送我」，怎麼可能做出這麼沒骨氣的事呢？冒險者們只能在心裡遙想著那條晚點就會進到林中野獸肚子裡的碧玉蛇而已。

「對了。」

或許是輾到了石塊，車廂「喀答」一聲顛簸了一下，利瑟爾抓著近處的支柱穩住身體，想起什麼似地開口：

「說到蛇，先前我遇見了一位蛇族獸人哦。」

「嗄？在哪遇到啊？」

「王宮的書庫。」

在王宮裡工作的獸人並不希罕，但蛇族獸人本身相當少見。

儘管蛇族獸人的人數在阿斯塔尼亞相對較多，但就連身為蛇族的伊雷文，除了自己的家人以外也不認識任何同族。他打了個呵欠，滿臉意外地看向利瑟爾。

「那個人大概就是伊雷文的父親吧。」

「啥？」

伊雷文聽了也不禁面無表情。

「應該是伊雷文你的父親沒錯，雖然理了一頭短髮，但頭髮是和你同樣的顏色。」

「不是吧，紅髮又不是什麼少見的顏色。」

「穿著也不像是在王宮工作的人，是那種……用布料和皮革縫製的衣服，類似你母親穿的那種。」

「我媽的衣服也沒什麼特別的啊。」

「而且那個人還拖著一隻長得像大鱷魚的魔物……」

「為啥在王宮裡沒人阻止他啊？」

面對逐一列舉特徵的利瑟爾，伊雷文一項接一項死命否認。

他並不是討厭父親，以伊雷文的個性來說甚至可說他們父子關係相當良好……他只是不懂利瑟爾和自家老爸到底是怎樣才有可能在王宮書庫這種地方相遇。

「而且那個人雖然看起來相當冷靜，但好像迷路了。他問我們城門是往哪個方向，好像想出城哦。」

「啊，那一定是我爸。」

想回家卻跑到位於王宮深處的書庫去，這麼嚴重的路痴讓伊雷文立刻確信。

那也不是想去就進得去的地方吧，到底是怎麼在不引起騷動的情況下進去的？伊雷文還小的時候，確實也聽父親說過他一回神就發現自己站在海洋迷宮門口的木筏上，或是王宮的屋頂上。他從來不覺得父親說了謊，只是實際從第三者口中聽到這種事蹟還是覺得衝擊感相當強烈。

「所以咧，隊長，你為什麼就這樣默默幫一個突然扛著鱷魚出現在書庫的男人指路啊？」

「我想說他應該是伊雷文的父親……」

「大哥！」

「少遷怒到我身上。」

只要不造成危害，利瑟爾會不以為意地無視可疑人物，總之伊雷文先對當時同行的劫爾發了脾氣。劫爾回以受不了的眼神，但伊雷文不以為意，只是脫力似地將目光轉向馬車外流逝的風景。

「哇……老爸到底在幹啥啊，路痴還是有夠嚴重欸。」

「伊雷文像的是爸爸呢。」

「你爸待人倒是很和善，不像你。」

伊雷文自己都十年以上沒跟父親見面了，沒想到利瑟爾他們居然已經搶先一步見過了老爸本人。

「我本來還想說見了面要幫你們介紹的說。」伊雷文表面上鬧著彆扭，不過他對於重逢也沒有多大期待。算了，他邊想邊望著利瑟爾他們，看他們說著自己的父親「跟母親比起來外貌與年齡比較一致」，還有「該怎麼用陷阱捕到那條魔物」。

「畢竟這次也沒有好好打到招呼，我還想再見他一面呢，希望他能順利回到家。」

「他一開始就往你指的反方向走了。」劫爾說。

「沒差啦，不管中間怎麼繞，他最後還是都有繞回家啦。」

三人就這麼閒聊打發時間，在馬車的搖晃之中優閒地度過前往迷宮的這段路程。

穿過爬藤攀附的迷宮大門，利瑟爾一行人踏進了迷宮「樂園遺跡」。

迷宮內部正如其名，有如一座歷經長久歲月的遺跡，各處可見糾纏的藤蔓，開著從沒見過的花朵。花朵中不時飄浮出細小的光點，讓人看得目不轉睛。

位於腳邊的魔法陣散發出朦朧光芒，劫爾已經通關了這座迷宮。利瑟爾毫不猶豫地站上魔法陣，說出今天的作戰方針好做最後確認。

「目標是史萊姆種類最多的中層，盡可能收集各式各樣的史萊姆核心吧。」

「嗯。」

「知道啦！」

「看到牠們的時候如果不要一見面就動刀，讓我看看牠們的攻擊方式，我會很高興的。」

利瑟爾毫不掩飾地這麼宣言道，劫爾聽了嘆了口氣，伊雷文則是哈哈大笑。

他們都知道利瑟爾對史萊姆感興趣，即使利瑟爾沒說，他們也打算這麼做。想享受交手過程就儘管享受無妨，二人對此沒什麼不滿。

三人於是都站到了魔法陣上，總之先傳送到了第三十層。這座迷宮共有六十層，規模不小，三十層算是中盤初期，想必還不會出現他們三人感到棘手的史萊姆。

「我好像很久沒好好打過史萊姆了欸。」

「之前遇到的時候牠們對你使出了什麼攻擊呀？」

「超多史萊姆一起滾過來。」

有一定尺寸、也有一定重量的史萊姆鋪天蓋地湧來，實在打得很辛苦。

「還是希望盡可能不要遇到這種攻擊呢。」

「那種真的是沒有辦法啦。」

「偶爾確實會碰到這種的。」劫爾說。

萬一遇到了該怎麼辦？一行人邊聊邊往前走，終於在通道前方發現了第一隻史萊姆。史萊姆在地上緩緩移動，有時候會在原地毫無意義地低空跳躍。

「隊長，橘色的！」

「橘色應該是會變形的種類。」

利瑟爾一邊回想魔物圖鑑的內容一邊說道。

眼前的史萊姆是透明的橘色。史萊姆的攻擊模式可以透過顏色判斷，不過牠們的顏色種類又多又複雜。

好了，牠們會怎麼開戰呢？三人停下腳步望著那幾隻史萊姆。完全無從判斷牠們面朝哪個方向，不過想必是注意到了利瑟爾一行人，只見牠們的身體猛力抖動了一下，接著像是被幼童揉捏的黏土一樣逐漸改變了形貌。

「聽說只要說出符合牠變形後外觀的話語，就可以輕易打倒牠哦。」

「不能直接用砍的？」劫爾問。

「以你的實力感覺可以呢。」

想以正規以外的方法打倒史萊姆，難度會大幅上升，但利瑟爾乾脆地微笑答道。如果斬擊完全無效的話還不好說，但只是效果減弱是不可能擋得下劫爾的。

正因如此，他們才能這麼從容不迫地等待對手先出招。史萊姆橘色半透明的身體逐漸變色，完成了變形，出現在他們眼前的是渾身漆黑的死靈犬。

「啊，好厲害，連毛髮都完美重現。」

「畢竟是中層，體型也挺大的。」劫爾說。

直立起來比成年人還高的死靈犬發出低吼，是悶在喉嚨裡的低沉咆哮。

連聲帶都能模仿嗎？正當利瑟爾佩服地這麼想的時候，死靈犬露出猙獰的利牙，彷彿隨時都要撲咬過來。

「誰知道看到狗該講什麼才對啊？」伊雷文說。

「這個嘛，想得單純一點，『汪』？」

死靈犬的外型崩解，只剩下核心。

「好像猜對了呢。」

「真隨便。」劫爾說。

鏗地一聲，核心在地面上彈跳。

沒想到真的這樣就可以了。在無言以對的三人面前，其餘的史萊姆也接二連三開始變形，下一隻襲來的是一公尺大的草原鼠。

「劫爾你看，來了。」

「……所以？」

「大哥你看，是草原鼠欸，是老鼠！」

「我看也知道。」

利瑟爾他們催促著，一副「你快叫給我們聽」的樣子，劫爾聽了皺起臉來。

面對逼近的魔物，二人完全不打算採取動作，也不模仿老鼠叫，完全打算看好戲嘛。劫爾不抱希望地嘆了口氣，緊接著拔劍出鞘，將撲來的草原鼠連著核心一併斬殺。

「啊……」

「大哥作弊！」

「囉嗦。」

有點惋惜的聲音和不滿的聲音都被劫爾棄之不顧。

「難得有正規的方法可以打倒牠的……啊，伊雷文，又有一隻死靈犬。」

「『汪』。對嘛對嘛，不好好享受不就吃虧了嗎？隊長，是角兔耶。」

「兔子……兔子？『蹦蹦跳』，嗯，猜錯了嗎？」

「兔子會從鼻子發出『噗——』或是『嗶——』的聲音喔，雖然我也不知道那個能不能稱作叫聲啦。」

不愧是從小住在森林裡的人，說服力不同凡響。

原來如此，利瑟爾點點頭，環顧周遭。魔物的猛攻已經停止，為數不多的史萊姆消失無蹤，剩下散落在地上的幾個橙色核心。三人各自走向前去，將那些核心撿了起來。

「假如在變形之前打倒牠，取得的核心也是一樣的嗎？」

利瑟爾使勁握拳，感受到手中核心強大的回彈力道。

「外觀看起來是一樣，雖然我沒撿過。」劫爾說。

「下次發現史萊姆的時候試著先發制人好了。」利瑟爾說。

在這之後，利瑟爾說到做到，瞄準了變形之前的史萊姆連續擊發魔銃。

取得的核心完全相同，不過每一次都要抓準牠變形之前的時機打倒還是不容易。利瑟爾的武器在這方面相當有利，但還是開了許多槍才成功打倒牠，劍又比魔銃更難給予史萊姆有效傷害，還來不及打倒牠就變形完成了。

利瑟爾雙手各握著一顆核心，如此做出結論。滿足了就好，劫爾和伊雷文於是掃蕩了剩下的史萊姆。

在這之後，他們又往深處推進了幾層，逐漸接近深層地帶。

到了這一帶，各種顏色的史萊姆也會混雜在一起同時發動攻擊。有一次高速滾動的史萊姆、高速在牆壁之間反彈的史萊姆，和高速衝撞的史萊姆同時出現，煩人的攻擊讓伊雷文稍微發了點脾氣。

單一個體本身並不算特別強大，但依據組合不同，討伐難度也可能一口氣提高，這算是史萊姆的特色吧。

「喂，黃色和紫色。」

「啊，終於出現了。」

聽見劫爾的聲音，利瑟爾在轉角之前停下腳步，三人探頭窺視通道前方的景象。

通道前方是個較為寬敞的空間，複數的史萊姆正在當中蠢動。正如劫爾所言，牠們半透明的身體是黃色和紫色，是他們在此之前一次也沒見過的顏色。

「黃色會變成敵人本人，紫色則是變成敵人『最害怕的東西』。」

「真假？那不就隊長大量出現……」

「咦，伊雷文怕我？」

「我最怕的就是生氣的隊長啊。」

倒不如說，除此之外他根本不曾感到害怕，伊雷文大言不慚地說。畢竟他能將一定程度的恐懼當作刺激來享受，這也不意外。
總覺得聽他這麼說有點受到打擊，利瑟爾邊想邊望著史萊姆，思考該怎麼辦。變形並不會為史萊姆帶來同等的強度，但牠們能夠取得變形對象多少的實力將會影響接下來的對策。
一般隊伍是由彼此實力不相上下的冒險者所組成，雙方也有團隊合作的差距，因此與弱化的自己交手並不會造成生命危險。但是利瑟爾他們的隊伍裡有劫爾在。
「萬一黃色全都變成劫爾，感覺很恐怖呢。」
「然後紫色再變成大哥害怕的東西，我們就不用玩啦。」
「害怕的東西……」
劫爾蹙起眉頭思索，想了想忽然看向利瑟爾。
「我也覺得紫色的碰到我應該會變成你啊。」
「以你們的實力明明足以輕易殺死我，有什麼好害怕的呀？」
「各種意義上。」
劫爾露出揶揄的笑容這麼說道，利瑟爾聽了忍不住苦笑。
就算這種恐懼不是來自惡意，他還是不禁覺得這樣不太好。不過換個角度想，這也未嘗不是好事，變形成利瑟爾的史萊姆只不過是個稍微擅長魔法的冒牌冒險者而已，也不可能使出傳送魔術吧。
利瑟爾刻意如此說服自己，可見他有點耿耿於懷。
「最佳方法還是我一個人先進去，等到所有史萊姆都變形完成了再讓你們進來吧。」
「隊長，那你怕誰啊？」

「我想應該會出現我父親吧。」

劫爾他們意外地眨了眨眼睛。

他們二人認知中的利瑟爾父親是在王都巷子裡遇見的男人，我行我素的性格與利瑟爾相像。雖然各方面都被那男人一眼看透，不過那位父親好像只要利瑟爾玩得高興就無所謂，在那座最惡質迷宮的幻影當中，也見過他大肆寵愛小利瑟爾的樣子。

看看現在的利瑟爾，不難想見那位父親給予孩子的絕不是只有疼愛而已，但二人還是怎麼想也想不透利瑟爾懼怕父親的理由。

「那種父親會讓你害怕？」

「他生起氣來很恐怖哦。」

「隊長，你惹他生氣過喔？」

「父親大人幾乎沒對我生過氣，但生氣的樣子還是對我幼小的心靈造成了很大的打擊。」

當時大哭了一場呢，利瑟爾有點懷念地回想著遭人綁架的往事。

「你怎麼一臉懷念啊。」

「也是啦，平常那麼疼小孩的人，看到他生氣難免會怕啦。」

一想到現在這位碰上什麼事都臨危不亂的男人，看了居然怕得嚎啕大哭，雖說是小時候發生的事情，還是讓人滿想看看他父親發怒的樣子。劫爾他們沒把這種想法說出口，默默望著利瑟爾感慨地回憶過去的模樣。

「所以你打算怎麼辦？」

「隊長，你老爸很弱嗎？」
「他是與戰鬥無緣的人。」
三人直起身不再繼續窺視通道另一頭，準備採取行動。
「那三個人一起進去也沒差吧。」劫爾說。
「是這樣嗎？」
「也是啦，史萊姆變形之後的弱化好像也不是用實力幾成去算的，就算牠們變成大哥，我們也能輕鬆打贏啦。」
原來是這樣，利瑟爾恍然點點頭。
史萊姆當中也存在著能夠連同變形對象的實力一起變身的種類，聽說是某座迷宮的頭目。令人有點好奇，不過現在顯然不必考慮這個問題。
那就速戰速決吧，三人踏入了史萊姆聚集的空間當中。

史萊姆核心也收集到了足以讓委託人眉開眼笑的數量，一行人於是踏上往公會的歸途。
「現在想起來，面無表情的伊雷文真的很難得一見呢。」
「是啊，比面無表情的你還更罕見。」劫爾說。
「會嗎？」伊雷文說。
利瑟爾他們在馬車上回想著今天發生的事。
車廂裡和早晨相比空蕩不少，除了他們之外，只有比他們更早上車的一組冒險者而已。
看見那群冒險者隨意坐在地上休息，利瑟爾他們也坐了下來。伊雷文在賈吉訓練下承襲了他

的服務精神，在他的要求之下，三個人的屁股底下都墊著幻狼毛皮製成的坐墊。

「幸好父親大人沒有出現，否則真的有點難以下手。」

「你倒是毫不猶豫地瞄準我的腦門打啊。」

「我的意思是，面對沒有戰鬥能力的人不好動手。」

看見劫爾狐疑的眼神，利瑟爾悠然笑了。

說是這麼說，不過那只是外型變成劫爾的史萊姆而已，沒關係吧，他應該沒有不小心打到本人才對……大概。劫爾本人遭到狙擊的時候會避開或擋下魔彈，但利瑟爾沒看到對方做出這些動作。

「劫爾你還不是一樣，毫不留情地把我的頭都砍下來了。」

「比這傢伙好吧，他可是一臉喜孜孜地刺殺我啊。」

「老實說打大哥有點好玩欸。」

只是相貌相同而已，雖然會讓他們感到怪異，但這點程度不構成遲疑的理由。

當然，利瑟爾他們的對話全被同車的冒險者聽到了。他們聽得瑟瑟發抖，隔天「利瑟爾隊伍相殺說」就從他們口中流傳開來……但現在利瑟爾一行人還無從得知。

90

利瑟爾時不時會拿出自家國王從前贈與的那個信盒來看。

畢竟不知道信件什麼時候會來，來了也看不出任何徵兆，只能自己勤加留意，所以他不時會從腰包拿出信盒，打開纖薄的盒子看看內部情況。

當然，有時候自己放入的信件還原封不動地放在裡面，有時候則是空空如也。不過目前為止雙方還是維持著一定的信件往返頻率，已經算相當順利了吧，畢竟放進信盒裡的信件是有可能放置長達一個月還沒送到另一頭的。

「（啊。）」

今天利瑟爾在王宮書庫教亞林姆古代語言的時候，也趁著空檔看了看那個信盒。

信盒裡擺著一個繪著國徽的信封。就像往常一樣，陛下是把手邊的信封直接拿來用了吧，否則這本來是特別訂製的信封，只在與他國信件來往的時候使用。

陛下的作風還是老樣子，利瑟爾邊想邊拆開信封，打開裡頭多達數張的信紙。

「（國家的近況，陛下的近況，還有家裡的事情……）」

反正之後也會慢慢閱讀，利瑟爾先概略瀏覽了一下。

看起來沒有發生什麼特別嚴重的問題，太好了。實際上利瑟爾離開崗位早已造成各處的小問題大量發生，但因為問題並不致命，所以都沒有寫在信上。

某傭兵很囉唆，利瑟爾的父親暫時回歸公爵職位之後辦事不留情面……陛下毫不客氣的抱怨，看得利瑟爾露出柔和的笑容。至於帶利瑟爾回國的方法，儘管每次只有些微進步，不過也已經有所進展。信末結尾則是一如往常的那句話，利瑟爾垂下眼睫，細細品味這樣的幸福。

「本王一定會去接你，你等著，在那邊好好玩吧。」

陛下絕不會要求他尋找回國的方法。

因為他知道自己不必說那種話，利瑟爾理所當然會回到他身邊；他知道除非自己親口說不需要利瑟爾，否則這點不會改變，也知道利瑟爾本人同樣這麼想。正因如此，信末才會這麼寫吧。

回信就等回到旅店再寫吧，利瑟爾小心翼翼地摺起信紙。

「是寫給、老師的信？」

彷彿算準時機似地傳來一道聲音，利瑟爾微笑點頭。

層層疊疊的布料當中只伸出一隻手，正在振筆疾書。看不見布料底下的雙眼，不過亞林姆應該正看著這裡吧。

「先前明明請您別叫我老師了。」

「可是老師、就是老師呀。討厭、這種稱呼、嗎？」

「也不是討厭……」

只是被王族這樣稱呼實在太令人惶恐了。

利瑟爾苦笑著這麼說道，亞林姆見狀發出了像平常一樣獨特的笑聲。要是利瑟爾真的不喜歡這種稱呼，他是打算改口的，但「因為他是王族」這種理由沒有任何意義。

為什麼？因為亞林姆見過利瑟爾牽制公會的架式，已經知道他不是那種迴避與人競爭、缺乏鬥爭心的懦夫，只是不曾將他人置於值得相爭的位置而已。利瑟爾那道褒獎般的笑容並未激起亞林姆的反抗意識，他反而自然而然接受了，而且因而感到滿足，從那一瞬間起亞林姆對此便有了自覺。

最重要的是，利瑟爾還擁有淵博到無法想像的知識量，足以解明堪稱阿斯塔尼亞國家根基的魔鳥騎兵團的秘密。

「我很、尊敬你。」

「殿下太看得起我了。」

「唔、呵呵。」

利瑟爾也是付出了相當的努力才習得這些知識。

所以他不會過度自謙，只是亞林姆的知識也同樣淵博，受他這樣誇讚實在不好意思。

「講到、信……」

好像想起什麼似的，亞林姆喃喃開口。

他手中的筆懸在半空游移，墨水差點從筆尖滴下，他看也沒看便將筆尖移到墨水壺上方避難，一滴墨水隨即落入壺中。

「老師、你本來，待在帕魯特達爾、對吧？」

「是的，雖然我幾乎只在王都活動而已。」

「那裡的商業公會，好像寄了封信、到這個國家……」

是寄到這個國家的商業公會吧。

各國公會之間往來頻繁，這並不是什麼罕見的事。只不過這封信竟然傳入了亞林姆，也就是阿斯塔尼亞王族的耳中，或許表示是特別重要的案件。

不對，利瑟爾在心裡否定這個推測。內部發生的事情，各個公會傾向自己在內部解決，既然如此，可能是其他國家有權有勢的人物有要事想跟阿斯塔尼亞聯絡，才會透過公會來信。

利瑟爾原本的世界雖然沒有冒險者，不過也一樣有商業公會和郵務公會，某種程度上猜得到發生了什麼事。

「聽說、好像很手忙腳亂呢，各方面。」

「好像很辛苦呢。」

「嗯。」

話雖如此，那對利瑟爾來說都事不關己。

聽見利瑟爾乾脆地這麼回應，布料晃動了一下，想必是亞林姆點了點頭。

「好像是、馬凱德的商人。老師，你去過、馬凱德嗎？」

「去過。原來那位商人要從馬凱德過來呀。」

商業國馬凱德沒有商業公會，不過有不少該地商人會在其他地區加入商業公會。大多都是也在他國進行商業活動的人。商業國肩負著帕魯特達爾的物流運輸，而來信的人物是商業國當中，影響力足以牽動阿斯塔尼亞商業公會的商人。阿斯塔尼亞壟斷了群島的貿易途徑，許多商品唯有透過阿斯塔尼亞才能取得，考量這點，經營著周邊國家最大貿易商社的因薩伊還滿有可能的吧。

正當利瑟爾在內心享受著這段猜測過程的時候，亞林姆繼續說下去：

「聽說，商業國相當權威的貿易商社、的老闆、要親自過來喲。」

猜中了。

一穿過阿斯塔尼亞的城門，因薩伊立刻走下馬車伸展筋骨。

「這國家還是一樣遠啊。」

坐著馬車歷經十五天左右顛簸的旅程，他捶著僵硬到極點的腰部犒勞自己的身體。

因薩伊的身高相當高，整個人站得挺直，一點也不彎腰駝背，再加上相貌年輕，任誰看了都會說他做起這種老人家的動作還太早了，與他年齡相符的說話語氣與動作也因此顯得相當不搭調。

「哎，從以前到現在都沒變嘛。」

他將雙手插進口袋，在強烈的日光下一瞬間皺起臉，但立刻又咧嘴笑了開來，環顧久違的阿斯塔尼亞風景。這個國家擁有不同於商業國的活力，因薩伊相當中意。

「因薩伊先生，歡迎您遠道而來。」

「搞什麼，老夫可沒叫你們來迎接啊。」

「您別這麼說。」

阿斯塔尼亞商業公會的職員一邊道出歡迎的話語一邊走了過來。

這位職員在因薩伊和相關人士來訪阿斯塔尼亞時常常負責處理相關事宜，這樣的人選背後有各式各樣的理由，比方說他不會被因薩伊那種商人特有的三寸不爛之舌牽著鼻子走，或是不會被因薩伊豪放的性子耍得團團轉……不過最主要的理由，果然還是二人的個性合得來吧。

「馬車已經備好了，這邊請。」

「嗯。」

眼見職員面露苦笑，因薩伊哈哈笑出聲來。

他向馬車伕打了聲招呼，在對方的招呼之下坐進馬車，然後從窗口探出頭來，將此前搭乘的馬車託付給同行的人們。難得來到阿斯塔尼亞，雖然有很多事情要忙，但因薩伊也交代他們在談生意、採買結束之後記得盡情觀光。

接著，因薩伊搭乘的馬車便開動了。和冒險者搭乘的馬車比起來震動輕微，搭起來舒服不少。

「最近咱們那裡常常賣出銷往群島的東西，看來那邊景氣不錯嘛。」

「群島屬於國家管轄，是第三親王的經營手腕優秀吧。」

因薩伊回想起阿斯塔尼亞為數眾多的王族兄弟姊妹。

長兄是國王，負責貿易的是排行第三的親王嗎。由於做生意的關係，因薩伊和對方見過幾面，但他們王族人數實在太多，只聽人說排行第三、排行第四他實在分不出來。

他揮揮手說自己搞不清楚，然後望向窗外。馬車逐漸偏離他熟悉的路線，一如他的計畫。

「因薩伊先生，您不是打算前往公會嗎……」

「嗯？喔，是要前往公會沒錯啊。」

「但是這條路……」

「你覺得老夫看起來像個會走錯路的老糊塗？」

因薩伊說著露出胸有成竹的笑容，職員看了放棄似地聳了聳肩膀。

身為商業公會職員，他希望因薩伊先去跟公會長打聲招呼，但也不能勉強。和冒險者公會一樣，商業公會與登記者之間並沒有明確的上下關係，而且像因薩伊這種地位的大商人，有時候公會還得敬他三分呢。

「不過我也知道，您並不喜歡白費功夫。」

話雖如此，對方是與因薩伊認識許久的公會職員。

因薩伊在與老奸巨猾的商人們交手當中一路生存下來，既然他不惜忽視必要的禮儀和過程也要前往其他地方，那就表示他有什麼重要的事情要辦吧。職員做出這個結論，因薩伊聽了也露出意味深長的笑容。

「老夫也沒辦法在這待太久，還是先預約一下最保險。」

「您想到哪一間知名店鋪視察嗎？這點事情您可以交給我們去辦的。」

「不可能、不可能，就憑你們的影響力派不上用場啊。」

因薩伊滿不在乎地說道，職員聽了露出詫異的表情，彷彿納悶在這阿斯塔尼亞還有哪一間商業公會無法干預的店鋪。

不知不覺間抵達了目的地，馬車發出輕微的吱嘎聲停了下來。馬車伕打開車門，因薩伊於是帶著職員下了車。

「因薩伊先生，這裡是……」

職員啞然仰望著眼前的建築物，因薩伊見狀哈哈大笑。

「所以我不就說過了嗎？我要到公會啊。」

眼前是流氓莽漢的據點，冒險者公會。

現在是白天，出入公會的冒險者不多，但還是有一組冒險者正好結束委託回來，看見做工精良的馬車停在門口，他們啐了聲「擋路」才消失在大門另一側。

「你可以在這等著。」

「……不，難得都到這裡來了。」

「有什麼好難得啊？」

因薩伊露出強勢的笑容，兩手仍插在口袋裡，就這麼抬頭挺胸走進了他理應不熟悉的冒險者公會，職員則是放棄似地跟在他身後。

公會內熱鬧嘈雜，隨處可聽見男人們的笑聲和充滿挑釁意味的對話，氣氛與理性的商業公會截然不同，整個空間彷彿連空氣中都飽含著力量。因薩伊一踏入公會，眾人的視線便紛紛聚集過來，畢竟他這副打扮一看就知道是不知哪來的大商人，這也是當然的。

而且和他走在一塊的還是穿著商業公會制服的男人，那就更不用說了。雖然雙方公會的關係並不差，需要安排護衛、收購素材的時候也有業務上的合作，但果然還是教人疑惑他們為什麼會在這裡。

「老夫想提出指名委託，這個櫃檯可以辦吧？」

「可、可以。」

男人身材高䠷，自稱「老夫」顯得相當不搭調，聽見這樣的人向他搭話，理著光頭的職員一時有點不知所措。因薩伊對他的反應不以為意，只是逕自點頭說著「太好啦」。

到了這時候，同行的職員也注意到因薩伊此行的目的是冒險者了。難道這件事比起商業公會、比起這次他訪問阿斯塔尼亞的理由都更加優先嗎？他不禁啞然納悶。

「那你想指名的是哪個冒險者？」

「這個嘛，老夫是知道他們的名字，但他們也不是會輕易跟別人報上名號的人。」

因薩伊一邊聽著指名委託的講解，一邊俐落地繼續辦理手續。

「雖然不知道是怎麼回事……不過即使不說名字，只要能舉出明顯的特徵也可以指名喔。」

「那麼，老夫要找的是一個氣質特別高雅的、一個長得特別兇狠的，還有一個看起來性格特別惡劣的三人組……」

此刻身在公會內的所有人都將注意力轉到因薩伊身上。

那些小子還是老樣子，行事明明不高調卻特別引人注目。因薩伊快活地笑了，而光頭職員嘴角抽搐，小心斟酌著用詞開了口：

「啊……那些傢伙不管對方是誰，都不太願意接熟人以外的指名委託。」

「老夫是他們的熟人啦，熟人。」

他們居然認識這位一看就知道地位不凡的商人。

假如這商人指名的是S階冒險者，沒有人會覺得奇怪，但他指名的可是連上位階級都不到的利瑟爾他們……不對，某種意義上也相當合理就是了，公會內部瀰漫著一股微妙的氣氛。

「只要告訴他們『賈吉的爺爺想見你們』就行啦，老夫今天大概會在港口晃晃，要不然就是在公會分部。」

「……這就是你的委託內容吧？那麼報酬是？」

「就跟他們說老夫買一樣喜歡的東西給他們吧，要買什麼都可以。」

這意思簡直就像在問「如果你取得了大筆財富想要買什麼」。

聽見光頭職員確認承辦了委託，因薩伊道了謝之後轉身折返，在眾人羨慕的視線中離開了冒險者公會，與茫然自失的職員一塊坐進馬車。

馬車行駛了十幾秒，職員才回過神來，戰戰兢兢地問：

「您認識那些冒險者呀？」

「是啊，老夫的孫子受他們照顧啦。」

「啊，原來是令孫的……」

凡是關係親近的人，都知道因薩伊對孫子百般溺愛。

職員姑且點了頭，但僅憑這點還是難以讓他心服口服。他所認識的因薩伊只要扯上買賣，絕不是什麼親切好相處的男人：他的性格豪放大膽，苛刻又好戰，除了對話之中偶爾出現的那位孫子以外絕不看別人臉色。

這樣的人物居然會以指名委託這種方式事先告知對方自己來訪，讓對方自行決定要不要來與他見面。

「你認識他們啊？」

「聽說過，畢竟他們相當引人注目，不過我也只是聽過傳聞而已。」

「什麼嘛，真沒意思。」

因薩伊撐著手肘，百無聊賴地望著車廂外的景色，態度透露出話中同樣的無趣。很久沒到這個國家了，窗外流逝的風景卻和從前幾乎沒變。這一次，馬車真的是朝著商業公會前進了。

歸根究柢，這一次因薩伊為什麼會來訪阿斯塔尼亞呢？

因為他買賣的商品進不到貨。該商品數量稀少，運送也相當困難，因此本來就沒有穩定的流通量，最近從阿斯塔尼亞來到商業國的商人卻告訴他暫時進不到貨了。

他問對方等到什麼時候才會有貨，對方卻含糊其詞，給不出確切的答案。因此因薩伊便立刻啟程離開了商業國，打算親赴阿斯塔尼亞問問到底是怎麼回事，某領主現在想必對於他的行事作風忿忿地咋著舌吧。

「敝公會事前聽說了您的來意，也先向漁夫們打聽過了，不過……」

「對方聽起來不好應付啊。」

因薩伊說著，短短吁了一口氣。

「哎，這次老夫也算是為了個人因素過來，沒想到公會也會行動啊。」

「這畢竟是阿斯塔尼亞的特產，我們也無法忽視這種情況。」

職員苦笑道。儘管在公會工作，這傢伙仍然是個生意人啊，因薩伊愉快地笑了。

因薩伊與這裡的公會長算是有點交情，和他閒談一段時間、結束了漫長的招呼，取得必要的情報之後，因薩伊按照原訂計畫來到了港口。

時間還不到傍晚，不過漁夫們從日出前就展開了一天的工作，對他們來說已經是工作告一段落的時間了。港口的活力當中參雜了一點放鬆的氣氛，漁夫們隨意坐在木箱上高聲談笑的聲音響徹了整個港口。

「好了，該怎麼辦呢。」

因薩伊環顧周遭，高眺的身材比起一般成年男性還高了一顆頭。商業公會的職員仍然跟在他身後。

「我來為您帶路。」

「四處晃一下吧。」

在職員領路之下，因薩伊在港口四處走動。

木箱裡裝著大量漁獲，大魚被人高高懸吊，猛力擺著尾巴……港口充滿了各式各樣的魚類，但完全沒看見因薩伊要找的東西。

沒錯，因薩伊此行的目的是魚類魔物肉。海洋魔物捕撈是阿斯塔尼亞特有的漁法，是由熟知這方面捕魚技術的老練漁夫自主出海進行的捕魚作業，帶點賭博性質。

漁夫們看準了一攫千金的機會，合作出海賺取外快。雖有運氣好壞之分，但說是「賭博」，勝率卻也不算低，實力足以出海捕撈魔物的漁夫在同行之間也備受尊敬。

「看起來也不像沒在捕魚啊。」

「對方也說得很含糊……告訴他們『有商人等著收購魔物魚肉』，那些漁夫也只是一味叫我們不要干涉男人的浪漫……」

「這說法真奇怪啊。」

說得好像魔物捕撈不是男人的浪漫一樣。

對於阿斯塔尼亞的漁夫而言，出海捕撈魔物一向是種浪漫才對，這次聽起來卻好像他們心目中還有比這更浪漫的事情。
因薩伊沉吟片刻，仰望天空，萬里無雲的青空映入眼中。
「希望能想點辦法讓他們鼓起幹勁啊。」
「我們也再三拜託過他們了，但是……」
「像漁夫這種匠人氣質的傢伙，畢竟不喜歡外行人指手畫腳嘛。」
假如他們不想捕魔物魚，因薩伊也無意強迫，但是他都特地到阿斯塔尼亞一趟了，總不能空手而返，至少想釐清一下漁夫口中的「浪漫」究竟是什麼。
由於職業使然，因薩伊常與各行各業打交道，很清楚匠人都有頑固的脾氣，不喜歡讓外人進入自己的領地。
「哎，至少不是哪個商人故意妨礙交易。不過最近沒有值得競爭的傢伙，有人刻意攪局或許也不錯啊。」
「請您手下留情。」
職員立刻乾笑著打斷他。
雖然大家都說他有了孫子之後個性圓融不少，但因薩伊這個人非常討厭別人妨礙他做生意，假如有人與他為敵，他一定會全力擊潰對方吧。以前有間商會就是因為這樣消失得無影無蹤。
不過因薩伊對於遵守規矩的同行相當慷慨，所以還是深受周遭信賴。
「總之，不知道原因也……」
「啊，找到了。」

忽然有個沉穩的聲音叫住他，因薩伊停下腳步，露出別有深意的笑容。

「哦，小夥子，好久不見啊。」

「好久不見了，謝謝您送的餞別禮。」

「賈吉的爺爺長這麼高，馬上就找到啦。」

竟敢這樣對影響力遍及周邊國家的貿易商社老闆說話！職員頓時臉色發青，接著才發現那些態度親暱地走近的人，正是因薩伊特地聯絡的那些冒險者。

他悄悄打量因薩伊的臉色，因薩伊豈止沒有生氣，甚至毫不掩飾地表現出好心情。雖然不是面對親生孫子那種百般寵愛的模樣，不過表情仍然像個疼愛孩子的爺爺。

「你們剛處理完委託啊？辛苦啦。」

「是的，從公會那邊聽說您在找我們。」

「你怎麼會在這裡……」劫爾說。

「出差啦，出差。」

這是職員第一次見到傳聞中的三位冒險者。他們確實有種異於常人的氣質，三人周遭的空間彷彿與世隔絕，唯有被選中的人才得以踏入其中。尤其是面帶微笑的那個人，跟因薩伊站在一起，看起來就像跟他有生意往來的貴族。

因薩伊跟他們真的只是「孫子受到關照」的關係嗎？職員懷疑地想，而因薩伊並沒有多加理會他的反應，自顧自享受著這場久違的再會。

「怎麼樣啊，利瑟爾，暈車藥有沒有拿去用啊？」

「有的，搭乘魔鳥車的時候我也完全沒有暈車。」

「太好啦。劫爾，劍有沒有好好保養啊，那可是老夫秘藏的劍啊。」

「要問幾次啊，臭老頭。」

「很好。伊雷文呢，有沒有做壞事啊？」

「會給隊長帶來困擾的事我都沒做！」

那就好、那就好，因薩伊露出滿意的笑容。因薩伊還是沒變，利瑟爾有趣地瞇起眼笑了。不符年紀的霸氣、毫不衰弱的凌厲眼光，在在顯示他仍然是位叱吒商場的生意人。不過這氣場與他外表的年齡倒是相當符合，看起來一點都不衝突。

「對啦，你家天花板修好了沒啊？」伊雷文問。

「沒，保持原狀，做個紀念。」

「那你幹嘛跟我收修理費！我還付了欸！」

「當然是故意找你碴啊。」

因薩伊露出得逞的笑容，一手比出閃亮的V字，看得伊雷文臉頰猛力抽搐。

但即使如此，因薩伊還是叫了他的名字、送了他餞別禮，只是找個碴報復就不再追究，以因薩伊一貫的作風來說已經是破格待遇了吧。假如伊雷文不是利瑟爾的自家人，而且還在賈吉商店遭竊事件立過功勞，在他們見到面的瞬間周遭就會彌漫著肅殺的氣氛了。

雖然這幾乎完全是伊雷文自作自受。利瑟爾輕輕拍撫著那頭鮮艷的紅髮，視線忽然投向因薩伊身後。

「這位是商業公會的職員吧，您還在辦理公事嗎？」

「沒有，現在就跟散步差不多。」

因薩伊乾脆地這麼說，利瑟爾聽了也點頭說「那就好」。

他以注目禮向職員打了招呼，心想這問題不知能不能問，一邊開了口。

「因薩伊爺爺，您怎麼會到阿斯塔尼亞？」

「你們現在沒事要忙啊？」

「委託也結束了，而且我們正好有事要到港口來。」

「那正好。」

因薩伊於是將事情始末娓娓道來。

當中沒有任何要求他們幫忙的意圖。職員在一旁詫異地想，這件事告訴冒險者真的沒問題嗎？說了又能怎麼辦呢？但因薩伊只是回答利瑟爾的問題而已，毫不猶豫地將來龍去脈解釋了一遍。

「魚類魔物……」

「是啊。你有什麼頭緒嗎？」

利瑟爾尋思似地別開視線，劫爾仍然百無聊賴地看著別處。而伊雷文邊打著呵欠邊眨著眼睛，莫名其妙地開口問道：

「要找魚類魔物的話王都也有啊，不是有迷宮嗎？」

「但是迷宮的魔物打倒之後就會消失了……啊，不過拿來食用是不是就可以保存？」利瑟爾問。

「是沒錯，但判定太不明確了，也有很多魔物帶不出去。」劫爾說。

「無論如何，冒險者處理的魚根本沒辦法當作商品來賣啊。」因薩伊說。

換言之，只有在大海中成長的天然魔物魚，由專業漁夫捕撈、立刻處理，然後立即以魔道具或迷宮品保存，這樣的魔物肉才有交易價值。尤其許多魚類魔物必須以特殊方式處理，要是冒險者用處理普通魚類的要領去挑戰，結果恐怕慘不忍睹。

正因如此，魔物魚肉才是唯有透過阿斯塔尼亞特有的漁法，由經驗豐富的漁夫出海才有辦法捕撈的漁獲。

「那個，因薩伊爺爺……」

「怎麼啦。」

好了，這小子會說出什麼呢？聽見利瑟爾忽然喊他，因薩伊笑著敦促他繼續說下去。或許是商人的直覺，也或許是長年的閱歷使然，因薩伊已經注意到利瑟爾口中吐露的會是解決這次案件的關鍵了。他累積的歲月和經驗夠豐富，使他足以懷著期待的心情等他說下去。

利瑟爾帶著有點心虛的表情，望著因薩伊位於高處的臉，自然而然以仰望的角度窺探他的神情。利瑟爾都是這種年紀的男人了，這種表情卻依舊相當適合他，即使他是刻意擺出這種神情因薩伊也不介意，反正很有意思。

「那個，大概是我的錯。」

「那就沒辦法啦。」

「啊?!」

職員忍不住叫出聲來，至今一次也沒看向他的劫爾和伊雷文聽了同時朝那邊瞥了一眼。那兩道視線比起詢問，更像是在質疑「你有什麼意見嗎」。

一陣震顫竄過背脊，職員下意識往後退了一步。

「喂，小子，別欺負人家啊。」

「只是看他一眼而已。」劫爾說。

「就是說嘛——」

劫爾蹙起眉頭，伊雷文則站在他旁邊咧嘴露出牙齒。

除非利瑟爾指正，否則他們是不會反省的，這點職員心知肚明，這一次反而是看著他們二人哈哈大笑的因薩伊比較讓他驚愕。

因薩伊是如此重視這個問題，甚至不惜親自趕來遙遠的阿斯塔尼亞，看見罪魁禍首就在眼前他卻一笑置之，毫不追究，職員實在不敢置信。

「怎麼啦，你是迷上魔物魚的滋味大量收購啊？」

「不，不是的……啊，不過先前吃到了非常棒的魔物肉哦，是我目前為止吃過最美味的。」

「太好啦，那下次你們到馬凱德來的時候，就帶你們去老夫私藏的魔物料理餐廳吧。」

「那不就是不接生客的高級料理店嗎！耶！」

「好期待哦。」

冒險者對於阿斯塔尼亞的魔物漁業造成了影響——面對這項令人震驚的事實，因薩伊不僅不驚訝，還理所當然地繼續說下去，職員已經完全跟不上事態發展了。

「那麼，這樣如何呢？」

時機正好，利瑟爾想到什麼似地說道：

「因薩伊爺爺，您要不要跟我們一起去辦事情？這樣比較容易說明。」
「那老夫就不客氣啦。」
「不知道結束了沒欸。」
「他們都說時間差不多了。」劫爾說。
「對了，領主大人還好嗎？」
「忙工作忙得昏天暗地。不過他是個工作狂，沒問題啦。」
利瑟爾一行人於是一邊聊著天，一邊帶著茫然的職員在港口邁開步伐。

港口上建著整排的倉庫，而利瑟爾他們正站在其中最牢固的一間倉庫前方。倉庫裡擺著保持魚肉鮮度的魔力布，以及貴重的解體刀具等等。這裡主要用來保管巨大、稀少魚類，因此漁夫們會輪班巡邏，倉庫也會上鎖，警備之森嚴在阿斯塔尼亞算得上罕見了。

一行人跟認識的漁夫說了一聲，在對方的招呼下踏進倉庫。
「啊？商業公會的傢伙又來啦……這裡沒有你們要找的東西。你們不會懂啦，男人的浪漫跟賺多少錢完全是兩回……」
「不好意思，他是陪同我過來的。」
「喔，是冒險者先生啊。那就沒辦法啦，過去吧。」
由於事前調查時多少招致了漁夫反感，只有職員一個人被攔了下來，不過利瑟爾一開口就改變了現況。這小子還是一樣動不動就給周遭帶來影響啊，因薩伊見狀笑了，職員則是驚訝得兩眼發直。

「請問完成了嗎？」

「你們不要小看阿斯塔尼亞的漁夫啊。」

「那真是失禮了。」

利瑟爾有趣地笑著回道，老漁夫見狀也心滿意足地笑了。

接著，漁夫伸出拇指比了比倉庫深處。位於那裡的是個幾乎佔滿整間倉庫的巨大作業檯，上頭擺著用布料包好的塊狀物，以及無數的鱗片。走近一看，因薩伊露出驚訝的神情探頭打量那些東西：

「老夫沒看過這種鱗片啊，這形狀確實是魚類魔物沒錯……但這麼大的魚類魔物很少啊。」

「……這該不會是鎧王鮫吧？」

「鎧王鮫？鎧鮫啊，聽說不是一直獵不到嗎……啊，原來是你們哪，果然不出老夫所料大鬧了一番啊。」

想必是聽說了傳聞，職員不敢置信地瞠大眼睛，因薩伊聽了也了然於心。鎧王鮫是阿斯塔尼亞才有的魔物，因此第一次見到很難認出這就是牠的鱗片。

「確實聽說港口上出現了第二條鎧王鮫，這該不會是第三條吧……？」職員說。

「啊，原來是這麼回事。」

因薩伊恍然大悟似地點了個頭。

「能出去捕撈魔物的老練漁夫們都忙著解體鎧鮫了吧。」

「漁夫們都非常賣力。不好意思，我沒有想到會造成因薩伊爺爺親自出面這麼嚴重的影響……」

「哎呀，也沒那麼嚴重啦。只是牽扯到老夫熟識的店鋪，老夫擅自跑過來而已。」

利瑟爾他們已經盡情享用過鎧王鮫肉了。

他們暫時不會再潛入「人魚公主洞窟」，目前的解體工程已經告一段落，漁夫們也會恢復魔物捕撈吧。而且吃過鎧王鮫肉的年輕漁夫開始對魔物肉相當有熱情，聽說他們充滿幹勁地吵著要老漁夫帶他們去捕魔物魚呢。

如果年輕漁夫們順利習得了捕撈技術，未來魔物魚肉的流通量應該會快速增加吧。

「不過空手回去實在不甘心啊。嗯……」

因薩伊環抱雙臂這麼說，伊雷文聽了猛地抬起臉來。

「那你要不要把這些肉帶走？反正我們不吃。」

「喂。」

話剛出口，伊雷文馬上就被劫爾揍了。

只有這條鎧王鮫被鎖在這麼森嚴的倉庫裡解體，伊雷文怎麼可能不知道原因？把牠體內灌滿毒液的就是他本人啊。

「我只是開個玩笑嘛……」

「萬一老頭真的打算把魚肉帶走，你也不會阻止吧。」劫爾說。

「是沒錯啊。」

伊雷文不滿地碎念，內容駭人聽聞，不過因薩伊一笑置之，指向排列在作業檯上的鱗片說：

「那這些鱗片能不能賣給老夫？能收購到這些也就不虛此行啦。」
「啊……那你全部拿去啊，算你三百金幣。」
「小子，你以為老夫是什麼人？」
伊雷文稍微哄抬了一下價格呢，利瑟爾和劫爾邊想邊在一旁觀望。
因薩伊想必是有自信以更高價錢全數售出，因此二話不說開始準備金幣。他從空間魔法當中源源不絕地掏出金幣，伊雷文也只說了句「謝啦」就滿不在乎地收起那些錢，一旁的職員和漁夫看得眼珠子都要掉出來了。
「以這傢伙的作風來說還算有良心。」
「算是開給熟人的價碼嗎？畢竟伊雷文自己身上的鱗片也還有剩。」
劫爾和利瑟爾不以為意地這麼說著，職員不禁心想，原來這二人也是同個世界的人啊。
交易圓滿結束，利瑟爾一行人離開了倉庫。浸滿毒液的魚肉交給漁夫處置了，想必他們會妥善處理掉吧。
「漁夫大哥，謝謝你們。」
「嗯，隨時再帶鎧鮫過來不用客氣啊！」
在漁夫言之過早的送行招呼之下，一行人邁開步伐準備離開港口。
因薩伊的指名委託只要見過面就算完成，那麼接下來就是領取報酬了。
「好啦，你們想要什麼啊？」
「這個嘛……」
聽見因薩伊打趣地這麼問，三人毫不客氣地說出了自己想要的東西。

夜晚的旅店，利瑟爾坐在自己房裡，以優美的姿勢執筆寫字。

低頭看著全新的信紙，利瑟爾流暢地寫下內文。工整的文字以均等間隔寫成，筆尖的動作不曾稍停，字跡卻毫無潦草之處。

筆尖滑過信紙的沙沙聲在房間裡響著響著，忽然一陣銳利的摩擦聲混入其中。利瑟爾持續著手邊的動作微笑道：

「大馬士革砥石用起來怎麼樣呀？」

「還不錯。」

劫爾坐在利瑟爾背後的床上，直截了當地這麼說道。

他手上拿著他要求因薩伊買的砥石，還有自己的大劍。大馬士革砥石也價格不斐，但店裡還有比它更貴的砥石，利瑟爾原以為昂貴的更好，不過按照劫爾和伊雷文的說法，重點似乎不是價錢。

劫爾不缺資金，缺的是人脈。這次買到了鮮少在市面上流通的頂級砥石，他看起來心滿意足。

「伊雷文要求的是地下拍賣會的參加證吧？不曉得他是怎麼得知那種活動的。」

「那傢伙明明連老頭的名字都不記得，臉皮真厚。」

劫爾和伊雷文都開出了相當不合理的要求。

兩者都是中流程度的商人完全無從取得的東西吧，尤其伊雷文要求的報酬更是如此。但因薩伊仍然一派輕鬆地幫他們弄到手了，其手腕不言而喻。

「（像我這樣要求普通的東西不就好了嗎？）」

利瑟爾露出苦笑，望著剛拿到不久的信紙與信封。

完全不必多費工夫找尋，因為這是採用最高級的素材，由一流匠人施以精細裝飾，足以象徵其工藝，放在玻璃櫃裡展示的東西。

原本當然是非賣品，不過利瑟爾一要求，因薩伊便說「好、好，包在爺爺身上」，替他想辦法弄到手了。

「希望因薩伊爺爺平安回到馬凱德。」

「都平安過來了，當然也回得去吧。」

「這麼說也沒錯。」

聽說明天一大早，因薩伊就要啟程回商業國去了。

利瑟爾他們已經先跟他道別過了。雖然覺得他的行程相當匆忙，不過因薩伊也不像是會老實在同一個地方長居久留的人，或許該說很符合他的行事風格吧。

「對了……」

利瑟爾忽然從信紙上抬起臉來。

「最近，陛下也想起了你們的事情哦。」

「你別寫什麼奇怪的事啊。」

「我才沒有。」

看見劫爾狐疑的眼神，利瑟爾有趣地瞇起眼笑了。

劫爾他們第一次邂逅利瑟爾敬愛的國王，是在某條小巷裡發生的事。雖然只是短短一瞬間，但雙方確實認知到了彼此的存在。

「陛下在信上寫說，他記得『有看見黑色和紅色的人影』。」

「那叫做不記得。」

聽見劫爾無奈的聲音，利瑟爾輕聲笑了出來。

他放下筆，確認過信件內文沒有錯漏，便將信紙對摺放入信封，摺起信封口，沒有完全封緘便打開桌緣映著月光的信盒，靜靜將信封放入其中。

「嗯。」

他點了個頭，回頭看向身後。

坐在床上的劫爾蹙著眉頭，注意到利瑟爾的目光也瞥了過來，一邊開始將砥石和大劍收拾好，看來保養已經完成了。

「對陛下來說這樣已經足夠了。假如真的對一個人沒興趣，陛下是會連他的存在也完全忘掉的。」

「那還真是榮幸。」

劫爾瞇起眼這麼說，利瑟爾聞言也綻開笑容。

今天一大早就展開活動，差不多也該睡了。利瑟爾站起身來，劫爾見狀也從床鋪上退開。雖然利瑟爾不介意劫爾待在這裡，並不會干擾他的睡眠，不過想想劫爾也沒有理由繼續待下去，因此他沒多說什麼，就這麼目送對方離開。

「晚安。」

「嗯。」

聽著劫爾的回應，以及房門關上的聲音，利瑟爾打了個小小的呵欠，鑽進自己的被窩。

91

今天的亞林姆像平時一樣，在地板上蹲坐成一個布團。

最近他專注於學習古代語言，現在也正在閱讀古代語言老師為他製作的資料，不過長期持續下來，閱讀一般書籍的感覺也變得令人眷戀起來。學習期間也不斷有新的書籍追加到書庫當中，他尚未閱讀的書本也越來越多了。

假如今天利瑟爾沒來，久違地投注全副心力讀書或許也不錯。就在他這麼想的時候……

「啊。」

書庫大門開啟的聲音忽然傳入耳中。

會踏入這間書庫的人，除了王宮裡偶爾有人會來找資料之外，就只有利瑟爾了。進來之前沒聽見那些拘謹的稟告，想必是後者了吧。

雖然也想看書，但沒有比古代語言課程更令人期待的事了。亞林姆露出笑容，拖著布料站起身，緩緩走向位在書庫中央的桌子，卻忽然停下了腳步。

「老、師？」

「殿下，您好。」

看見對方投來的微笑，亞林姆掩在布料底下的嘴角也跟著泛起笑意，但他還是不禁納悶這是怎麼回事。

利瑟爾手上抱著成堆的書本。假如是授課使用的書籍也就罷了，但顯然並非如此，那是平常利瑟爾在這間書庫作為娛樂嗜讀的書，類型包山包海，完全沒有規律可循。

「不好意思，今天不上課可以嗎？」

「嗯，這倒是、沒關係……」

「要跟您借一下位置了。」

聽著利瑟爾道謝，亞林姆眨了一下眼睛。

利瑟爾到訪書庫的時候，從來沒有一次完全沒幫他上古代語言課程。雖然他會在指導亞林姆的空檔讀書，也會把書本帶回旅店閱讀，但也僅止於此。即使他單純為了看書過來，亞林姆也完全不介意，但利瑟爾是刻意意識到這點而保持著分際吧。

這方面隨他高興，亞林姆覺得沒有關係……但同時也覺得難得見到他這樣。

就在亞林姆這麼想的時候，利瑟爾已經重新抱穩書本，走過了書桌前方，走過佇立原地的亞林姆，在近處的書櫃前停下腳步，然後緩緩坐到地上。

看慣了利瑟爾以漂亮的坐姿端坐在椅子上的模樣，眼前這一幕帶來了相當的衝擊。

「（發生、什麼事了、嗎？）」

就連結識他不久的亞林姆都不得不這麼想。

今天不同於以往的事情太多了。剛才一連串的舉動也是，最重要的是平時一定會陪同他一起過來的隊友不在，劫爾和伊雷文都不見人影。

「（一定是、發生什麼事了、吧。）」

利瑟爾絕對不算是容易看透的人。

他的視線已經落到手中的書本上，神情不帶笑意。利瑟爾專注時大抵如此，但今天和他平常專注的表情似乎又有哪裡不太一樣。能注意到這一點，亞林姆對於自己身為王族的觀察力也頗為自負，但這顯然是異常的狀況。

「……」

亞林姆挪動腳步，腳踝上的金飾隨之微微叮噹作響。

他繞到坐在地面的利瑟爾正前方，默默與他面對面坐下，撥開布幔伸出手，隨便拉過地上的一本書讀了起來。就這麼讀了一會兒之後……

「不好意思，突然過來打擾。」

利瑟爾的視線悄然離開了書本。

「嗯。」

「我太沒禮貌了呢。」

「是老師你的話、沒關係、喲。」

不曉得是利瑟爾良好的教養，還是他天生的氣質使然，亞林姆眼中的利瑟爾即使獲得了對方許可，也不會不告知理由就大剌剌佔據他人的領域。

亞林姆本來覺得他不想說也沒關係，但似乎是利瑟爾自己受不了了。或許利瑟爾願意解釋了，看見他苦笑的模樣，亞林姆這麼想道，闔上書本筆直望向利瑟爾。

「我想專心讀一下書。」

另一方面，利瑟爾擺在腿上的書本仍然攤開著，唯有視線轉向亞林姆。

利瑟爾總是正面看著別人說話，還真少見到他這樣。亞林姆穿過布料看著這一幕，這時利瑟爾支撐著書本的手忽然動了一下。指尖移向書本邊角，捏起紙頁，應該是下意識的動作吧。

「（啊……）」

頁角被捲起來了。

亞林姆自己覺得書能讀就好，所以並不介意就是了。

「你想待多久、就待多久，沒關係喲。這裡除了我、幾乎、沒有人會來。」

「謝謝您。」

「嗯。」

利瑟爾稍微垂下眉微笑道，亞林姆還是沒多說什麼，只是點點頭。

誰都有不想思考任何事情，只想埋頭讀書的時候吧。亞林姆從小閱讀著無數的書籍長大，非常瞭解這種心情。

然後，亞林姆一手撐在地板上，從盤腿的坐姿立起大腿，在腰部正要抬離地面的時候，維持著前傾的姿勢伸出了沒有拿書的那隻手。手臂暴露在外界的空氣當中，筆直伸向利瑟爾。

與高眺身材相應的寬大手掌、修長好看的手指輕輕放到利瑟爾頭上，撫過白金色的頭髮，然後又離開了。手腕上的飾品發出清澈的碰撞聲響。

「你就、慢慢讀吧。」

亞林姆以甜美沉靜，略帶笑意的聲音這麼說道。

看見亞林姆這樣的反應，利瑟爾不禁苦笑。

他看著布團移動到離他有段距離的地方，想必是為了不讓他分心吧。雖然亞林姆過度忠於求知欲的模樣讓人容易忘記這一點，不過亞林姆年紀比他大，底下也有好多位弟弟，習慣處理這種事情也不奇怪。

不曉得亞林姆那個動作的意思是安慰他，還是想讓他冷靜下來？利瑟爾確實是光明正大走進書庫、毫不粉飾地直說了他想讀書，但他無意藉此求取別人的關懷。讓亞林姆採取了那樣的行動，他心裡有點過意不去。

可是，現在的利瑟爾正在全力鬧彆扭。假如硬要維持自己平時的模樣他做得到，但他已經鬧脾氣到了不想刻意這麼做的程度了。

「劫爾那個笨蛋。」

他對著這麼大年紀還吵架的對象喃喃說道，嗓音消融在書庫的空氣當中，沒被任何人聽見。利瑟爾轉向書本，要自己重新打起精神。這一次好好轉換心情吧，他想著，再度開始讀起書來。

開端一定是些微不足道的小事吧。

恐怕是時機惡劣到了極點，或是情況糟糕到了極點，或是二人的運勢跌到了谷底，又或是以上幾點全部同時發生，才會導致這種事態。

「饒了我吧，唉唷……」

伊雷文胡亂抓著頭髮，嘆了一大口氣，像要把整個肺裡的空氣全部呼出去。

這裡是利瑟爾的房間，伊雷文斜倚在窗邊，手肘撐著窗框，漫不經心地望著外頭擅自躍入視野的街景。

染上夕陽餘暉的阿斯塔尼亞，充滿了走在路上準備回家的人們的聲音。自己煩惱到這個地步，這些人還真是悠哉，伊雷文忍住了把這一切毀滅殆盡的衝動。這是遷怒。

「他們為什麼會吵架啊？」

伊雷文完全無法理解。

利瑟爾待人和氣，又能夠敏銳察覺對方的情緒，除非刻意激怒對方，否則他是不可能惹對方生氣的。而劫爾只有在面對唯一一個人的時候，無論遭到什麼樣的對待都能容忍，他絕不可能刻意惹那個人生氣。

假如能夠完全控制自身情緒的利瑟爾生氣了，那就表示他刻意選擇不壓下怒火；在唯一能夠牽動自己情感的對象面前，劫爾絕不願顯露情緒失控的模樣，假如在這種情況下還生氣，那肯定是下意識被煽動了。

「唉唷……」

伊雷文無精打采地將身體傾向窗外，皺起臉來。

假如只是輕微的摩擦，伊雷文也能夠毫不在意地樂在其中，畢竟那二人眼中輕微的爭執，都是些在玩笑範圍內的小事。

但這次不一樣。伊雷文也不知道他們吵架的原因，但這一點他可以斷言。

『那你就回去啊。』

他回想起劫爾說的話。

看他們二人都在，伊雷文心血來潮地進了房間，結果一進門就撞見劫爾對利瑟爾這麼說。沒有抬高音量，但語氣強硬，嗓音乘載著確切的情緒。

伊雷文一瞬間無法理解，然後他瞬間就理解了。匆忙間他看向利瑟爾，當時那人臉上的微笑確實——

『你說什……！』

『好。』

伊雷文反射性燒斷了理智，正要朝劫爾怒吼，利瑟爾極度冷靜的嗓音卻阻止了他。

眼見利瑟爾就要走出房門，伊雷文或許是想挽留吧。但他正要朝那人伸手的時候，利瑟爾的手掌在錯身而過的瞬間致歉似地掠過他臉頰，於是他停下了動作，一時間什麼也做不了。

追上去恐怕也沒有意義。雙腳彷彿牢牢釘在原地似地動彈不得，隊長不可能真的要回去吧，他揪緊了胸口的衣服，扼住底下略微加速跳動的心臟。

想起那個和利瑟爾一樣，現在不曉得跑到哪去的黑色背影，伊雷文響亮地嘖了一聲。

「結果咧？」

他以消去所有感情的聲音，朝著空無一人的房間這麼問。

伊雷文直起了剛才探到窗外的身子，頭也不回地聽著一聲不響進入房間的精銳盜賊的回應。

「貴族小哥在王宮，一刀好像進迷宮了。」

「要是他埋在書堆裡覺得滿足就好了。」

他已經猜到了，利瑟爾果然是跑到藏有大量書本的王宮裡去了。

王宮一向是劫爾和伊雷文不太願意讓利瑟爾單獨前往的地方，而一向尊重他們二人意見的利瑟爾這次卻一言不發地獨自過去了，這就表示他想一個人沉浸在書海裡吧。看來自己沒追上去是正確的，伊雷文望著窗外自嘲地想。

至於劫爾，一定正在迷宮裡大肆胡鬧吧。無論哪一方有什麼樣的原因，伊雷文都會毫不猶豫站在利瑟爾那一邊，因此他只是冷冷地嘲笑劫爾活該。

「繼續監視。」

暫且先觀望吧。

他們雙方都不是會記仇的人，也不是不承認自己有錯的人，冷靜下來之後應該就會恢復原狀了吧。他想這麼相信。

即使對象不是彼此，那二人平常一向與「吵架」一詞無緣，所以伊雷文實在無法斷定。

「要躲開反應敏銳的魔鳥很麻煩耶。」

精銳盜賊一邊不滿地碎念，仍然像來時一樣，除了說話聲以外沒發出任何聲音，就這麼靜靜離開了房間。伊雷文沒理他，逕自離開窗邊往床上一倒，彷彿在說他想事情想累了。

「……」

要是隊長真的回去了怎麼辦？這想法不斷在他腦海打轉。

利瑟爾道歉般撫過他臉頰的觸感，現在仍然沒有消失。

「（但要是回得去，隊長早就回去了……而且大哥也沒阻止他。）」

伊雷文想起那個當時並未阻止利瑟爾走出房間的男人。

既然劫爾沒有攔阻，利瑟爾應該不可能真的回到原本的世界去才對。儘管嘴上叫他回去，但一旦利瑟爾真的要回到另一個世界，劫爾一定不會默不作聲的。

伊雷文翻了個身仰躺在床上，再次撥亂了自己的瀏海。沒錯，這件事打從一開始的前提就太奇怪了。

「（既然不是故意的，隊長不可能真的惹誰生氣吧。）」

利瑟爾能夠輕易察覺對方的情緒、加以誘導，即使是初次見面，他也不會讓對方感到不快。

伊雷文認為，一旦認真起來，利瑟爾不僅能讓對方對自己抱持良好印象，甚至能夠挑起對方對自己的興趣。這猜測肯定錯不了，正是因為這樣，自己和劫爾才都待在利瑟爾身邊。

既然如此，劫爾口中說出的話對於利瑟爾來說並不是完全出乎意料，但也不在他意料之中。聽來矛盾，但這應該是最貼切的說法了。

「（面對大哥的時候，隊長有時候會……該說是試探嗎？觀察反應？會變得有點像在摸索嘛……）」

對等的關係真難。伊雷文回想起利瑟爾在某座迷宮前苦笑著這麼說的模樣。

這次也一樣吧，既然這樣，事情應該不會演變成最糟的狀況才對。伊雷文下意識稍微鬆了一口氣，一邊決定明天去看看利瑟爾的狀況，一邊開始賭氣蒙頭大睡。

納赫斯是在太陽完全下山之後才聽說這件事。

他騎著魔鳥在國土上空巡邏之後，一邊慰勞夜視能力不佳的搭擋，一邊將牠帶到廄舍，然後一邊給予由衷的讚美一邊幫牠理毛。正當他完全沉浸於自己的世界當中的時候，王宮的門衛特地跑來找他。

根據門衛的說法，一如往常到訪王宮的那位完全不像冒險者的冒險者，直到現在還沒有回旅店去。而且今天他是獨自前來，無人同行，和平常一樣一步也沒有踏出書庫。

為什麼要把這件事告訴自己？納赫斯由衷感到困惑，不過還是姑且向對方道了謝。是古代語言的課程耽擱到時間了嗎？

「嗯？他今天一個人來？」

「是啊，很少見對吧。」

確實如此。

納赫斯察覺到了劫爾他們總是陪同利瑟爾到王宮的原因，利瑟爾的舉手投足極為高雅，容易惹人注目，正是顧慮到這點，因此納赫斯平時帶他們走的也都是王族不會使用的路徑。

「但他居然還一個人過來。真是的，該不會吵架了吧？」

「你為什麼常常用媽媽的眼光看那些冒險者啊？」

納赫斯原本有這麼愛照顧人嗎？門衛一臉不可思議地離開了。目送對方走遠，納赫斯嘆了口氣，仍舊和平時一樣毫不馬虎地完成了魔鳥的照料工作。

最愛的搭擋定睛朝他看了過來，納赫斯摸了摸牠的羽毛，然後離開了廄舍。先去問問情況吧，他並沒有前往騎兵團的值勤據點，而是往書庫的方向走。也有可能剛好錯過，如果利瑟爾已經回去了，那就到時再說吧。

走過白色支柱等間隔排列的走廊，納赫斯望著紺青與橙色漸層的天空逐漸開始點上繁星，經過中庭，轉進幽暗的通道，來到書庫前方的階梯。

他走下階梯，敲了門稟告一聲，便踏進書庫。這裡不分晝夜都點著柔和的燈光，總是籠罩在沉靜的氛圍之中。

「殿下，請問現在方便打擾嗎？」

「可以，喲。」

從書架另一頭傳來說話聲，隔著一層布料，聲音細微。

獲得了首肯，納赫斯於是邁開腳步，鑽過書架之間的縫隙前進。一路上繞過幾個阻擋前路的書櫃，他來到了這座書庫的中央，他從前完全無緣踏進的地方。

納赫斯首先看向桌椅，課程中利瑟爾大多都坐在那裡。不過桌邊空無一人，果然兩人剛好錯過，利瑟爾已經回去了吧。納赫斯這麼想著，正想向亞林姆稟告，就在這時……

「……、……！」

他不敢置信地多看了一眼。

「怎麼了，你身體不舒服嗎！」

「咦？」

利瑟爾坐在地板上。

眼前這從未見過的光景、從來不曾想像的模樣，看得納赫斯不禁趕到他身邊，跪在地上與他視線齊平。他抓住利瑟爾的肩膀，要他抬起低垂的臉龐，紫紺色的眼瞳便隨之忽地抬起，筆直看著位在正前方的納赫斯。

確認過利瑟爾的雙眼能清楚聚焦，看來身體並沒有什麼異狀，納赫斯於是放鬆了緊繃的肩膀。既然沒有不舒服，這是在做什麼？低頭往利瑟爾手邊一看，他手上果不其然拿著一本書。

「納赫斯，不要打擾、老師讀書。」

「讀……」

為什麼偏要坐在地上讀？真沒規矩……但是在自己國家這位平時都在地板上生活的王族面前，這種話他實在說不出口，只好把到了嘴邊的話又吞回去，然後站起身來。

在他腳邊，利瑟爾環顧周遭，絲毫沒有打算闔起書本的樣子。

「原來已經到了納赫斯先生會過來的時間了，我沒有注意到。」

在沒有日照的書庫當中不易察覺時間的流逝。

看來他相當專心讀書吧。沒有人陪同原來還有這方面的缺點，納赫斯無奈地對利瑟爾說：

「外面天色已經暗囉，要回去的話還是趁早比較好。」

「我今天不回去，所以沒關係。」

「嗯？」

是自己聽錯了嗎？低頭一看，利瑟爾已經再次開始讀起書來。

太不尋常了，今天不尋常的事太多了。沒有人陪同，利瑟爾坐在地上，跟人說話說到一半就開始看書，而且還不回去。任誰都看得出他不太對勁。

到底怎麼了？納赫斯看向唯一有可能知情的亞林姆，但只看得出地板上有個布團。不過布團稍微動了一下，看見殿下有所反應，納赫斯走過去小聲詢問：

「殿下，這樣沒關係嗎？」

「我已經告訴他、要待多久、都沒關係了。雖然、我也不知道、發生了什麼事。」

既然在場最有地位的人物都這麼說了，納赫斯也只能遵命，在詫異之中回頭看向利瑟爾。亞林姆肯定不覺得困擾吧，納赫斯也一樣。但是利瑟爾平時思慮周全，總是不著痕跡地替人著想，還真難得見到他這樣。

不過，既然利瑟爾打算待在這裡，那各方面都需要做些準備。首先是晚餐吧，假如他要到外面吃飯當然也沒問題。就在納赫斯這麼想著打量他的時候，利瑟爾忽然動了。目光仍然緊盯著書本，利瑟爾將手伸進腰包，取出了什麼東西。

「你打算吃什麼啊，給我好好吃飯！」

「啊……」

納赫斯急忙沒收了利瑟爾正要拿到嘴邊的樹果。

那是他見過的熟悉樹果，對於冒險者和士兵來說，這一粒樹果就足以應付一餐，是非常實用的緊急糧食。但緊急糧食是緊急時吃的東西，不該拿來當平常的主食。

眼見利瑟爾一臉不滿地仰望過來，納赫斯擺出堅持不讓步的態度。

「我現在只想繼續看書。」

「不行，要好好吃飯。」

「納赫斯先生。」

「你用這種眼神看著我也不行。吃飯也只花一小段時間而已呀，我去叫他們準備簡單的餐點，你先把書交出來……好了，放……我不是請你放手了嗎！」

他想沒收利瑟爾的書本，卻遭到意料之外強烈的反抗。

利瑟爾雙手牢牢抓著書本抵死不放，以他平時的作風，應該會聽話交出手中那本書，然後滿不在乎地翻開另一本書才對吧。儘管對於此刻利瑟爾的反抗感到疑惑，納赫斯還是放棄沒收他的書了。利瑟爾看起來不像是會犧牲飲食讀書的那種不懂得自重的人，他果然是發生了什麼事吧。

「……那就沒辦法了。」

納赫斯嘆了口氣，暫且離開了書庫。

走出這個只有兩個人默默讀書的空間，過一會兒，他又帶著幾位佣人再度叩響了書庫的大門。

「來，這個就可以邊讀邊吃了吧？」

納赫斯找來的是平常負責準備亞林姆三餐的人。

叫他好好坐在椅子上，他應該不會聽吧。納赫斯如此判斷，於是將盛著三明治和飲料的托盤放在坐在地上的利瑟爾身邊。在他身後，佣人正熟練地將亞林姆的晚餐擺放在桌子上。

亞林姆平時是在書庫隔壁的起居空間用餐，不過今天他想暫時看著利瑟爾的狀況，因此叫人將餐點放在桌上。這位對於書本以外的事物幾乎漠不關心的男人做到這樣還真難得，納赫斯邊想邊輕輕呼了一口氣，看向從書本上抬起視線的利瑟爾。

那人沉穩的五官緩緩浮現出苦笑，多少算是逐漸恢復原狀了吧，納赫斯滿足地點點頭。

「不好意思。」利瑟爾說。

「不會，你別放在心上。」

這句道歉包含了各式各樣的意思吧。

但納赫斯仍然不以為意地搖了搖頭，把順道帶來的毯子放下，然後站起身繞了繞手臂。

對於喜歡活動身體的他來說，書庫待起來並不自在。

「要好好吃下去，不可以挑食喔。明天早上我也會叫人準備早餐，所以你別再吃樹果了。」

「好的。」

「殿下說你可以使用他的房間，你就睡那裡吧，注意不要做出無禮的舉動。」

「我知道了。」

「不要睡在這裡，會感冒的，尤其熬夜就更不用說……聽我說話！回答呢！」

注意到原本乖乖答應的利瑟爾中途不再回話，納赫斯低頭一看，發現對方已經完全進入讀書模式了。不過這人要是表現出一副乖順的樣子也令人困擾就是了，納赫斯揉著眉心這麼想道，然後嘆了口氣。

總而言之，利瑟爾的目光雖然還描摹著一行一行的文字，不過已經開始一邊吃起三明治來了，這樣就好。儘管坐在地上，這人還是吃得好優雅啊，納赫斯邊想邊轉過身，不打算在此久留。

「你、很遲鈍呢，真好。」

「殿下？」

這時，已經坐到用餐席位上的亞林姆忽然叫住他，納赫斯因此停下了腳步。

遲鈍指的是什麼意思？納赫斯自認對於氣息還算敏銳才對。眼見他一臉疑惑，亞林姆發出了念稿般平板的笑聲，從布料縫隙間探出的指尖指了指利瑟爾。

「我是說、好的意義上。你感受得到、高貴的身分和位階，感受得到尊敬和惶恐，但是你理解了這些，同時又不會退縮，也不會卑躬屈膝。」

「那是……」

「你不懂，對吧？所以、才說你遲鈍。」

亞林姆又笑了。

納赫斯為王族效命，不可能沒注意到對方是足堪統率自己的那種人物；即使如此，他還能不以為意地照顧對方、誠心對他說教，這不是很矛盾嗎？

「雖然我想、正是因為這樣，他才中意你吧。」

「殿下？」

「沒什麼、喲。」

亞林姆揮揮手允許他退下，納赫斯於是莫名其妙地離開了書庫。

「理想是、明明注意到這些，還是面不改色與他並肩的人吧。」

納赫斯離開之後，亞林姆在書庫裡喃喃說道。

他腦海中浮現的是並肩站在利瑟爾身邊，現在不在此地的那兩個人。好了，來吃飯吧，亞林姆雙手伸向眼前的布料，往左右撥開，露出的嘴角隱約泛著笑意。

在天空開始染上朝霞的時候，劫爾從外側打開了旅店的大門。

「欸，隊長昨天沒回來欸。」

伊雷文站在二樓欄杆邊，打著呵欠朝這裡俯視過來，劫爾只瞥了他一眼便逕自走向淋浴間。

劫爾昨晚也沒回旅店，一整晚都在攻略迷宮，不管夜半還是什麼時間都一直淡然斬殺魔物到現在。感受到肌膚上汗水的觸感，他咋舌一聲，打開了空無一人的更衣室的門扇。

他在狹小的空間裡迅速脫掉衣物，伸手撥亂了一次頭髮，彷彿嫌它貼在頸子上很煩人似的。

「……、……」

劫爾蹙起眉頭，一瞬間停下腳步，不過仍然踏進了淋浴間。

頸邊沁著汗水的感覺令人不快。最近的阿斯塔尼亞特別炎熱，據說這種天候是暫時的，但對於怕熱的劫爾來說相當折磨。

或許是由於燠熱的天氣、由於因此導致的睡眠不足，他才會說出原本不打算說出口的話吧。他早已記不得事情的開端了，雖然不到吵架那麼激烈，但不知不覺間對話已經往氣氛險惡的方向發展。

「（水是溫的……）」

一觸碰嵌在壁面上的魔石，幾道水流便從頭上淋下。

水溫涼得稱不上熱水，但對於熱氣悶蒸的身體來說還是比熱水來得好。他讓水當頭淋下，手掌從額頭滑向後腦撥去水滴。一睜開緊閉的雙眼，他便回想起那雙冷硬的紫水晶眼眸。

聽見自己說的話，那雙眼睛動搖了一瞬間，那一定不是錯覺。劫爾皺著臉，簡單沖掉全身的汗水。

「（少擺出一副受害者的表情了。）」

不論利瑟爾做什麼他都會原諒，要求什麼他都會滿足，但利瑟爾無權干預他的行動。就算利瑟爾說的才對，又或者是其他任何原因，都不構成他聽命的理由。正因為利瑟爾瞭解這一點，平常才會放任劫爾他們自由行動，也不曾強迫他們做什麼。

但利瑟爾自己也是如此嗎？並不是，他看似隨心所欲行動，實際上卻是聽從劫爾他們的意見居多。不僅限於以冒險者身分請求他們指導的時候，大抵上無論劫爾他們說什麼，利瑟爾都會輕易點頭。

以利瑟爾予人的印象，不難想像周遭眾人臣服於他的情景。這樣的印象與利瑟爾實際上的作風矛盾，劫爾並不知道這是不是原本世界那位國王的影響，也不想知道答案。重點在於，這一次的爭吵利瑟爾是刻意為之，正因如此，劫爾也沒有讓步。

「（他意外地傾向從形式上著手啊……）」

不曉得是想要一目瞭然的對等關係還是什麼原因，利瑟爾採取的手段常常都是暴力解。

當然，利瑟爾並不是那種會為了開玩笑或試探而故意惹怒對方的人，他只是刻意放棄了平時下意識維持的平常心。身為貴族，利瑟爾習慣與敵對者唇槍舌戰，但是完全解放自己對情緒的掌控、不去預測對話走向，對他來說卻是完全陌生的事。

而嘗試的結果就是他開始鬧起彆扭，真令人無奈。

劫爾咋舌一聲，關起溫水走出淋浴間，拿起旅店內備好的毛巾隨便拭去水氣，只穿上最低限度的衣物便走出狹小悶熱的更衣室，來到走廊。

「啊……那個夢是怎樣……我做了好恐怖的夢……莫名其妙……跑出來的是誰啊……好恐怖……做了那種夢的我好恐怖……」

旅店主人看起來顯然剛醒，展示著晨起震驚四座的亂髮迎面朝他走來，口中喃喃念著莫名其妙的話，腳步搖搖晃晃。

劫爾沒看他一眼便與旅店主人錯身而過，他走上階梯，稍微將即將滴下水滴的頭髮撥散，然後瞥了一眼據說昨晚沒回來的利瑟爾的房間，打開了自己房間的門。

踏進房門一步，劫爾反手關上門，那隻手差點敲上門板。那完全是下意識的動作，他在最後一刻注意到了，若不是他在千鈞一髮之際停手，打爛的門板就要惹得樓下的民宿主人發出慘叫了。

握緊的拳頭在即將接觸到門板的距離停下，他忽地放鬆力氣，垂下手臂，咚地輕輕將背靠上門板。

「……就算這樣，我也不該那麼說啊……」

他一手掩著臉，背抵著門板緩緩蹲下身去。

劫爾這副模樣實在太過罕見，若是利瑟爾他們看見了一定會鬧著他起鬨，半點也沒有要安慰他的意思吧。說幸好利瑟爾不在，似乎又本末倒置了。

劫爾呼出一口又深又長的氣，回想起那張消失了表情的臉龐，和動搖了一瞬間的紫水晶眼瞳。

「啊……」

他低聲咕噥，試圖揮去心裡的自責。

仔細想來那也不是什麼值得生氣的事，自己的反應太幼稚了，這點他有十足的自覺。沉穩的利瑟爾解放了原有的束縛，這種罕見的情緒波動煽動了他。換作是平時，這段對話只要利瑟爾點個頭就結束了，這次卻意想不到地拖長；對方明明也沒有表現出特別挑釁的

態度，自己卻由於炎熱的天氣和睡眠不足而感到暴躁，接下來就不必說了。

無論什麼人對他如何謾罵，他明明都能裝作沒聽見，為什麼只有唯一一人的細微反應他無法視若無睹？他分明察覺那不是利瑟爾的真心話，看見利瑟爾眼神動搖卻多少抱有一點優越感，連自己也覺得這種心態相當惡質。糟透了。

「（……他一定在賭氣吧。）」

從手掌當中抬起臉，劫爾以比平時緩慢的動作站起身來。

伊雷文說他沒回來，恐怕是去了哪裡的書庫把自己埋在書堆裡吧。總之先小睡一下吧，劫爾再次嘆了口氣，隨手脫下上衣，鑽進床鋪。

「（哈囉各位觀眾，現在到了大家最期待的隊長起床突襲時間啦——）」

伊雷文開玩笑般在心裡這麼實況轉播，一邊潛入王宮的書庫。

畢竟他比利瑟爾早起可是相當難得，心情自然有點興奮。成功躲過了森嚴的警備擅闖此地，他卻沒有任何感慨，兀自走在擺滿書籍的書庫裡。

「（要是敢讓隊長睡地上我就讓那些傢伙消失。）」

伊雷文一臉嚴肅地這麼想道，走向平常利瑟爾教導古代語言的那張桌子。

那裡不見利瑟爾的人影。原以為他可能在書架的縫隙間閒逛，不過這時忽然發現一處痕跡，伊雷文於是排除了這個可能。地板上有座書本堆成的小山，彷彿圍著一人大小的空間堆砌而成。

「（地板上喔……）」

伊雷文再度邁開腳步。

他穿越書櫃之間迷宮般的通道，來到書庫一角，找到一扇嵌在牆壁裡、不太起眼的門。這就是先前聽過的，供王族窩居在書庫使用的起居空間吧。

伊雷文毫不客氣地打開門，悄悄鑽進房內。

「找到啦。」

他以氣音輕聲說道，隱約勾起一笑。

房間雖不狹小，也不算特別寬敞，不過沒想到布置擺設頗有王族居所該有的氣派。伊雷文就這麼忽視了房間深處那張床鋪，朝著沙發走近。利瑟爾不太可能排擠王族，霸佔人家的床鋪吧。

伊雷文站在沙發旁邊，低頭看著微微上下起伏的那團毛毯。他撥開自己的頭髮，蹲下身去，把下顎擱在沙發邊緣打量利瑟爾的神情。

利瑟爾睡在柔軟的沙發上，枕著柔軟的靠墊，發出沉靜的鼾聲，臉上沒有倦色。利瑟爾埋頭讀書的同時一向懂得注意自己的身體狀況，看來這次的情況還沒有嚴重到他想要熬夜讀書的地步，伊雷文見狀鬆了一口氣。

他就這麼盯著利瑟爾看了一會兒，眼見對方沒有起床的跡象，伊雷文伸出指頭拈起滑過利瑟爾臉龐的一綹瀏海，忽然想到一個好點子。他取出細繩，手指開始窸窸窣窣動了起來。

「好啦。」

他喃喃說完，站起身來。

雖然剛才開玩笑說這是起床突襲，但伊雷文本來就沒有半點吵醒利瑟爾的意思。該確認的事也確認過了，他於是像進來的時候一樣，悄無聲息地離開了書庫。

納赫斯低頭看著一大早就坐在地上默默看書的利瑟爾。

順帶一提，昨晚他想著利瑟爾差不多也該睡了，姑且到書庫來確認一下，結果看見利瑟爾還在默默努力讀書，於是硬是把他趕去睡了。利瑟爾現在的穿著和睡前不同，也完成了最低限度的整裝打扮，可見應該是好好睡過覺，起床後才開始繼續看書吧。

他是來問利瑟爾早餐打算怎麼辦的，但是……他定睛看著此刻的利瑟爾。不必仔細打量也看得出來，現在的他和昨晚有一項決定性的不同。

「你的瀏海翹起來囉。」

「唔呵、呵。」

他頭上有撮瀏海往奇怪的方向翹起來了。

利瑟爾應該試過把它撥好，但是怎麼弄都無法如願吧，以他這個偏好端整儀容的人來說真是少見。這是睡翹的嗎？就在納赫斯疑惑地這麼想的時候，亞林姆忽然把答案告訴了他。

「老師剛才、笑著說，他一醒來、就發現頭髮被綁起來了、哦。他說是、有著艷紅頭髮的那個人、做的。」

王宮被人闖入了。

潛入王族的寢室，這可是會遭到嚴懲的重罪啊。現在門衛看見利瑟爾他們的臉就會放行了，為什麼還要特地偷偷摸摸潛進來？納赫斯無從得知，其實伊雷文這麼做只是因為「這樣感覺比較有氣氛」而已。

這得嚴正警告那個獸人一下了，納赫斯邊想邊跪了下來。總之，現在該先處理的是利瑟爾的事。看他這副模樣，早餐應該也打算在這裡吃了吧，不過差不多也該問問他這是怎麼回事了。

「這位貴客，我有事想問你。」

納赫斯將手放在利瑟爾攤開的書本上這麼問道。利瑟爾這才終於注意到他似的，將原本低垂的臉龐抬了起來。

「早安，納赫斯先生。」

「嗯，早安。」

看見利瑟爾面露微笑向他打了招呼，納赫斯也點頭這麼回應。

和昨天相比，看來他心情上已經多了些餘裕……雖然從利瑟爾仍然坐在地上讀書這點看來，似乎也沒有完全恢復平時的狀態就是了。

這時，亞林姆忽然也朝他們走近，在附近的地板上坐了下來，如實展現出他對這個話題感興趣。

「你說，有事情想問我對吧？」

利瑟爾苦笑著這麼說道，他當然清楚納赫斯想問什麼。

為什麼獨自一人跑來書庫埋頭讀書？發生了什麼事？這麼問只是出於純粹的擔心，如果利瑟爾不想說，納赫斯也不打算繼續逼問。

但利瑟爾卻乾脆地說出了原因：

「我和劫爾吵架了。」

「你們為什麼能把這種雞毛蒜皮的小事鬧成大事？」

「對我來說不是小事，所以我正在全力鬧彆扭。」

這麼說也沒錯……納赫斯差點同意了他的說法，不過立刻又否定了。

這怎麼想都是鬼扯，平時利瑟爾明明能用隻字片語說服對方，有時候卻會像這樣光明正大在言談之中混入歪理，實在不能輕忽。不要只為了鬧彆扭就使用王宮的書庫、要待在書庫好歹也坐在椅子上，至少吃飯的時候也把書放下……納赫斯想說的話很多，不過顧慮到利瑟爾的心情，他還是沒說出口。

隔壁的亞林姆似乎明白了事情原委，他一邊點頭，一邊朝著利瑟爾築起的書堆伸出手。

「我知道了，那我請人幫你準備早餐吧。」納赫斯說。

「謝謝你。」

「你們快點和好啊。」

看來利瑟爾並不是和王宮方面發生了什麼摩擦，納赫斯安下心來，走出了書庫。

納赫斯離開之後，亞林姆坐在書庫裡凝神打量著利瑟爾。

利瑟爾聽見「和好」一詞眨了眨眼睛，好像在思考什麼似的，但難得的是他似乎想不出結論，逃避似地準備繼續讀書。

這時候，利瑟爾忽然注意到了坐在他身邊的亞林姆。昨晚亞林姆也一直待在離他不遠的地方，不過今天的距離更近一些，或許是有事要找他吧。

「殿下？」

「我本來以為、你會主動跟他和好、呢。」

亞林姆沒有像納赫斯那樣勸說，只是單純提出疑問。

並未強迫他回答，不過或許有一點敦促的意思在吧。亞林姆沒有惡意也沒有其他意思，但也不能否認其中含有知識上的好奇心，他想觀察利瑟爾不同於平時的行動。

利瑟爾並沒有立刻給他答覆。那雙濡濕寶石般的眼瞳一瞬間消失在眼瞼後方，又悄然瞥向別處。

在亞林姆看來，利瑟爾是個善於斡旋，不會主動招惹風波的人。即使與敵對立場的人見面，他也能圓滑應對；即使在戰場上有人對他投以殺意，他也絲毫不會在意。但是若有必要，他也能夠毫不留情地擊垮對方。

「我沒有跟人吵過架……」

而利瑟爾這樣的人，此刻卻以略有顧慮的聲音這麼說，聽得亞林姆在布幔之中眨了眨眼睛。

亞林姆從以前就時常窩在書庫閉門不出，但就連他也有不少與眾多兄弟吵架的記憶。身為阿斯塔尼亞的男子漢，爭吵起來出拳互毆也是家常便飯……雖然亞林姆應戰時用的大多是踢擊。

如果把小爭執也算在內，亞林姆吵過的架真的是不計其數吧。

「我知道事情變成這樣可能是因為我想太多了。」

「嗯。」

「但是，平常他明明都會原諒我呀。」

「嗯。」

「也沒有必要說得那麼過分吧。」

「（啊……）」

頁角被他捲起來了，亞林姆在一旁看得有點樂在其中。

這肯定是下意識的動作吧，以前也看過他努力把不小心捲起來的頁角恢復原狀。看來利瑟爾的目光雖然向著書頁，但沒有真的在讀。

利瑟爾口中不停道出不滿，但正如他所說，他知道自己也有不對吧。亞林姆也是眾多弟弟的兄長，他看出了這一切，決定讓利瑟爾盡情發洩。

對於亞林姆來說，錯在哪一方早就不是問題重點了。利瑟爾平時總是沉穩地教授古代語言，此刻的變化令亞林姆感到相當興味盎然。

「而且只要我不在，劫爾攻略迷宮的時候就會憑著直覺前進。以他的實力這樣確實也能通關，但是他明明就是稍微迷路就馬上嫌麻煩的人耶。」

「就是、說啊。」

「就算他不只不喜歡甜食，連菇類也不喜歡，也不應該動不動就把菇丟到我的盤子裡呀。敢吃的話就自己吃嘛。」

「我懂、你的心情。」

「之前也是，守夜換班要把我叫醒的時候，那位閣下還把枕頭放到我臉上呢，而且還施加了微妙的力道壓著，悶得我非常難受。」

「（閣下……？）」

假如有發洩效果的話讓他盡情訴苦也好，亞林姆一邊「嗯、嗯」地點著頭一邊聽他抱怨。

順帶一提，平常就連那位身為國王的親哥哥找他訴苦，亞林姆都會在他開口之後數秒就開始置若罔聞。這樣的人連書本都沒有打開，設身處地地傾聽利瑟爾說話，這可是相當破格的待遇。

利瑟爾一臉賭氣地將頭髮撥到耳後，耳環於是從頭髮的縫隙間露了出來。正當亞林姆盯著那耳環看的時候，忽然響起書庫大門打開的聲音。是納赫斯準備好早餐回來了嗎？但間隔又太短了。

他和利瑟爾一同等待腳步聲接近，現身的一如預期，是納赫斯。

納赫斯手上沒端著早餐，身後也沒帶著傭人，怎麼了嗎？二人打探著他的反應，只見納赫斯帶著一言難盡的表情低頭看著利瑟爾。

「一刀來了。……順帶一提，門口聽得見兩位的對話。」

外界的雜音無法傳入書庫，內部即使是細微的聲響也聽得相當清楚。

納赫斯看見劫爾，情急之下掰了個「取得通行許可之前請你在這裡稍候」的藉口，而劫爾在門口等待的時候想必全數聽見了利瑟爾的抱怨。亞林姆看向利瑟爾，只見後者一臉嚴肅地闔上了書本。

「如果我躲起來他會生氣嗎？」

「你要、躲進來嗎？」

亞林姆說著，將層層疊疊的布料從前方敞開。

布料底下露出他好看的輪廓，勾勒出笑弧的唇瓣以下展露在利瑟爾眼前。金絲般的頭髮滑過肩頭，書庫柔和的光線照亮了他那身符合阿斯塔尼亞王族身分的服飾。

就像大多數國民一樣，腹部完全裸露在外。亞林姆本人沒有自覺，不過他擁有一副經過鍛鍊的柔韌體魄，隱約看得出腹肌線條，這都是多虧了王族的武術教養。他平時面不改色地披著擁有一定重量的布料，這可不是蓋的。

「雖然是很吸引人的提議，還是恕我婉拒吧。」

「是嗎、可惜。待起來、很舒服呢。」

亞林姆一個音一個音發出喃喃低語般的笑聲，闔上了布料。

亞林姆就這麼緩緩站起身來，向納赫斯說了聲「讓他進來」。納赫斯帶著顧慮看向利瑟爾，而利瑟爾面露苦笑，朝他點了頭。

就在這時，大概是一直聽著他們的對話吧，書櫃的縫隙間很快出現了一道漆黑的修長身影。他的視線筆直向著利瑟爾，亞林姆停下了原本打算離開的腳步，目光追隨著那人的身影。

「劫爾。」

看見利瑟爾將手中的書擱在地上，坐在原地仰望著自己，不曉得他怎麼想。

劫爾忽然彎下身，朝他伸出手，修長的手指稍微掠過利瑟爾的額頭，指尖伸進髮絲底下，梳過他的瀏海，然後又離開。

「睡翹了。」

聽見劫爾無奈的聲音，利瑟爾鬧著點彆扭似地瞇細雙眼。

「你也剛起床吧，頭髮有點翹。」

「我又沒差。」

「我這也不是睡翹的。」

剛才撫過瀏海的那隻手拉起了利瑟爾的手臂，像在叫他起身。

利瑟爾毫不反抗地站起身來，稍微撥了撥衣服。一旁的納赫斯不曉得是擔心還是怎麼了，一臉複雜的神情，利瑟爾於是朝他微微一笑。

「不好意思，沒辦法在這裡吃早餐了。如果還有機會，下次請務必讓我嘗嘗。」

「好、好的。」

「書、直接放著、沒關係喲。」

看見利瑟爾的視線轉向堆在地上的書本，亞林姆乾脆地這麼說道。

「你不用上課？」劫爾問。

「嗯，殿下似乎也正在讀書的興頭上。」

「對了，你別亂說，菇類我明明就會吃。」

「有時候你不是會把大朵的放到我的盤子裡嗎？」

說話聲逐漸遠離。

亞林姆一邊側耳傾聽這段對話，一邊開始尋找目標的那本書。從牆邊數來第三列，低矮書櫃最底層那一格。他拿起放在最右側的書本，回到原本的位置，便看見納赫斯呆立原地，神情彷彿在問他「這樣沒問題嗎」。

一定沒問題吧。

無論和誰鬧翻都絕不會主動採取行動的男人，這次主動來到這裡迎接他。利瑟爾知道這點，也充分明白了這個舉動的意義，而反之亦然。歸根究柢，利瑟爾若不是自知有錯也不會躲在書庫，這點劫爾也注意到了。

「哎，那些傢伙鬧不和總是讓人渾身不對勁……應該說是有種即將發生事情的不祥預感，所以讓人坐立難安吧。恢復原樣真是太好了。」

納赫斯安下心來似地做了這個結論，亞林姆瞥了他一眼。

「納赫斯，把書、收拾好。」

自從和利瑟爾扯上關係以來，不知為何他和王族互動的機會也增加了。乍看之下這種現況可是一種榮譽，卻讓納赫斯覺得有點難以釋懷。亞林姆沒有注意到他的想法，自顧自享受著極致幸福的閱讀時光。

92

這裡是帕魯特達爾的王都。

在比大眾商舖稍微好一些的地段，有間小店在門口掛著一面小小的看板，上頭缺乏自信的筆跡寫著「本店對鑑定技術有信心」，看板在清爽的風中搖晃。

溫暖的陽光從窗子灑進店內，時間在這裡悠然流淌。店主剛送走來店的高階冒險者，順利完成鑑定的安心感讓他緩緩放鬆了肩膀。

他挺起微駝的修長身板，伸展腰桿，動作熟練地拿下戴在一邊眼睛上的單眼眼鏡。細鍊摩擦的沙沙聲隨之響起，店主就這麼將它放在作業檯上。

檯子上擺著對方希望賣出，因而被他收購下來的迷宮品。店主低頭瞥了它一眼，一邊想著該從哪個管道脫手賣出，一邊小心翼翼地將它拿起。這個迷宮品是自家店裡不會販賣的類型，這類貨品他通常會整批轉賣給定期到訪店內的熟識商人。

有時候也會在中心街的店舖請託之下賣給他們，那些店家儘管與冒險者無緣，仍然想要買進迷宮品。

「不好意思——！」

「啊，來了！」

店門外傳來一道聲音，賈吉倏地抬起臉來。

他放下手中的迷宮品，快步朝門口走去，一開門便看到一位身穿郵務公會制服的少女站在那裡。她把不相稱的巨大包包往肩上一掛，從裡頭拿出兩個信封交給他。

賈吉道了謝接過信封，一邊關上門，一邊低頭看著手上的信件。

一封是來自因薩伊的信件。每個月爺爺一定會寄一封信過來，信中想必寫滿了對賈吉的擔憂、溺愛和建言吧。

「啊！」

還有一封是……翻過信封，看見背面的名字，賈吉高興地叫出聲來。

信封設計充滿了阿斯塔尼亞獨特的野趣，但上頭細緻的精工又讓人感受到優雅的品味，微微偏斜的優美字跡寫著利瑟爾的名字。

「好捨不得拆哦。」

他笑得合不攏嘴，露出鬆懈的表情看著信封。

他翻過信封，側向一邊端詳，就在這時候注意到信封一角隱約浮現出某種紋章。透著光線仔細一看，這紋章好像在哪見過，賈吉偏了偏頭。

「啊……」

是阿斯塔尼亞王族偏好使用的紋章。注意到這點，賈吉默默放下了舉著信封的手。

「……是王族給他的嗎？」

賈吉說中了，利瑟爾無意間提到他在市面上只找到沒什麼意思的信封，亞林姆於是隨手把這信封給了他，還說「還有很多，不用客氣」。賈吉點點頭，反正利瑟爾不是會捲入麻煩事的那種人，只要他充分享受阿斯塔尼亞的生活就好。

一定是因為設計很有阿斯塔尼亞風格，知道他看了會很開心，所以利瑟爾才用這個信封寄信吧。賈吉想著露出軟綿綿的笑容，坐到作業檯的椅子上。他拿起拆信刀，先拆了利瑟爾那封信，因薩伊的信晚點再說。

「好講究禮節哦。」

內文從季節問候開始寫起，但這並不代表讀來沒有親切感。

內容是回覆先前賈吉寄過去的那封信，以及利瑟爾自己和劫爾他們的近況、阿斯塔尼亞的體驗談等等。不曉得是不是因為利瑟爾以閱讀為興趣的關係，是一封易讀又有趣的信。

賈吉先概略瀏覽過一遍，接著再從頭開始珍惜地慢慢閱讀。利瑟爾第一次做料理，似乎被劫爾稱讚手巧了。聽他說是「第一次」總覺得令人憂心，老實說賈吉也不希望利瑟爾拿菜刀，不過第一次就上手，真不愧是利瑟爾大哥，賈吉想著綻開了笑容。就在這時……

「打擾了。」

隨著熟悉的聲音，店門打了開來。

淡然面無表情的臉，缺乏抑揚頓挫的聲音，現身的正是史塔德。除非有事要跟利瑟爾一起出門，否則史塔德基本上都只穿公會制服，所以無從判斷他今天是否休假。

不過史塔德總是說他沒事做，所以在休假日還是照樣工作，而且鮮少為了私事來到賈吉店裡，今天想必也是工作相關的事情吧。

「史塔德，怎麼了？」

「關於下次的鑑定委託，我有事想跟你確認。目前看來鑑定量恐怕會超過原本預期，所以想事先跟你討論一下費用……你那副鬆懈的表情是怎麼回事？」

話說到一半，史塔德突然打住。

肯定是注意到賈吉臉上軟綿綿的笑容了吧，他面對利瑟爾的時候總是這副表情。看見史塔德的目光移向他手邊，賈吉露出幸福到極點的表情拿起那封信給他看。

「利瑟爾大哥的信寄來了。」

「為什麼你這蠢材有我卻沒有？」

「咦，因為這是回信呀……我在利瑟爾大哥離開之後寫了信給他。」

史塔德的神情、動作絲毫沒變，賈吉卻看見他背後轟地打下一道落雷。如果試著想像此刻史塔德的心聲，應該是：「原來還有這種方法……」

對於史塔德而言，信件只是業務的一部分。假如有需要就準備好信紙，從形式上的問候語開始寫起，寫上要件，再以形式上的祝福結尾，僅此而已。因此他完全沒想過要寫信給利瑟爾。

「阿斯塔尼亞果然很遠呢，寄到這邊好像花了滿久的時間，雖然我也沒想過會收到回信。」

以利瑟爾的個性，肯定在收到信之後沒多久就寄出回信了吧。

賈吉半點也沒有給利瑟爾添麻煩的意思，收到回信他當然由衷感到高興，但寄出那封信的時候，他是抱著「只要利瑟爾願意讀信就好了」的心情。雖然並未一天一天數著日子等待回信，仔細想來從他寄出信件之後也經過好多天了。

距離這麼遠，就不能輕易去見他了。賈吉在心裡寂寞地這麼想著，將手上的其中一張信箋遞給史塔德。

「來，這是給史塔德的。」

史塔德沒聽懂這句話的意思，動作一瞬間僵在原處。

「那位貴人寫給我的？」

「嗯。」

史塔德特例住在公會裡面。

寄送私人信件給他會被混在其他業務信件當中，所以利瑟爾才會一併寄到賈吉的店裡吧。之所以裝在同一個信封裡，可能是因為阿斯塔尼亞和王都之間有信件數量限制的關係。

距離遙遠真的在各方面都很麻煩呢，賈吉心想。史塔德就在他眼前帶著百感交集的表情接過信紙，低頭看著那封信的表情好像看見了什麼從沒見過的東西。

話雖如此，從旁看來還是一副漠無感情的樣子。利瑟爾大哥有辦法完全讀出史塔德的情緒真是太厲害了，賈吉一邊朝著遙遠的阿斯塔尼亞致上不知第幾次的讚美，一邊再次讀起利瑟爾寫給自己的信。

「我想……」

「嗯？」

過一會兒，史塔德喃喃開口，好像讀完信了。

「我想回信，但沒有任何該寫在信上的事情要找他。」

「沒有什麼事情也可以寫信呀。即使只是寫上最近發生什麼事情，利瑟爾大哥看了就知道你最近過得不錯……我想他應該會很開心吧。」

只見史塔德低著頭，定睛看著那封信，接著忽然把銅幣遞了過來。

賈吉收下銅幣，給了他信封和信紙，史塔德便站在作業檯邊沙沙沙開始動起筆來。

在他寫信的期間，賈吉到裡頭準備了兩人份的紅茶，然後把其中一杯放在作業檯上。史塔德到這間店裡來的時候從來沒碰過他準備的茶杯，但他不喝也沒關係，自己喝掉就好了。賈吉這麼想著，在椅子上坐了下來，喝了一口溫熱的紅茶。

過了幾分鐘，在享受著午茶休息時間的賈吉面前，史塔德挺直了背脊。

「寫好了。」

「咦，我可以看嗎？」

「為什麼這麼問？」

「你不介意的話是沒關係啦……」

賈吉收下了史塔德光明正大遞出的信，戰戰兢兢地讀了起來。

「…………史塔德，這個是業務日誌吧……」

「我是照著你的指示寫的又有哪裡不對了蠢材？」

「就算你這麼說……」面對史塔德冰冷的視線，賈吉唯唯諾諾地應道，再次低頭看向那封信。

上面寫的是史塔德的行動報告，而且是條列式。以利瑟爾的個性，應該會露出溫煦的微笑說「史塔德還是沒變呢」然後全盤接受吧，但這實在無法稱作信件。

「這個嘛，那……像是寫上對利瑟爾大哥那封信的回覆之類的呢！把想跟他說的話、自己的心情之類的也寫上去，應該會更像一封信吧！」

「你明明沒什麼事要找他，信上都寫了什麼？」

「我嗎？寫了、那個……像是店裡經營滿順利的，客人有時候會聊到利瑟爾大哥，還有有人帶奇特的書籍給我鑑定之類的……」

賈吉頓了頓，閉上嘴緩緩別開視線，略微染紅了眼角。

「還有，我、我很寂寞，之類的…………好痛！史塔德你幹嘛啦！」

史塔德面無表情地揍了他。

賈吉眼眶泛著淚抗議，但史塔德只是無情地說他被激怒了，揍下去也只是剛好而已。不曉得是不是參考了賈吉的建議，史塔德說完就這麼開始寫起下一封信，賈吉見狀也只能忍氣吞聲。

「你現在在利瑟爾大哥面前明明就不太會打我了……」

賈吉怨恨地說道，但史塔德完全置若罔聞。

史塔德手邊的動作不再像剛才那麼流利，寫到一半時有停頓，想必是一邊默默思考一邊撰寫吧。

那麼自己也馬上撰寫回信吧，賈吉懷著雀躍的心情握起筆來。

史塔德垂下那雙玻璃珠般毫無感情色彩的眼瞳，握筆的手繃緊了力道。

「（說到回覆……）」

那封來自利瑟爾的信，他才剛剛烙在眼底。

從問候語開始寫起，接著是簡短的近況，然後提到阿斯塔尼亞冒險者公會的委託告示板上，委託單貼得雜亂擁擠，讓他找到了與王都公會不同之處。史塔德看了忍不住想說，那是要映入利瑟爾眼中的東西，辦事怎麼可以這麼隨便。

利瑟爾說他會下意識把那裡的公會職員拿來跟史塔德比較。他看了感受到些許的優越感，以及被利瑟爾想起的喜悅。還說他們在那裡攻略了一座無人通關的迷宮，因此有點引人注目。史塔德心想，攻略迷宮對利瑟爾他們來說只是小事，有什麼好訝異的？

信上還寫到，公會擅自拒絕了利瑟爾他們的指名委託。如果換作是自己，不論利瑟爾忙著應對王族還是任何情況，都一定會考慮到利瑟爾本人的優先順序，堅持轉告他們的。

他說那張書籤很好用，還說找到了美味的咖啡店，想找史塔德一起去。還有那些體貼的話語，一字一句全都打動了史塔德不可能波動的心緒。

「（想說的話，和自己的心情……）」

筆尖再次停下。

在信上寫這些真的好嗎？史塔德與其說是老實，倒不如說是個把心裡所想直接說出口的人，而利瑟爾確實說他這樣很好。既然如此，直說應該也沒有關係吧。

雖然內容和賈吉重複讓人由衷感到不甘心，史塔德邊想邊動筆寫下短短一句話。

「啊，寫完了嗎？哇，給史塔德的信上果然提到比較多公會的話題耶。」

「未經許可你看什麼看啊蠢材，再看我要揍人了。」

「咦，可是你剛才自己拿給我看的……！」

史塔德冷冷睥睨著那張探頭過來看信的臉。

接著他摺起了信紙，這是要寄給利瑟爾的信，用正式一點的信紙比較好吧。史塔德一面回想公會寫信給王公貴族用的信封放在哪裡，一面將信紙塞進腰側的口袋裡。

至於利瑟爾寫給他的信則是小心翼翼收到胸前口袋，然後把手輕輕擺在上頭。

「好想早日見到你。」

口中喃喃說出的話語，是他寫在信件最後的真心。

你說什麼？賈吉一臉納悶。史塔德淡然否認，接著就像什麼事也沒發生似地和賈吉討論起鑑定委託的相關事宜，準備完成他當初踏進店內的目的。

這裡是利瑟爾在阿斯塔尼亞發現的，那間咖啡泡得很好喝的咖啡店。

坐在舒適的陽臺席位，悠哉翻著書頁的時光相當閒適，雖然他來店的次數並不算頻繁，不過利瑟爾引人注目，非常容易給店家留下印象。

在店家的角度看來，利瑟爾已經算是位常客了。店裡的席位很少全部坐滿，再加上利瑟爾面帶微笑地說「這裡待起來很舒適」，店家聽了不可能不高興，因此相當歡迎他在這裡久坐。

談起這位客人，咖啡店的店主說他讀書的模樣提升了這家店的品味，也難怪店裡的客人時不時會偷偷往他的方向看。敞開的窗子就像個畫框，襯著他看書的身影簡直像幅畫作。店主還說，看見利瑟爾優雅地喝著自己泡的咖啡，總讓他不可思議地感到自豪。

「（信差不多該寄到了吧。）」

微風輕輕掀動紙頁，利瑟爾將美麗的書籤夾進頁隙。

賈吉的信上寫了王都的情形和自己的近況，還寫滿了對利瑟爾的擔心，非常有他的風格。既然難得都要回信，利瑟爾也寫給了肯定沒想過要寫信的史塔德，不知道他們有沒有和睦地一起讀信？

由於兩國之間距離遙遠，寄件費用也不便宜，不過兩人一定會再回信給他吧。利瑟爾微微一笑，靜靜闔上書本。

「謝謝招待。」

「歡迎再度光臨，路上請小心。」

利瑟爾朝店內打了聲招呼，便聽見店主沉靜的聲音這麼回應。

像平時一樣，利瑟爾將一枚銀幣放在咖啡杯的碟子上，然後就這麼站起身來。金額高於飲品價格，是為了感謝店家提供了讓人想久待的舒適空間；一開始店主也對此感到不知所措，不過現在已經會不發一語地收下了。

做為交換，老闆會在利瑟爾下一次來店的時候額外替他送上一些茶點。利瑟爾露出微笑，走下只有短短幾階的陽臺階梯。

「（接下來做什麼好呢？）」

踏上地面，利瑟爾漫無目的地邁開腳步，一邊想著該去哪裡才好。

現在的時間是午前，要不要嘗試獨自到鮮少拜訪的鍛冶屋去，請人研磨劫爾給他的那把短劍呢？他邊走邊這麼想著。

「嗯？」

就在這時，忽然看見一張熟面孔正往港口的方向走。

對方與平時不同的打扮和行李勾起了利瑟爾的興趣，他於是叫住那個從對街走來的人。

「旅店主人。」

「看這優雅的步伐和溫柔的聲音，是貴族客人啊。你要出門嗎，我也是。」

旅店主人被他叫住，顯得有點驚訝，不過仍然一邊背好身上的行李一邊停下腳步。

利瑟爾看見他背後那個曾經見過、卻有點陌生的東西，緩緩偏了偏頭。注意到他的目光，旅店主人提起一隻手上的籃子給他看。

「剛好有點空閒時間，也很久沒釣魚了，我想去釣個魚啦。這是我的興趣，要是釣到什麼好東西會煮給你們當晚餐，敬請期待喔。」

「釣魚……」

原來如此，利瑟爾點點頭，打量著旅店老闆背上的釣竿。

看起來應該是木製的，釣竿表面有光澤，不過看得出久經使用的痕跡。既然說是興趣，旅店主人先前說不定也常在旅店業務有空檔的時候出去釣魚呢。

利瑟爾當上冒險者之後，也曾經擊斃魚類魔物，不過以魔銃射殺和垂釣的感覺應該還是完全不同吧。

「老實說清晨去釣比較好，不過聽說今天魚很多，我想現在去應該也釣得到啦。」

「我可以一起去嗎？」

「客人您認真的？」

帶著個外行人會不會釣不到魚？利瑟爾雖然這麼想，還是試著問問看了，他只是一心想嘗試釣魚。

「如果會造成困擾，請不用勉強答應沒關係的。」

「不會、不會，一點都不困擾但這是什麼情況？我完全沒辦法想像貴族客人釣魚的樣子……」

利瑟爾原以為沒希望了，不過看來旅店主人並不排斥。

旅店主人喃喃念著什麼形象、什麼注目程度之類的話，利瑟爾就在一旁等候他的答覆。假如不能跟他一起去釣魚確實有點可惜，不過之後只要跟伊雷文說一聲，伊雷文應該就會帶他去了吧。

「我也覺得有個伴比一個人釣魚有趣，不過只是很普通的悠哉釣魚喔？沒問題嗎？」

「沒問題的。」

「那就一起來吧，但怎麼辦，釣竿只有一支……」

「你願意教我釣魚嗎？」

利瑟爾原本還想說不一定要釣魚，只是在一旁看著也很好，不過看來旅店主人願意熱心指導。利瑟爾微微一笑，點頭告訴他不必擔心。

雖然至今從來沒使用過，但利瑟爾是持有一支釣竿的。

「我有寶箱裡開到的『手感超級穩的釣竿』，請別擔心。」

「這什麼真的超穩耶。」

利瑟爾從腰包裡一點一點抽出釣竿，遞給旅店主人，對方一拿在手上就感動萬分。

順帶一提，這釣竿只是握起來很穩，完全不具有比較容易釣到魚之類的效果。這是在阿斯塔尼亞的海洋迷宮開到的迷宮品，當時他委託的鑑定士非常尷尬地說出了鑑定結果。

「原來寶箱裡還會開到這種東西啊。」

「很不可思議呢。」

旅店主人發自內心感到不可思議似地端詳著那支釣竿。這迷宮品惹來劫爾和伊雷文一陣爆笑，不過利瑟爾完全隱瞞了這個事實，他現在還沒有放棄開到具有冒險者風格的迷宮品。

「要到哪裡釣魚呢？」

「港口的棧橋邊，這時間沒有人。」

利瑟爾從旅店主人手中接過釣竿，收進腰包，然後跟在旅店主人身後跨出腳步。

利瑟爾他們來到長長的棧橋上，在中段一帶放眼望著碧藍的海面。

「這就是所謂的私藏釣點嗎？」

「貴族客人，你人面為什麼這麼廣啊？」

推薦他們這個地點的，是偶然在港口遇到的一位漁夫。

他是幫忙解體鎧王鮫的其中一位漁夫，一聽利瑟爾說準備初次挑戰釣魚，便大力推薦他「一定要釣釣看」，還把除了漁夫以外幾乎無人使用的這座棧橋介紹給他們。

聽說在阿斯塔尼亞，人人小時候都有過釣魚玩耍的經驗，所以利瑟爾從來沒釣過魚才會這麼令他們難以置信吧。

「雖然只是簡單的椅子，請坐請坐。」

旅店主人手腳俐落地開始著手準備，拿了一張木製的小折疊椅給他坐。

「旅店主人，這是你帶來自己用的吧？也只有一把椅子，還是請你坐吧。」

「我自己坐椅子，讓貴族客人坐地上？這種事絕對做不得吧，被全力丟石頭也不奇怪啊。」

旅店主人一臉嚴肅地斷言，利瑟爾只好苦笑著掏了掏腰包。

「那麼，我也有自己的椅子。」

各種原因之下他們屢次有過野營的經驗，守夜時也會用到椅子。

初次在野外露營的時候賈吉不允許他直接坐在地面，在這層影響之下，守夜在利瑟爾心目中是一種本來就該坐在椅子上進行的活動。當然沒這種事，但本人無從得知真相。

「不過，感覺放在棧橋上有點不搭調就是了。」

「空間魔法真的很厲害欸，真的。」

賈吉替他準備的椅子，是有靠背、有扶手的普通椅子。

利瑟爾把那張椅子輕輕放在旅店主人的折疊椅旁邊。這樣就沒問題了吧，利瑟爾心滿意足地看著這一幕，旅店主人則是一臉一言難盡地站在他旁邊。不過也是，比起坐折疊椅，貴族客人還是坐這種椅子看起來比較自然吧，旅店主人勉強說服自己。

「那我們就開始釣魚囉。」

「好的。」

旅店主人將手上的木編籃子沉入海中，然後再提起來。

水沒有漏出來，待會釣到的魚就是放在這裡面嗎？利瑟爾邊想邊探頭過去看，只見旅店主人從行李當中取出了三個木盒，然後蹲下身將它們擺在棧橋上。利瑟爾也跟著蹲下身去，凝神端詳那些盒子。

「原來你真的對釣魚有興趣啊。」

「是呀。」

都到了這時候，旅店主人還一臉意外地這麼說，利瑟爾忍不住納悶他為什麼這麼驚訝。

「好的那麼這次準備的釣餌有三種，請看！」

在利瑟爾的注目當中，旅店主人打開了第一個木盒的蓋子。

「第一種是我親手製作的練餌，可以揉成一團黏在釣鉤上，也可以撒出去吸引魚群，很實用喔。」

連釣餌都手工製作，充分發揮了他做事絕不馬虎的性格。看看旅店主人至今端出的料理和便當就知道了。

「原來如此。」

「第二種是魚卵，各種種類都有，太硬沒辦法食用的魚卵會便宜賣給釣客當魚餌用。」

「物盡其用呢。」

聽說不只太硬，這些魚卵的味道也不太好。其中有一些會以鹽漬等方式處理成下酒菜來賣，讓人品嘗它的嚼勁，但不適合製作一般的料理。

反過來說，堅硬的魚卵刺在釣鉤上不會輕易破碎，也有各種大小，相當受到釣者青睞。有些釣魚人會使用不同種類的魚卵來吸引不同的魚上鉤，不過利瑟爾看不太出來這些魚卵除了大小以外有什麼差別。

「然後是第三種，讓貴族客人看這個實在是很有罪惡感，但是你的眼神又這麼好奇，那我要打開囉，來請看！」

第三個盒子裡放滿了劇烈蠕動的白色蚯蚓。

動得也太激烈了吧？利瑟爾不可思議地看著那個盒子。牠們的動作與其說是蚯蚓，倒不如說比較像上岸的魚，啪搭啪搭劇烈扭動著身體。

「這是魔物對吧？我在圖鑑上看過。」

「哎呀沒想到你的反應這麼冷靜。沒有錯喔，這是以破壞田地聞名的食籽蟲的幼蟲。」

本來人家都說有蚯蚓的田地是良田。

但這種魔物只是有著蚯蚓的外觀，實際上是完全不同的生物。牠們會吃光田裡播下的種子，最大能長到兩公尺那麼巨大，而且巨大化之後吃的不只是種子，連作物都吃乾抹淨，可說是農家的天敵。

牠們平常待在土裡，不容易發現，也有可能誤認為普通蚯蚓因而拖延到除蟲時機，是非常棘手的魔物，不過同時也是最適合的釣餌。數十隻食籽蟲在盒子裡蠢動，令人不禁想像牠們至今都做了什麼壞事。

「你可以自己選擇想用的餌喔。」

「我想想……嗯……」

利瑟爾開始認真考慮起來。

「第一次看到貴族客人這麼認真的表情……呃居然是在這裡？這樣沒問題嗎？」

「嗯，我決定了。」

「啊，決定啦。想用魚卵的話可以一次串兩顆……」

利瑟爾畢竟是初學者，魚卵看起來容易刺上釣鉤，應該會選擇魚卵吧。旅店主人正打算跟他說明的時候，利瑟爾就在他面前伸手拈起了一隻食籽蟲。

「我想最重要的還是鮮度和活力，就用這個吧。」

「哇啊啊啊——!!你居然用手抓，這畫面的衝突感強烈到我的眼睛突然看不見現實啦！

等一下我腦袋跟不上現在的狀況啊！」

旅店主人開始大呼小叫。

沉穩有氣質的臉龐，優雅的舉止，足以吸引目光的微笑，蘊藏高貴色彩的眼睛，往前伸出的勻稱手指……的前端捏著一隻激烈蠕動的食籽蟲。太衝突了。

「沒想到你會選它……不對你是站在魚的角度努力做出最好的選擇吧，這我懂……但我會不會被其他客人罵啊……」

「怎麼會呢。」

看見旅店主人垂頭喪氣的模樣，利瑟爾有趣地笑了，然後凝神端詳捏在手上的那隻食籽蟲。幼蟲在這個大小好像還不會咬人。

利瑟爾另一隻手拉過釣竿上面的釣鉤，擺好架式準備刺上蟲子。

「嗯，動來動去的好難刺上去……」

「好危險好危險你的動作好危險！怎麼會想從頭部刺啊！」

食籽蟲劇烈扭動，利瑟爾手上的釣鉤尖端也隨之左右游移，結果旅店主人大聲阻止了他。他的動作並沒有旅店主人說的那麼危險，只是在老手眼中看來顯得很笨拙吧。

「聽說釣鉤尖端藏起來比較好，所以我想從頭部把整條蟲沿著鉤子刺上去……」

「我知道你的意思啦，不過這樣刺太困難了，只要稍微在背上刺一下就夠了。」

稍微在背上刺一下。

利瑟爾低頭看著手上的蟲，努力分辨哪一側是腹部、哪一側是背部。完全分不出來，不過刺在哪一側都沒差這種事他還是知道的。

魔物的不知頭部還是尾部仍在劇烈扭動，利瑟爾用指頭按住牠的身體中段，用力把釣鉤尖端刺上去。食籽蟲的表皮出乎意料地硬，他好幾次把蟲掉到棧橋上，其中一次蟲還穿過橋板中間的縫隙掉進海裡去了，不過歷經幾番波折，最後還是成功把釣餌弄上去了。

旅店主人一副很想伸出援手的焦急模樣，最後還是成功貫徹了旁觀的立場。

「旅店主人，你要用哪一種釣餌呢？」

「我要用魚卵，因為這個沒辦法保存太久。不過假如練餌效果比較好的話我會換成練餌啦。」

利瑟爾一臉佩服地打量著釣線尖端使勁掙扎的蟲，然後看向旅店主人。

只見他動作俐落地把魚卵噗滋噗滋串上釣鉤，操縱著釣竿站起身來，接著將親手製作的練餌撒進海裡吸引魚群。練餌掉進海裡便化了開來，在海水中擴散。

旅店主人操控釣竿，將魚鉤咻地拋進撒餌處。

「不愧是老手，動作好熟練哦。」

「沒有沒有，也沒那麼厲害啦。」

利瑟爾也站起身來，模仿旅店老闆的動作拿起釣竿。

抓著握柄最尾端，稍微讓釣竿向後反彈，接著把那支手感非常穩的釣竿甩過頭頂——

「失敗了。」

——然後失敗了。

「你沒事吧有沒有受傷有沒有刺到！」

「沒有，只是勾到衣服而已。」

甩到背後的釣鉤就這麼勾在衣服上了。

旅店主人把自己那支釣竿固定在棧橋上，焦急地繞到利瑟爾背後替他解下了釣鉤，還順便幫他把甩竿時不知甩到哪去的魚餌也重新刺了上去。

「不好意思，謝謝你。」

「不會不會，不用客氣。甩竿的時候拿著線試看看吧，只把釣竿往前伸，線抓在手上，像鐘擺一樣咻地放開，會比較容易拋到瞄準的地方喔。」

旅店主人扶著利瑟爾的釣竿，替他將釣線拉了過來。

利瑟爾接過線，然後聽從他的建議在甩竿時咻地放開手，釣鉤不偏不倚落進了撒餌的範圍裡。浮標在一瞬之後浮上水面，隨著波浪起伏。

「接下來只要等魚上鉤就好了，我們坐下來等吧，不過應該不會等太久啦。」

「好的。」

利瑟爾在椅子上坐下，望向手上那支釣竿的前端。

旅店主人說手上感覺到拉力就代表有魚上鉤了，但老實說現在總覺得也有點拉力，釣竿前端看起來也有點被拉動的樣子，但既然旅店老闆什麼也沒說，就代表魚還沒有上鉤吧。

利瑟爾靜靜深呼吸，吸進海潮的香氣，不知哪裡傳來魔鳥的鳴叫聲。

「來啦！」

旅店主人忽然站起身來。

也許是魚沒有那麼大條的關係，他就這麼直接把釣竿拉了起來，釣線上的兩個釣鉤各有一條小魚咬著。旅店主人俐落地將牠們從釣鉤上解下，放進裝了水的籃子裡。

「這種魚滿小的，也可以吃嗎？」
利瑟爾拿著釣竿走了過去，探頭打量著籃子這麼問，旅店老闆邊想邊開口：
「裹粉油炸很好吃哦，因為魚很小嘛，可以連著骨頭一起吃。不過給客人你們吃分量絕對不夠啦，就拿來當我的宵夜好了……啊你的上鉤了上鉤了！」
利瑟爾在旅店主人的催促下看向浮標。
看起來和在波浪中自然起伏的模樣沒什麼差別，但一留神可以發現握著釣竿的手傳來一陣一陣的抵抗……感覺好像有。
「快拉，貴族客人快拉！」
「往哪邊呢？」
「哪邊?!啊……往上！往上！」
感受到的拉力沒那麼明顯，沒想到拉起來還滿重的。
利瑟爾照著旅店主人的指示把釣竿拉了上來，釣線前端綁著的唯一一個釣鉤隨之露出水面，上面穩穩咬著一條魚。
「好厲害，真的釣到了。」
「太好啦！」
看見利瑟爾高興地這麼說，旅店老闆也露齒回以一笑。
「把魚往我這邊靠近吧，哇啊來得好快！」
「啊，不好意思。」
旅店主人是想幫他把魚從鉤子上取下來吧。

利瑟爾原打算緩緩將釣竿往那邊轉，魚卻以意想不到的速度甩了過去。旅店老闆急忙後仰閃過，穩穩抓住了在魚的掙扎下晃來晃去的釣線，毫不費力地將魚解了下來。

「啊……客人啊，這條是有毒的魚喔。」

旅店主人以惋惜的語調這麼說，但利瑟爾聽了卻毫不氣餒地點頭：

「那就是給伊雷文吃的了。」

「?!」

利瑟爾一點也不打算把自己第一次釣到的魚放回海裡。

雖說有毒，這也只是吃了會舌頭發麻的程度，不會造成生命危險，但真的要煮這個嗎？旅店主人默默看著那條毒魚，而他身邊的利瑟爾已經在跟奮力扭動的食籽蟲奮鬥，準備快點開始釣下一條魚了。

到了那天晚餐的時候。

平常他們三人並不會特別約彼此一起吃飯，今天利瑟爾卻率先約了另外兩人到餐廳。

「今天晚餐會有我釣的魚哦。」

三人一同走下階梯的時候，利瑟爾開心地這麼告訴他們，伊雷文聽了咯咯笑著說：

「隊長，你跑去釣魚喔，太不適合啦——」

「該不會處理魚肉也是你負責吧。」劫爾說。

「我本來想試試看的，但一聽我說『我之前學會了貓手切菜法』，旅店主人就拒絕我說那是貓手沒辦法應付的對手……」

這是旅店主人使盡渾身解數的妙答。
「我為伊雷文釣了很多魚哦。」
「是喔，那我好期待！」
看見利瑟爾露出微笑這麼說，伊雷文也愉快地瞇起眼睛。
然後伊雷文在心裡慶幸，還好沒有演變成利瑟爾完全釣不到魚的狀況。不過這也是當然的，有老手在旁邊指導，而且最重要的釣點選擇也是由最熟悉海洋的專業漁夫指點，怎麼可能釣不到呢。
他們走入餐廳，來到桌邊，三人份的餐點已經在桌上準備好了。伊雷文看見擺放著魚類料理和配菜的餐桌，忽然停下腳步……正確來說，他看到的是放在桌上的名牌。
「好像只有我坐指定席欸？」
「因為那邊是伊雷文的位子呀。」
餐點前方擺著一個「ELEVEN ONLY」的牌子。
牌子上的裝飾精美得莫名其妙，想必是利瑟爾放的吧。這麼一想伊雷文也不好避開，於是一邊納悶到底怎麼回事，一邊坐到那個位子上。
旅店主人立刻就從廚房走了出來。
「來這是最後一盤啦酥炸小魚請慢用——」
炸魚裹著金黃色的麵衣，看起來相當美味。
就在伊雷文低頭盯著那個盤子的時候，利瑟爾和劫爾也在這時趁熱開動了。伊雷文隨後也帶著一言難盡的表情，跟著將叉子刺上魚肉。不曉得是不是新鮮現釣的關係，魚肉口感緊實，非常好吃。

「不愧是旅店主人釣的魚呢。」

「不是你釣的？」劫爾說。

「我釣的只有伊雷文那一盤。」

伊雷文正帶著一臉複雜的表情一口接一口吃著魚，這時另外兩人的視線都匯集到他身上。

「……這不是故意找我碴吧？」

「不好意思，我只釣得到這種魚……」

利瑟爾苦笑著這麼說。那就好，伊雷文又吃了一口。

毒對伊雷文來說完全不是問題，但是只有自己面前被送上毒魚，還是會覺得到底出了什麼事。而且這竟然是出於善意，總覺得哪裡怪怪的。

「你喔……」劫爾說。

「我不是故意的。」

劫爾猜到了這是怎麼回事，感受到他無奈的視線，利瑟爾立刻替自己辯解。

利瑟爾也不是刻意只釣這種魚的，一切只是出於偶然。而且釣到的數量還不少，因此伊雷文待會肯定會續盤的那些魚也全部都確定是毒魚了。

「我也試著換過別的釣餌了……釣魚真的很博大精深呢。」

「不是釣餌的問題吧。」

「真不知道這樣隊長的運氣到底算好還是不好欸。」

後來，伊雷文嘴上一邊碎念，一邊將利瑟爾釣到的魚一條也不剩地吃了個精光。

閒談 同一時間，原本的世界（利瑟爾家人篇）

我們的國王縱然孤高，但並不孤獨。

他君臨天下的模樣就像浮現夜空的月亮引領著眾星相隨，儘管常有人說國王陛下有如太陽，這點還是讓人覺得他擁有一頭月色的頭髮並非偶然。

仰慕陛下的人很多，因此追隨他的人也很多，但沒有任何一個人能與他並肩。先不論地位，陛下生來擁有的那種強烈的存在感不允許周遭眾人與他平起平坐，就連懷抱這樣的願望都不可能。

王並不以此為憂，反而憑藉著自身意志實現了這樣的關係。陛下愉快地笑著、兇猛地笑著、悠然地笑著，一個個接納了在自己身前屈膝跪下的人。他一定是天生的王者吧，我無法想像陛下成為任何人的手下。

這樣的君王唯一希望安置在自己身邊的人，正是我這個書記官的直屬上司——利瑟爾大人。

「畢竟那孩子嫌麻煩，不會大肆宣揚自己的功績啊。所以周遭就算想填補他的空缺，也不知道該怎麼做才好。」

「只是回到利茲接手檯面上的工作之前而已吧，是那些學會偷懶依賴他的傢伙不好啦。」

「是啊，很多人這麼晚才知道自己受了那孩子的恩惠，這點我身為父親實在難以接受呢。」

「這我也有同感。」

利瑟爾大人的父親來到了辦公室，正在和國王陛下談話。

利瑟爾大人不在的期間是由他的父親，也就是前任公爵代理公爵職務。利瑟爾大人繼承公爵爵位已經是好幾年前的事了，不過繼承之後他的父親仍然負責了一段時間的公爵職務，因此空白期並不長，這次暫時復職一切順利。

據說利瑟爾大人剛被任命為宰相的時候，再加上一起繼承了爵位，利瑟爾大人也忙不過來。從他現在俐落完成所有事務的模樣實在難以想像。

先前我也見過利瑟爾大人的父親幾次，他們父子非常相像呢，都是沉穩又我行我素的人。不過父親的我行我素當中完全沒有對周遭的顧慮，決定性的差異大概只有這點而已。

對了，我好奇很久了，為什麼利瑟爾大人的父親對國王陛下說話的語氣總是像朋友一樣隨便？身為臣下卻不必對國王陛下使用敬語的人，就我所知除了他以外就沒有了。

「不過沒差吧，反正優秀的傢伙都注意到了。跟無能的人解釋什麼叫做價值他們也不懂啦。」

「畢竟那孩子自己也有點樂在其中呀。」

兩人邊遞交文件邊聊，對話內容有點危險的味道。

不過沒關係，這裡除了我以外沒有別人在。宅邸已經被燒掉的我乖乖裝作什麼也沒聽見，顧著把那些交給我的文件分門別類。當中也參雜了區區的書記官原本碰也不能碰的文件，但我也習慣裝作不知情了。

這時，門外喀喀喀地傳來一陣往這裡接近的腳步聲，正在談話的二人一定也聽到了，不過他們並沒有做出什麼反應。

「國王陛下，打擾了！」

報上姓名之後，守門的騎士打開了門扉。

站在門口的是一名青年，看見那個眼熟的身影，我停下手邊的動作立正站好，因為那位青年的門第遠高於我。

青年規規矩矩地徵求過國王陛下的許可才踏進室內，一瞥見我就皺起臉來。

「陛下，從前就向您進過諫言了，如果您需要有人輔佐可以由我負責。要待在您身邊的人，只有區區下級貴族的身分是不配的。」

常有人這麼說。

「沒差，這傢伙能勝任。」

「如果您願意，在那傢伙不在的期間……不對，就算那傢伙還在，我也說過願意擔任宰相隨侍在您身邊啊！」

「宰相是老子為利茲設立的職位，你來當就沒意義啦。」

就像我先前所說，敬愛國王陛下、醉心於陛下的人多不勝數。

而這位青年可說是其中名列第一的人物。他與利瑟爾大人年紀相仿，不曉得是否出於對抗心態，總是找到機會就刻意找利瑟爾大人的麻煩。

青年的地位與利瑟爾大人同樣是公爵家的直系繼承人，不過我記得目前爵位仍然屬於他的父親。在他繼承爵位的同時，也會繼承財務大臣頂點的位置，負起一手掌管國家財政的工作吧，可說是將來的重臣之一。

他現在負責的職務也已經與此相去不遠，因此也有傳聞說他的父親可能再過不久就會將爵位傳承給他了。

「嗨，沒跟我打招呼呀？」

「失禮了。好久不見，叔父大人。」

同時，這位青年也是利瑟爾大人的表哥。

他好像是利瑟爾大人的母親的兄長的孩子，不過長得和利瑟爾大人不太相像。利瑟爾大人像的是父親，這也是當然的。

「正好，我也想請教一下叔父大人的意見。」

「嗯？」

「這次我冒昧來到這裡，是想請陛下對此做出解釋。」

利瑟爾大人的表哥朝著國王陛下舉起了手上的一張文件。

什麼，原來是政務啊，國王陛下一副嫌麻煩的樣子湊過去看了看，接著百無聊賴地將全身往椅背上一靠。

「這不就是個預算案而已嗎，又有啥問題？」

我也偷偷往那邊看了一下，那是財政預算的概略統計資料。項目劃分得相當仔細，甚至附有與先前統計資料的比較，可以看出青年的優秀與一絲不苟。

沒錯，儘管他心醉於國王陛下，一旦判斷應該進諫，即使是對著陛下他也敢於提出意見。若非如此，以陛下的個性想必不會特地搭理他吧。

「請看這一項。帶那傢伙回國的研究費用佔了國家開支的百分之二，這很顯然太多了，叔父大人一定也這麼想吧！」

「如果這樣就可以接那孩子回來，我覺得沒有任何問題啊？」

他確實問錯人了。

利瑟爾大人的父親，是認為沒有任何事情比帶利瑟爾大人回國更優先的那一派。即使他身為貴族、為國家效命，也理解完成職責是自己的義務，他還是能夠光明正大地說這和那是兩回事。倒不如說，那位父親會面不改色地說花費的那些國帑「過幾年就能多賺一倍歸還了，所以沒問題吧？」而實際上他也做得到。

利瑟爾大人的表哥啞口無言，似乎從叔父臉上的微笑察覺他不會幫腔，於是假咳一聲裝作剛才什麼也沒聽見，轉而向國王陛下懇求：

「那傢伙失蹤的事屬於機密，這筆費用的用途想必也不會外傳……但是，恕臣下僭越直言，這金額以國王將國帑用於私事來說實在太過了……」

「私事？」

國王陛下月色的眼瞳兇狠地睞細，宛如虐殺獵物的捕食者。

陛下一隻手肘緩緩撐上光潔的桌面，緊盯著眼前噤若寒蟬的青年：

「只要你還想跪在本王面前，這也是你的私事吧？」

即使仰頭望著對方，那雙琥珀色眼瞳仍然帶著居高臨下的氣勢，有如支配者的體現。

國王陛下常說沒有利瑟爾大人在他就不會當國王了，而這絕不是玩笑話。這麼說一定是因為陛下認為，無論自己身處於什麼樣的位置，該做的事都不會改變吧。
無論何時，國王陛下總是只為了滿足唯一一人的願望，而坐在王位上治理國家。
「……！」
利瑟爾大人的表哥原想再說什麼，最後仍然一個字也說不出口，臉上的神情不甘心地扭曲。
接著他將手擺在胸前，彎腰行禮表示明白了。我自己也覺得考量到利瑟爾大人不在所造成的損失，研究經費只佔百分之二反而太少了吧，所以事情這樣收場對我來說真是太圓滿了。
倒不如說，利瑟爾大人歸國相關研究當中不可或缺、金額又最高昂的魔石是由國王陛下親自負責取得，光是如此就已經節省不少公帑了吧。之前某國國民因為龍族出沒而陷入恐懼，陛下彷彿覺得正好，便討伐了那條龍，把牠的魔石帶了回來。
因為國王陛下什麼也沒有告知，因此那個某國送來感謝狀和隆重謝禮的時候整個王宮都陷入一片混亂。以往都是利瑟爾大人趁著空檔圓滿解決這種事情，這次卻鬧得以外交官為主的群臣四處奔走，這件事我還記憶猶新。
「為什麼就憑那種傢伙……！」
苦澀的話語孤零零在辦公室裡響起。
青年手上的預算案發出聲響被捏縐成一團。平常在國王陛下面前這麼做可是大不敬的行為，但眼前這兩位絕不允許別人批評利瑟爾大人的人物，以及應該對此生氣的我，都只是默默看著那幅光景。

而背後有著明確的理由。

「這孩子的個性真的和我家那位一模一樣呢。」

「你是說利茲的母親吧。」

豈止沒有多加責備，他們甚至興味盎然地看著利瑟爾大人的表哥就這麼站在原地。原因只有一個：因為這種態度明確反映出了利瑟爾大人母親的血統。

那時候我才十幾歲，還沒有繼承王位。

為了履行王族的過渡儀式還是什麼的，我曾經花費一段時間四處巡視本國的領地，和主要都市的領主打過照面、在當地停留幾晚之後，又往下一個都市去。途中禁止使用傳送魔術，是段相當漫長的旅程。

在領地走動的時候就算了，長時間坐在馬車裡搖搖晃晃的移動時間真是無聊透頂。

「巡視領地很麻煩，不過利茲家的領地是最後一站還不錯嘛。」

「看來旅途中一切順利，您在這裡稍微待久一些想必也不會有人追究，就請您好好休息吧。」

但是來到最後一個目的地，那些煩悶無趣也一下子就煙消雲散。

這裡是利茲的都市，坐擁廣闊的領土，位於整個王國的末端……正確來說是現任公爵，也就是利茲父親的領地才對。來到這座素有「逆鱗都市」之稱的城市，利茲馬上就出面迎接我了。

「不過那個大叔還真不打算接待老子咧。」

抵達各個領地之後，首要之務當然就是跟領主打聲招呼。

其他領主一下看我臉色、一下只是打個招呼就囉嗦得要命，禮儀上也多方講究，結果一被帶到宅邸見到這傢伙的父親，他只說了一句：「嗨殿下，好久不見，就當自己家好好休息吧。」然後就沒了。是沒差啦，這樣我樂得輕鬆。

「或許是因為我說想要負責為殿下帶路的關係吧。」

「沒差啦，事到如今要是看到他畢恭畢敬的態度我還嫌噁心咧。」

為我準備的是間寬敞的客房。

室內擺飾的品味還不錯。我坐到沙發上，繞了繞長時間坐在馬車裡僵硬到了極點的手臂。女僕端來了紅茶，是冰的，不可思議的是茶香並沒有因此減損。喉嚨也渴了，我一口氣把茶喝光，馬上又有人為我準備了新的紅茶。

利茲喝的是普通的熱紅茶，一想到冰茶是他事前託人為我準備的，就讓人心情特別好。

「今天請您好好休息，明天看殿下想看什麼，我們再一起去吧。」

「啊……我有點想見識一下那些白軍服，逆鱗都市的名產嘛。」

「說是名產也有點奇怪吧。」

身穿白色軍服，傳聞中身手了得的領地守護者們。

分類上他們屬於領主的私兵，一般的心態應該是視為潛在的危險所以事先巡視一下才對，但我單純只是趁著觀光順道看看，利茲想必也明白，聽了露出苦笑。看見他那副表情，我邊笑邊抓起三段午茶架上的三明治。

我肚子有點餓了，將三明治往嘴裡一塞，味道還不錯。仔細一看，全都是我喜歡的餡料。

「還有書庫，不是被人叫作『大圖書館』嗎？」

「好呀，書庫今天就可以去了。」

利茲露出高興的表情，反正他一有空一定都泡在那座書庫裡吧。

這裡的書庫擁有傲人的藏書量，名聲甚至傳到了其他國家。進入宅邸之前也一瞬間看到了那棟建築，看起來就像座高塔一樣，而且主要的空間甚至還藏在地下，也難怪在一部分人之間特別有名，說那根本不是個人持有的書庫。

傳聞說那座書庫裡沒有找不到的書，因此很多研究者和狂熱書痴都想進去一窺究竟。

「萬一有外人說想讀書，你們都怎麼辦？」

「只要是清楚身家來歷的人就可以進入書庫，我們會派人跟在身邊。」

就在我們談論這件事的時候……

突然有人敲響了客房的門，在牆邊待命的女僕走向門口。我們沒特別在意，繼續聊了幾句，女僕便聽取了訪問者的來意，靜靜走近利茲。

「利瑟爾大人，打擾了。」

「嗯？」

女僕耳語了幾句，利茲一聽露出了有點困擾的笑容，看得我心裡不是滋味。

女僕俐落地直起身，重新回到了待命位置，而我看也沒看她一眼，只是皺起眉頭，叫了那人的名字催他說清楚。

「利茲。」

「母親大人說要向殿下打個招呼，正往這邊過來。」

利茲苦笑著這麼告訴我，我聽了有點意外。

利茲的母親我在社交界見過幾次，長著一張冰山美人的臉，身材好到極點，必須帶異性作伴的場合總是陪在利茲父親身邊，完美完成自己的職責。

一方面也是出身公爵家的關係，一看就知道她是上流階級女子，給我的第一印象是她那個裝出來的笑容真是完美到無懈可擊，感覺不太像是利茲的母親。

「母親大人本來預計要和父親大人一起來向您請安，但父親大人只說了那句話就離開了……既然殿下會在這裡待上幾天，說不定也有機會見到面，所以母親大人才想正式打個招呼吧。」

「哦……」

聽利茲的語氣似乎也沒特別排斥，於是我點了頭。

要是這傢伙不願意，要我拒絕還是做什麼都可以，但既然沒那個意思，我想知道利茲剛才為什麼露出有點困擾的表情。總不能在我獨處的時候把公爵夫人叫進來，事到如今讓他們賢伉儷一起過來又太大陣仗了，這時機正好。

我吩咐下人待會讓她進來，公爵夫人似乎本來就已經到了附近，沒過多久房門就打開了。

「殿下，好久不見了。」

利茲的母親從門後現身，和印象中一樣是個美人。

公爵夫人露出艷麗的笑容提裙行了一禮，動作無可挑剔。舉止優雅這一點，可能真的很像利茲吧。

我坐著輕輕一抬手，夫人便挺直了背脊，傲人的身材一覽無遺。

「以這種方式向您請安實在非常抱歉，本來是希望與外子一同迎接您大駕光臨的。」

「我不介意。」

「感謝您悉心體諒。」

我瞥了利茲一眼。

剛才利茲還坐在我正前方，現在已經站到我斜後方了。臉上浮現和平常一樣的微笑，或許是注意到我的視線，利茲忽然低頭看了過來，柔和的笑容加深了些。

我滿足地瞇細眼睛回應，這時公爵夫人的目光才終於轉向利茲。這時候我才注意到，從她走進室內開始到現在，那雙眼睛一次也不曾映照自己孩子的身影。

「還是這麼懂得向人獻媚呢，真不曉得你是像到誰。」

「母親大人……」

聽見公爵夫人冰冷的聲音，利茲的表情稍稍蒙上陰影。

看見那張臉、理解了那句話的意思，我感受到一股冰塊投進體內般的寒意。內心深處明明像有把火在燒一樣不快，卻冷徹骨髓。

即使是不相干的外人，將利茲對我的感情斥為偽物還是讓我非常不愉快。

「應該不是我吧，畢竟我們沒有半點相像的地方。」

「怎麼會……」

「為母很高興喲，利瑟爾。」

利茲正想否認，夫人冷淡的聲音搶先打斷了他。

母親臉上浮現純粹的笑容，不是假笑，而是發自內心、直率地朝自己的兒子露出笑容。

這比什麼都還要鮮明地表示了她接下來所說的話字字屬實。

「我也不想相信自己和你這樣的孩子有著血緣關係。」

「母親大人，請您……」

別再說了，令人無法承受。我從下方清楚看見了利茲顫抖著低垂的眼瞼。

那一瞬間我腦中有什麼東西燒斷了。明明沒經過我准許，竟有除了我以外的人讓這傢伙露出這種表情。

「殿下！」

高漲的魔力爆發開來，我絲毫沒有壓抑它的意思，放任它向著利茲的母親橫掃過去。

魔力刨過地面，將牆面破壞得一片狼藉，但原本該落得那個下場的傢伙卻依舊凜然站立原地，頭髮在風壓吹襲中狂舞，儀態仍然優美得不合時宜。

打偏了。原因很明確，正是因為攔阻似地放在我肩膀上那隻手的觸感。我氣得睜大雙眼，瞪向剛才難得高喊出聲的那隻手的主人。

「……你幹什麼。」

「殿下，請您冷靜……」

「我問你這是在幹什麼!!」

觸碰肩膀的手才剛移開，我立刻抓起那傢伙的前襟。

我向下一扯把他拉倒在地，不曉得是不是膝蓋撞到了地面，利茲細小的喘息傳入耳中，但我不加理會。利茲跪在我腳邊，手扶在我膝上，而我手上一使勁示意，利茲便順從地抬起臉仰望我，臉上的表情已經看不出任何痛楚。

「你敢包庇跟我作對的傢伙？」

觸碰我膝蓋的那隻手，仍然像在訴說什麼似地輕輕握著布料。
「你總不可能不知道這麼做代表什麼意思吧？」
這就代表他否定了我，為了我以外的誰而效命。
無論面臨什麼樣的狀況、只是多麼短暫的一瞬間，那都不能原諒，對於我、對於利茲來說都一樣。這種事他老早就明白了才對。
我放開抓著他前襟的手，利茲的身體於是脫力似地放鬆下來。不知是不是忍著不咳嗽的關係，他深深吸著氣，但那雙眼中一直映著我的眼睛。
看起來就像紫水晶當中浮現著明月。我看著那雙搖曳的眼眸，感覺到自己的衝動慢慢平緩下來，但還是任憑盤踞心底的焦躁驅使我撩起利茲白金色的瀏海，牢牢握在掌心。
我往上一扯，提起他略微伏下的臉龐。
「還想被調教嗎？啊？利茲。」
我不知道自己臉上浮現的是什麼樣的笑容。
聽見我這麼說，利茲依然不改沉穩的神情，露出尋常的微笑。
「我早已經被您調教到了不能更聽話的地步了。」
「哈，真敢說。」
「是真的。無論什麼時候我都以您為優先，為了您而存在。」
我知道。即使知道還是生氣了，這也沒辦法。
我沒開口叫他起身，只是以指背往上推了推他的下顎。不必開口利茲就領會了我的意思，筆直站了起來，將凌亂的頭髮撥到耳後。我看著他那個熟悉的小動作，然後忽地將視線轉向那個臉上依然掛著微笑、在原地靜靜等待的女人。

「二位感情真好，實在教人無比欣羨。」

她露出優美的微笑，對於差點丟了小命一事並未表現出任何動搖，不愧是利茲的母親，我吁了口氣。

「不會讓妳加入的，快給我退下。」

「祝福殿下此行收穫豐碩。」

夫人對於自己一連串無禮的行為致上歉意，然後畢恭畢敬地離開了。

門板隨著刺耳的聲音關上，大概是哪裡被打歪了。女僕們至今沒有表現出半點恐懼或動搖，一直在旁邊待命，門關上的瞬間她們一齊動了起來，開始收拾殘局。雖然罪魁禍首是我，但看了也覺得這樣不錯，至少她們沒有像雇主那樣我行我素。

「利茲。」

「在。」

利茲正在吩咐人準備新房間和下達其他指示，我把他叫了過來。

和公爵夫人過來之前一樣，我讓他坐在我對面。利茲順從地照做，想必也料到我接下來想說什麼，他臉上帶著苦笑。

「我不接受因為她是你母親這種理由。」

「是。」

「為什麼不讓我殺了她？」

「畢竟母親大人出身的家族和我們家的規模不相上下……而且……」

利茲說到這裡打住，豎起一隻指頭抵上嘴唇。

看見他的視線飄向門口，我也跟著朝那邊看去。本來還納悶關著的門板會有什麼事嗎，這時忽然依稀聽見了公爵夫人的說話聲，她應該已經離開了才對。

「實在沒有值得殿下親自動手的理由，勞您費心太不好意思了。」

我豎耳傾聽，公爵夫人的聲音穿過門板確實傳了進來。

『啊嗯──！我的寶貝好可愛啊──！』

那是彷彿把所有情緒一口氣吐出來的吶喊聲。

我無語看向利茲，他默默點頭回應，臉上沉穩的微笑甚至感受得到慈悲。

『真是個待人和善又討人喜歡的天使，一點也不像媽媽這樣，本來想好好讚美他的，為什麼我只說得出那種話呢！他一點也不像我真的是太好了，我真的每天每天都感激上天，幸好沒有像到我才能長成這麼……噢……！啊嗯──！我最可愛最可愛的利瑟爾！天使！那孩子是我的天使！但我卻……！』

『夫人，請您振作啊！』

『我這個人渣！我真是人渣！應該要仰仗殿下的力量把我消滅的！啊，但這可不行……勞煩殿下動手真是太僭越了，殿下是這麼地好，又這麼照顧我們家孩子，怎麼可以玷汙殿下的雙手呢……啊，不過最後我不小心說我羨慕了……討厭，不曉得有沒有被利瑟爾聽見，太丟臉了！』

沒想到居然是真心話。

她那些刺耳的酸言酸語，沒想到都是本意良善的真心話。

誰猜得到啊？也難怪她那張笑臉是假的，心裡想的明明是那樣，卻只說得出那種言不由衷的話，要不是刻意偽裝，在這種挫敗感當中根本笑不出來吧。

那道在痛苦掙扎當中吶喊母愛的聲音漸行漸遠，我一面在內心嫌棄一面聽到了最後，直到聲音遠得聽不見了才默默將目光轉回利茲身上。

「都到了這種年紀，還被人看見父母把自己當孩子寵愛的模樣，真的有點難為情呢。」

我想說不是這樣吧，但利茲好像也沒說錯。

利茲大概已經聽慣了那些話，此刻的他就像個被父母誇獎的孩子一樣，露出了開心又不好意思的笑容。

「你母親……還真厲害啊。」

「母親大人對父親大人也是那樣說話喲。若不是父親大人從小告訴我『媽媽生了一種面對面就只能說得出謊話的病』，說不定我真的會以為自己被母親大人討厭了呢。」

換言之，利茲從小就跟只說得出謊話的母親相處，不斷摸索對方的真意，而且還附贈正確解答，母親一從眼前消失就能偷偷聽到她真正的意思。總覺得我好像知道這傢伙為什麼對於人心機微這麼敏銳了。

據說母親對利茲說話越刻薄，事後的自虐發言就越偏激，所以利茲也會盡量讓她冷靜，但這好像也相當困難。情況真複雜。

我一口氣將整個身體靠到椅背上，椅子沒發出半點聲響，靜靜承接住我的體重。

「萬一殿下因為我的緣故而失去臣下的信任，這種事我無法承受。」

利茲冷不防這麼說，這是回答我剛才問他的「理由」吧。

一部分確實是顧慮到公爵夫人是自己的母親，但這一點並不會成為利茲這麼做的理由。聽見他這麼說就足夠了，我在一片狼藉的房間裡把下人新倒的紅茶端到嘴邊。

就算我真的親手殺了他母親，利茲肯定也不會有任何改變吧。

「哪天你母親要是真心貶低你、傷害你，到時候我會真的殺了她。」

「如果那是殿下您的意思的話。」

利茲露出陶醉的微笑，像在說我這麼為他著想很讓他高興，而我看了也吊起唇角。

「您為什麼要把那種老是掛著隨和笑容的人安置在身邊呢！那傢伙這麼我行我素，不管對方說什麼都能微笑帶過，再加上視野夠寬廣導致他永遠能準確策動周遭的人幫他辦事，所以也沒什麼在運動！我能夠同時擔任護衛，明明比那傢伙更有資格隨侍在您身側啊……！」

怎麼聽都覺得這位表哥是在稱讚利瑟爾大人。

我沒有見過利瑟爾大人的母親，不過國王陛下總說公爵夫人就是這種感覺的人，想必利瑟爾大人和母親的關係也不差吧，真是太好了。

順帶一提，根據利瑟爾大人的解釋，青年一見面就對我說的那句「區區下級貴族」意思好像是：「他也有他的職務要忙，被陛下扣留在身邊太可憐了，我能出手的範圍也比他廣，如果不介意的話我可以代替他負責輔佐。」以前我和他見面的時候，有一次也發生過類似的事。

利瑟爾大人和表哥的關係並不特別差，表哥方面雖然因為年紀相仿而抱有競爭意識，但這並不是敵意，我也時常看到他們兩位在交談。

「總而言之，百分之二還是太多了，所以我會稍微削減一些，不夠的金額會用我的個人財產去補足，還請您理解！」

利瑟爾大人的表哥凜然望著國王陛下，毫不客氣地說完就轉身折返。離開之前還一絲不苟地行了告退禮才離開，這是他一貫的作風，利瑟爾大人總是說他很認真。

國王陛下隨便「嗯」了一聲回應他，目送利瑟爾大人的表哥離開之後緩緩地喃喃自語：

「那傢伙真的很喜歡利茲啊……」

「他們從小就玩在一起嘛，不過小時候的他講話還滿坦率的。」

沒錯，不只關係不差，他們兩人的關係其實還不錯。

大概只有利瑟爾大人的表哥自己對這點毫無自覺。據說有人說他跟利瑟爾大人感情很好的時候，他會發自內心回答「還好而已吧」。不過，有辦法在貴族社會裡給出這樣的答案，幾乎等於是在說雙方關係很好了。

「哎，跟利茲的母親比起來這點程度還不算什麼吧。」

「她也很努力了，只是那種天生的性格實在很難改呀。」

順帶一提，聽說利瑟爾大人的母親現在去了遠方的聖堂。

那所莊嚴的聖堂是這個國家主流的月亮信仰的本部，據說公爵夫人從幾年前開始就在那裡與祭司們一同進行精神上的修行。她偶爾回來的時候會見到利瑟爾大人，但由於累積了一段時間沒見到面，聽說還是會不由自主擺出同樣的態度。

哪天真想參見一下傳聞中美若天仙，個性就連利瑟爾大人的表哥相形之下都「不算什麼」的公爵夫人呢。

「對了，她知道利茲消失了嗎？」

「知道喲。本來覺得利瑟爾能趁她不在家的期間回來是最好的，但她每個月一定都會回來看利瑟爾一次，沒辦法。」

「有沒有變坦率一點啊？」

「她全身顫抖到肉眼看得出震動的程度，用根本聽不懂在說什麼的哭腔說著尖酸的話呢。她本人應該是以為自己擺出了笑容，但裝得一點也不像，還不如哭出來比較好。」

就連那位表哥得知利瑟爾大人消失的時候，都比平常更輕易吐露了真心話，看來公爵夫人的性格實在是非常頑強。附帶一提，我的城內大狂奔現在還時不時會被人提起，連自己都覺得跑得真快。

「好了。」

利瑟爾大人的父親開始動手整理剛才請國王陛下簽好的文件。

我也將成堆分類完畢的文件交給他，他對我說了聲「謝謝」，臉上那道笑容和利瑟爾大人有幾分相像。

「那我差不多該走了……嗯？」

他的目的本來就是過來聊天吧，否則一般來說公爵大人是不會親自遞送文件的。

既然情報也交換過了，利瑟爾大人的父親於是準備離開，卻在這時候忽然停下了準備折返的腳步。怎麼了嗎？我朝那裡看去，發現公爵大人的視線向著國王陛下辦公桌上的信盒。

就是國王陛下時時放在身邊，用來與利瑟爾大人寫信聯絡的那個信盒。陛下時不時會拿筆桿掀起盒蓋，看見裡頭沒有信還會咋舌。

「這只是我沒來由的預感，總覺得那孩子的信好像來了哦。」

「啊？」

即使有信送到，信盒也不會發出任何信號。

利瑟爾大人的父親卻不以為意地這麼說，趁著國王陛下來不及阻止的時候咻地掀開了盒蓋。我也從書桌旁稍微探出身子，僭越地往信盒裡偷瞄。

國王陛下平時使用的信封確實已經不見蹤影，信盒裡靜靜躺著一個從來沒見過，但是品味相當高雅的信封。國王陛下立刻將它取出。

「那孩子過得還好嗎？」

「閉嘴讓我好好讀。」

國王陛下不留情面地拒絕了擔心孩子安危的父親，然後默默讀起了那封信。

看來利瑟爾大人很有精神，真是太好了。政務恐怕要暫停一下了，該去把分類好的文件遞送出去嗎？

就在我這麼想的時候，利瑟爾大人的父親就在國王陛下眼前，開始啪啦啪啦翻動自己手上的文件。

是在進行最終確認嗎，努力避免出錯的態度值得借鑑，我也要好好效法才行。當我邊看邊這麼想的時候，公爵大人在翻到半途的時候停止了動作。

然後，他從文件之間取出了一封信。究竟是什麼時候準備的？我愣怔地看著，而公爵大人就當著我的面，光明正大把那封信放進了信盒，動作也沒有半點偷偷摸摸的味道，修長的手指就這麼往蓋子邊緣輕輕一推。

「啪答」一聲，國王陛下不悅地朝那裡瞥了一眼。

「幹什麼啊，別弄壞了。」

「不會弄壞的，只是我手指不小心碰到而已。」

公爵大人的手指撫上闔上的盒蓋。

然後他緩緩打開信盒，那封信已經消失得無影無蹤。

「那我先走囉，如果有新情報再告訴我一聲吧。」

「好──」

怎麼可能有這種事？我還在來回看著信盒和公爵大人的時候，利瑟爾大人的父親就像什麼事也沒發生似地，只說了這麼一句話就準備離開。我無意間對上了他的視線。

「…………──」

有那麼一瞬間，公爵大人的嘴角染上微笑，豎起一隻手指抵在唇邊，而我不可能不懂這是什麼意思。

啊，利瑟爾大人真的很像父親呢──我忍不住深有感慨地呼出一口氣。

在阿斯塔尼亞的某間旅店。

三人正聚集在利瑟爾的房間裡。其實也沒什麼事，不過有時候他們會像這樣不知不覺間湊在一起。

「隊長，信來了嗎？」

「是呀，不過是父親大人的信。」

「啥？不是那個陛下喔？」

「很少收到父親大人的信呢，不過收到信當然很高興。……啊，果然驚擾到母親大人了，雖然發生這種事也是不可抗力，但總覺得有點抱歉……」

「這也沒辦法吧。」劫爾說。

「是這麼說沒錯。」

「講到貴族啊，不是有那個……政治聯姻？之類的嗎？那隊長你家也是內幕很多嗎？」

「沒有呢。我雙親一開始好像也是因為門當戶對才見面相親的，但應該不算是策略上的聯姻。」

「應該？」

「根據父親大人的說法，第一次見面的時候母親大人對他冷嘲熱諷……」

「啥，聽起來你媽超討厭他的欸。」

「那還不叫政治聯姻什麼叫政治聯姻？」

「不，雙方並不是完全沒有拒絕權哦。當時父親大人也想說，既然對方不願意還是拒絕好了，結果在他準備回去的時候被母親大人的兄長攔了下來。」

「拜託你行行好把我妹娶回家——之類的？」

「他一臉憋笑憋到快笑出來的表情，把父親大人帶到宅邸的庭院裡，就在父親大人照著他的指示躲到樹木後面的瞬間，馬上看見母親大人猛力打開二樓的窗戶，滿臉通紅地朝天吶喊『極品天菜——!!』於是父親大人就這麼決定訂下婚約了。」

「到底是看哪一點決定的？」

「隊長，你家老爸老媽好猛喔。」

今天的阿斯塔尼亞王族們依然活蹦亂跳

阿斯塔尼亞的軍隊大致分為三個兵團。

一是翱翔天際，阿斯塔尼亞軍最知名的兵團，魔鳥騎兵團。一是在大海上負責護衛商船與貿易船隻的勇士，船兵團。最後則是陪伴在人民身邊，保衛國家的步兵團，也就是我的所屬單位。騎兵團的人是群魔鳥笨蛋，船兵團根本是海賊，只差不會做壞事而已——相比之下步兵團雖然顯得平凡無奇，不過同時也是規模最大的一個兵團。

步兵團演變到現在也只是個名稱而已，實際上的職務就和憲兵差不多。這個兵團也分成好幾個兵隊，今天就讓我談談其中的王宮侍衛兵吧。

王宮侍衛是在王宮執勤的士兵，在步兵團當中也算得上一群菁英中的菁英，有時候會從兵團獨立出來，以王族直屬士兵的身分行動。

我在王宮侍衛當中大約位在中堅的地位，請多指教。

我們國家的王族好像非常自由不羈。

不，我也沒有機會見到其他國家的王族，所以不太清楚實情，只是聽經驗老到的退休前輩說，其他國家的王族更嚴肅拘謹一點。

在王宮內巡邏的時候，常常見到這些自由自在的王族們。

「布料和絲線沒在市面上流通是怎麼回事，是覺得我國傳統的魔力布產業崩壞也無所謂嗎這些愚蠢的傢伙！是被哪個商會壟斷了，我馬上就去找商業公會算帳！」

「請等一下！請留步啊殿下！」

一邊發飆一邊跑過走廊的正是國王陛下的十一位兄弟姊妹之一。簡單將國王陛下算作第一位，剛才這位就是第五親王了，就像剛才那段對話所說，殿下好像在從事魔力布相關的研究。

魔力布是阿斯塔尼亞的特產，經過這樣那樣的工法將魔力灌注到絲線當中，再以這樣那樣的工法編織而成。布料上面有著美麗的刺繡，隨著灌注的魔力和刺繡種類不同，布料也能發揮各種不同的效果，在阿斯塔尼亞運用於各式各樣的場合。

「我去委託商業公會調查！您先等一下啊！」

「不立刻恢復流通我很難做研究啊！好啊，我這就去把亞林姆哥哥身上的布剝下來抽成絲線來用！」

「請別衝動啊，殿下！」

王族每人都有一位專屬的貼身隨從，他們也很辛苦呢。

總之，想像一下這種感覺的人物撇除掉國王陛下還有九個就沒錯了。剛才和我擦身而過的第五親王平常還算溫和的了，畢竟是所謂研究界的人。

啊，不過類似氣質的王族還有另外一位。

那是王族兄弟姊妹當中最特立獨行的一位，重度繭居族，極少看到他外出走動，身上披著布幔，布料底下的真面目就連大多數兄弟都沒見過。

他就是擁有「書庫之主」的稱號，在剛才那段對話當中出現的亞林姆殿下。

不愧是生活在書本圍繞之中的人，亞林姆殿下的知識量也不容小覷，聽說王族一有什麼事總是立刻去找亞林姆殿下商量，就連國王陛下也不例外，常常請他指點迷津。

這樣的人物被稱作國家首席的學者真是實至名歸，雖然我也沒有見過他。

「……、……！」

就在我繼續巡邏的時候，一陣喧鬧聲傳入耳中。

也沒什麼好慌張的，這座王宮某個角落裡，每天都有王族在吵吵鬧鬧。最好的證據就是此刻傳來的聲音有點耳熟，聽起來也不急迫。

不過還是確認一下比較保險，於是我繼續往前走，發現騷動的中心似乎是王宮書庫。原來如此，王族還是一樣說到做到呢。

「你少披個兩三條又不會怎樣！把布交出來！」

貼身隨從正在書庫大門前面抱頭苦惱，我慰勞幾句之後往門內一看，剛才那位第五親王正準備搶奪亞林姆殿下身上的布。這場糾紛一直持續到了現在嗎？

這是我第一次見到亞林姆殿下，和傳聞中一樣是個布團，不過沒想到本人長得這麼高。

「不用阻止他們沒關係嗎？」

「真的鬧得很嚴重的話我會去阻止……」

隨從居然判斷那樣「還不算很嚴重」，從中可以窺見他們有多辛苦。

「哥哥你沒布還是可以看書啊！但我研究就完全沒有進度了！」

「干我、什麼事。」

聽到一個超級好聽的聲音，剛才那是亞林姆殿下在說話嗎？

「別讓我做這種沒效率的事，蠢哥哥！快交出……」

就在第五親王抓住布料的瞬間響起「砰」的一聲，他的身體隨之踉蹌。

應該說，亞林姆殿下揍了他。亞林姆殿下緩緩走近第五親王，抓起他的前襟。

「嘴巴、不乾淨。」

蠢哥哥確實說得太過火了呢。

「你幹什麼！」

第五親王猛力揮開抓著自己的那隻手臂，反過來抓住亞林姆殿下。

緊接著雙方展開互毆。王族之間動手打架我看過幾次，差不多都是這種情形，大男人全力互毆的情景相當震撼。

王族之中當然也有女性，不過女性果然也會動手動腳，而且震撼程度不變。

「啊、啊……我差不多想阻止他們了……」

「不，應該要結束了。」

看見隨從坐立難安的樣子，我這麼對他說完便從門口退開。

下一秒，亞林姆殿下的腳跟狠狠往第五親王的腹部一踹，長腿沒有因此失去勢頭，就這麼把高聲叫罵的第五親王踢飛到書庫外。看來這場架打完了。

「絲線是、魔物害的。在書庫、保持安靜。」

充滿磁性的聲音低低呢喃，亞林姆殿下這麼說完就消失在門板後頭。

門扉完全關上，只留下按著腹部跌坐在地的第五親王、受不了似地在他旁邊跪下的隨從，還有我。

「可惡，森林裡有什麼不好的東西定居了嗎！冒險者都在幹什麼，有提出委託吧！我們現在就去冒險者公會，不確認清楚我受不了！」

「殿下！請等一下！啊啊真是的！」

第五親王粗暴地抹掉快止住的鼻血，踏著粗魯的腳步走遠了。

雖然很少看見亞林姆殿下這樣，不過打架這件事本身在王宮算是家常便飯，請各位不用介意，只要同情隨從就好了。

然後到了今天。

我從來沒想過有一天冒險者會頻繁出入王宮，而且一開始聽說叫來冒險者的是亞林姆殿下的時候，所有侍衛兵都異口同聲地說：「啊？」

畢竟很少看見亞林姆殿下出來走動，基本上和誰都沒有來往，而且一直都繭居在書庫裡。不，我知道亞林姆殿下聰明透頂，王族兄弟姊妹也非常仰賴他的知識。殿下是我該效命的王族，我也非常尊敬殿下，但這和那是兩回事啊。

「你好。」

「你好，請通行吧。」

備受討論的冒險者，正是現在穿過王宮大門的這個人。

門衛由王宮侍衛兵輪班負責，今天是我值班。侍衛兵的人數並不多，所以我像這樣迎接冒險者進門也不曉得是第幾次了。

沉穩又有氣質的冒險者。光是這個敘述已經充滿矛盾，不過這點我們先擺到一邊，今天他的同伴是非常適合那身黑衣的最強冒險者。這組合怎麼看都像是「成功聘僱一刀的某國王族」，但難以置信的是無論怎麼調查都只查得出他極度普通的冒險者身分。

沒錯，我們也調查過了。

最一開始，我們聽說即將來到王宮的其中一位冒險者是大名鼎鼎的一刀。我們對於實力也有一定的自負，但萬一一刀大鬧起來，我們無法保證有辦法阻止他。

因此我們展開調查，發現一刀雖然戰鬥實力頂尖，但人格並沒有問題。他絕對稱不上模範等級的好青年，不過應該不會做出無緣無故拔劍傷人的事情，這是我們的結論。

隸屬於相同隊伍的獸人也一樣，調查結果顯示他只是個實力不錯的普通冒險者。不過親眼見到他的時候我想，一對一的話我一定打不贏這個人。

然後，出乎意料的就是這位沉穩的冒險者了。在王宮任職的人都叫他悠哉先生。

我們本來是在調查一刀的，結果不知不覺間所有人都開始調查起悠哉先生來，懷疑他其實是哪個國家的王族。

但是不論怎麼調查，都只查得到他做為一個極其普通的冒險者生活的模樣。他在王都登記成為冒險者，從F階一路上升到C階，升階速度偏快，但仍在常識範圍內。

沒想到和騎兵團一起來到這個國家的冒險者就是他們，但聽說他們在旅途中也沒有任何可疑舉動，平凡地享受著空中之旅。至於他們輕描淡寫告訴騎兵團副隊長的帕魯特達爾大侵襲，兩國糾紛的相關情報已經由騎兵團隊長向上層報告，不過冒險者在大侵襲發生時提供協助是非常普通的事情。

實力那麼高強的冒險者，領主一定也相當借重他們的幫助，誰想得到會在應戰過程中目擊幕後主使者的陰謀呢，這也不是他們可以控制的。現在回想起來，他們之所以把這項情報告訴我們，或許是感謝騎兵團載運他們的回禮吧？

「越來越習慣了哦。」
一起在大門站崗的同僚突然開口。
「習慣什麼？」
「悠哉先生啊，第一次看到他的時候嚇了一大跳。」
「是啊。」
順帶一提，這指的不是悠哉先生第一次進王宮嚇了一大跳，他非常我行我素地仰望著王宮建築。
嚇了一大跳的是我們，親眼看到他的衝擊強烈到我們忍不住面無表情。雖然已經事先調查過了，但還是不敢相信這樣的人居然是冒險者。
「沒想到會演變成冒險者公會派冒險者過來的狀況。」
同僚哈哈笑著這麼說。對啊，我也點頭回應。
沒錯，決定性的關鍵就在於，悠哉先生並不是自己想來謁見王族的。聽說是因為能夠修習攻略關鍵技術的只有亞林姆殿下一個人，因此公會才向國家提出請求。
一方面也是因為殿下自身意願之強烈可說是前所未見，再加上冒險者看來也沒有其他意圖，上級便核准了他們進入王宮。於是悠哉先生被派遣到這裡來，形成了現在的狀況。
「不過，合作關係總是比本來那種若即若離的關係來得好吧。」
「那是當然。」
國家和公會之間的距離實在是很難拿捏。
「對了，最近常看到納赫斯到處跑來跑去耶。」

「是喔，我以為他是個穩重的人……」
「不，其實以那個年紀來說他真的很穩重，是從悠哉先生到王宮之後才開始看到他跑來跑去的。」
那位副隊長不知何時成了悠哉先生的負責人。
發生什麼悠哉先生相關的事情總是會向他報告，因此他才變忙了吧。他沒有明確表示過這件事由他負責，也沒有人正式任命誰來負責悠哉先生的相關事務，只是自然而然事情就變成這樣了。
聽說亞林姆殿下也因此認得了納赫斯這個人。給王族留下良好印象會直接影響升遷，這是很好的結果呢。不過我有目前的地位就非常滿足了，實在不想接下這種工作。
「聽說納赫斯還特別注意不讓亞林姆殿下以外的王族遇見他們。」
「你說那三個人？」
「對啊，這也是當然嘛，不論誰遇見誰感覺狀況都會很棘手。」
他說的確實沒錯。
悠哉先生那副樣子，一刀又是最強冒險者，獸人的氣質也異於常人，我們國家的王族不可能不感興趣的。
「啊，辛苦了──」
忽然傳來一陣阿斯塔尼亞國民都聽慣了的拍翅聲，一隻魔鳥降落在我們眼前。騎在魔鳥背上的騎兵舉手打了聲招呼，我們也抬手回應。
從這麼近的距離看見色彩鮮艷的魔鳥，我臉上也多了一點笑容。無論對於作為侍衛兵在王宮值勤的身分多麼自豪，看見他們在空中自由飛行還是不免有所憧憬。
不過騎兵團好像覺得王宮侍衛兵是萬中選一的菁英，反而對我們特別尊敬的樣子，人總是羨慕自己沒有的東西嘛。
你說船兵團？他們只對大海感興趣。
「你們有沒有看到我們副隊長啊？」騎兵說。
「沒看見耶。」
「悠哉先生今天有過來哦。」
「啊……書庫？」
「『書庫。』」
一聽我們這麼斷言，騎兵顏面抽搐。
很多士兵都不喜歡待在那種安靜的地方，而且那又是亞林姆殿下的地盤，萬一不小心出了差錯不知道會落得什麼下場。
「怎麼啦，有急事？」
「有見習騎兵要挑選魔鳥，隊長又不在，我們想找副隊長當見證人。」
「哦，恭喜啊！」
這麼說來，早上確實看見了一個見習騎兵在王宮裡手舞足蹈地狂奔。
然後現在，那位見習騎兵滿臉絕望悲痛，一邊呼喊著他的副隊長一邊衝出王宮跑到街上去了。這根本是戒斷症狀，一秒也不能多等。
看見見習騎兵那副樣子，眼前這位騎兵只說「這種感覺我懂我懂」，帶著溫暖的微笑點著頭摸著自己的搭檔。就是這種時候，我們會覺得騎兵團真的有病。

「那傢伙真可憐……」

「我去書庫看看吧。」

「喔，那拜託你啦！我從天上再找找看。」

魔鳥起飛的風壓往臉上撲來。

我仰頭看著色彩鮮艷的魔鳥往空中飛去，將站崗的工作交給同僚之後便前往書庫。

在王宮工作的人們大都鮮少靠近書庫，包含我在內。

我只來過書庫一次，就是目擊亞林姆殿下和第五親王打架的那一次，現在發現這個空間比想像中更加安靜，我有點不敢走進去。

「打擾了。」

書庫是在王宮工作的所有相關人員都能使用的設施，入內本來不需要徵求許可，但肯定有位王族在這裡，因此我還是先打了聲招呼才踏進門內。

這是我第一次好好打量書庫內部的情景，整個空間全都是書、書、書。怎麼會有那麼多東西需要寫下來留存呢？居然有這麼多訊息無法用口頭的方式流傳，真不可思議。

無法筆直往前進，我在書架狹窄的縫隙之間徘徊了一下子之後，聽見某個方向傳來微弱的說話聲。音色纖細，多半不是我要找的人，不過如果納赫斯人在書庫一定是待在那一帶吧，我於是往那個方向走去。

走著走著，忽然來到了一片寬敞的空間。

首先躍入眼簾的，是在無數書櫃環繞之中對坐在桌前的二人。在這個照不進太陽光的空間當中，兩人在魔力燈柔和的燈光照耀下，各自垂著視線看著自己攤開的書本。

「老師。」

亞林姆殿下忽然開口，布團動了一下。

悠哉先生聽了從紙頁上抬起臉來，我才終於發現那原來是殿下對悠哉先生的稱呼。王族居然這樣稱呼冒險者，我不禁倒抽一口氣。

「『——……√』，是『情緒』和『正向』合併而成的音。」

雙唇吐露的音色十分溫柔，悠哉先生的指尖緩緩滑過亞林姆殿下手中的書。

剛才那就是古代語言嗎？聽起來非常優美，但我一點也不覺得自己有可能學會。

學習一個完全不同的語言，到底是什麼樣的感覺呢？就像聽得懂魔物說話的感覺嗎？順帶一提，騎兵團常常跟自己的搭檔講話，但其實他們之間的對話並沒有成立。

「那麼，從上下文推論就是？」

「高興。」

「答對了。」

話說回來，悠哉先生面對王族一點也不緊張呢。

他露出褒獎般的微笑，態度卻完全不會給人高高在上的感覺。這種事情肯定是這輩子第一次碰到吧，但是看他的態度簡直像是早已習慣指導上位者的樣子。

「那麼，這句話翻譯起來就是……」

「『我、高興地、把墜飾、捏碎了。』」

什麼？

「啊，可惜差了一點。」

「咦……」

「以前我們把這個詞翻譯成『捏碎』，不過這裡的曲調比較柔和……」

「握住……輕輕包裹住？」

「沒錯，差不多是這種力道。」

看來亞林姆殿下也身陷苦戰之中。

不對，考量殿下開始學習古代語言的時間，說不定算是學得非常快呢。對我來說那實在是太過未知的領域，所以完全無從判斷。

打擾殿下上課也不太好。看起來騎兵團的副隊長並不在這裡，究竟跑到哪裡去了？

「哇喔！」

拐過書架的轉角，我忽然看見一個漆黑的人影。

仔細一看，是一刀。這人穿得很黑，在陰影中有點難以察覺，不過這時候碰見他正好。

「打擾一下，請問騎兵團的副隊長有沒有到這裡來？」

「沒看見。」

「這樣啊，謝謝你。」

一刀看也不看這裡一眼，望著書櫃這麼說。

他看起來好像在找什麼書，不知道是自己要讀，還是在幫悠哉先生找書，令人意外的是他站在書架之間的模樣並不突兀。

只不過，親眼看見他還是讓人重新痛切體悟到，自己的實力也還差得遠呢。

結果，那位副隊長由見習騎兵不曉得從哪裡拉回來了。

見習騎兵對著他長官大發雷霆，那個跟我們搭話的騎兵看著這一幕，還是面帶微笑點頭說著「我懂我懂」，這反應實在讓人印象深刻。就是這種地方讓人沒辦法對魔鳥騎兵團懷著純粹的憧憬啊。

「你們有沒有看到那個微笑點頭的傢伙？」

目送騎兵們離開之後沒多久。

有個看起來非常輕佻的人跑到我和同僚的身邊來，他把手肘靠在門邊，整個人靠了上去，但我和同僚一點都不驚訝。

「之前叫他讓我摸魔鳥，結果他竟然拒絕我咧，還說絕對不可能。」

「原來也有魔鳥這麼不願意讓人碰呀。」

「不是啦，他的理由竟然是那啥？他搭檔生理上沒辦法接受我這個人？」

那還真是讓人大受打擊。

「這太奇怪了吧，討厭自己該保護的對象欸，根本莫名其妙嘛。」

看起來就像是在散步途中跟守衛搭訕的一般民眾，不過這位其實也是王族。

他是國王陛下排行第十的弟弟，是位喜歡外出走動的殿下，現在應該也是剛從哪裡回到王宮來吧。總之，敝國的王族們是群放著不管也會自己活下去的人。

「不曉得是哪一點讓魔鳥這麼排斥呢。」

「好像是味道。」

「您很臭嗎？」

「才不臭咧——!!」

殿下把手掌按到我那位多嘴的同僚臉上。

「怎麼樣啊，啊?!」

「啊……是木桶的味道。」

「您剛才跑進木桶裡了嗎？」

「剛才我在搬酒桶啦。」

這位殿下時常泡在酒館裡，說起來這也滿合理的。

雖說是「泡在酒館」，不過殿下屬於工作的那一方，他本人說這是興趣。他似乎喜歡酒館的氛圍，在各式各樣的酒館展現出不輸專業人士的工作水準。

無論客人還是店家，都不太可能注意到殿下的身分。即使注意到了，也只會覺得：「那應該是殿下吧？」

「唉唷……我去摸摸其他魔鳥好了。」

「隨從在找您哦。」

「呃。」

看來殿下還沒有完成今天的學習。

這位殿下的隨從是位非常適合戴眼鏡、眼神冰冷的女性，我一轉告隨從的口信，就看到殿下露出面部抽搐的表情離開了。

看他走得有點急，可能還想繼續逃亡下去吧。

「今天也好和平啊。」

「是啊。」

平安無事的日子真是太好了。

到了夕陽完全沉落地平線的時候，我交接了站崗守門的工作，朝著宿舍走去。是位於王宮腹地之內，王宮侍衛兵專用的宿舍。今天已經沒有巡邏、值夜的工作了，看來偶爾優閒地吃個晚餐也不錯。

我們會在王宮內的餐廳用餐，是專供我們這樣的士兵，以及在王宮工作的人們所使用的大餐廳。

「？」

突然傳來「啪沙」一聲響亮的拍翅聲。

在王宮裡這並不是什麼稀奇的聲音，也不至於每一次聽到都放在心上，不過聽見振翅聲從這麼近的地方傳來還是忍不住會往那邊看。地平線那一頭只剩下一點夕陽殘留的餘暉，魔鳥在這種昏暗的光線中飛行也很少見呢。

「喔！」

「啊，那位見習騎兵怎麼樣了？」

「順利找到他的搭檔了。剛才讓你們去找我真不好意思。」

或許是判斷天色再暗一點就太危險了吧。

白天我尋找的那位騎兵團副隊長從魔鳥背上跳了下來。他一隻手拉了拉韁繩，讓魔鳥坐在地上。

「那就不能再叫他見習騎兵囉。」

「反正也得再花幾年才有辦法好好飛行，目前還是叫見習騎兵就夠啦。」

副隊長笑著這麼說，我聽了心領神會地點點頭。

只是騎乘在魔鳥背上，騎兵並不稱之為「飛行」。必須學習不成為魔鳥的累贅，絲毫不限制搭檔的動作，學會與搭檔相輔相成的飛行方式，才算是獨當一面的騎兵吧。

「貴客回去了嗎？」

「如果你是說悠哉先生和一刀的話，不久前回去了。」

「……你們這麼叫他啊？」

「王宮裡大多數的傢伙都這樣叫喔。」

騎兵團還是沿用旅途中的稱呼，叫他們「貴客」。

看副隊長一臉一言難盡的表情，難道他覺得悠哉先生不悠哉嗎？怎麼看都很悠哉吧。

「確實可以理解大家為什麼這樣叫，但他不只是悠哉而已吧。」

「是嗎？通過大門的時候，他總是沉穩地跟我打招呼，我還覺得這暱稱很貼切呢。」

「那傢伙在這方面很一絲不苟啊，但是為什麼每次都引發意想不到的騷動……」

副隊長雖然這麼碎念，不過看起來並不討厭他們，應該沒什麼問題吧。

這時候，原本乖巧的魔鳥忽然猛地轉頭向身後看去。牠視線的另一端是城牆，銳利的眼神盯著城牆一動也不動，彷彿能望穿城牆看見在另一側鋪展開來的阿斯塔尼亞街景。

「有什麼東西嗎？」

副隊長沉聲問道，我聽了也將手扶上劍柄。

從副隊長的語氣聽來，這想必是魔鳥起了疑心的反應。魔鳥的視線牢牢鎖著一個點不動，就這麼低下頭，動著腳爪像在踏平地面。

勾爪掘入土壤發出沙沙聲，我踏出了一步。就在這時……

「怎麼了？」

魔鳥忽然抬起頭，伸直了背脊。

「是搞錯了嗎？」

眼見魔鳥偏著頭重新坐了下來，副隊長撫摸著搭檔的羽毛這麼問。

我也放開劍柄，緊繃的肩膀放鬆了下來。既然魔鳥有所反應，一定是有什麼東西在那裡。也有些頑劣的孩子會為了看魔鳥爬上城牆，有可能是那類的傢伙吧。

「不好意思，驚動你了。」

「不會，我們平常都很借重魔鳥幫忙。」

我們彼此慰勞過這一天的辛苦之後就分別了。

我目送魔鳥離開，會不由自主看著魔鳥屁股的人應該不只有我吧，牠尾巴搖來搖去的樣子很有趣。

後來我先回了宿舍一趟再到餐廳去，不知為何在那裡看見了在廚房努力烹飪的王族。是國王陛下的妹妹，在十一人當中從上數來排行第七位的殿下。

「劍練著練著我開始覺得菜刀才是究極的利器了!!」

這位非常精於武藝的殿下迷走得非常嚴重呢。

聽說國王陛下每天只要接到與自己兄弟姊妹相關的報告，總是深深嘆氣、抱頭煩惱，看來這傳聞也有一定的可信度呢。我這麼想著，悠哉地享用今天的晚餐。

與此同時，包覆在暗夜中的阿斯塔尼亞一隅——

「這樣就被發現啦，好恐怖的鳥。」

沒有人知道，有個蓄著長瀏海遮住雙眼的男人正獨自低喃。

後記

上次連半張插圖都沒有的旅店主人，這次居然奇蹟大逆轉榮登封面！喜歡旅店主人的讀者，讓各位久等了。這件事情要是交給我，旅店主人恐怕會再一次無處露臉，還好他在這一集成功在大家面前揭露他的廬山真面目了！

順帶一提，大家都知道廣播劇ＣＤ封面上旅店主人的慘狀，那主要都是我害的。我是愛他的，真的……但是為了讓旅店主人保留旅店主人的特色，我也只能這樣……

這就是第七集的概況。各位讀者好，承蒙各位關照了。

沒錯，終於來到了將利瑟爾一行人的聲帶振動呈現給大家的日子！

不論是已經聽過廣播劇的朋友，還是為了維護自己內心的角色形象而選擇暫緩的朋友，真的非常謝謝大家。能夠走到今天這一步，都是多虧了和利瑟爾一起走過這段假期的大家。

廣播劇ＣＤ的原案是由我負責的，但是我一次也沒有寫作劇情大綱的經驗。不，我的意思不是說「我沒大綱也能寫小說啦唔嘿嘿」，根本不是說這種話的時候，不寫出大綱真的會拖累製作過程。我心中有股「不努力學寫大綱不行」的焦躁感。

結果，我居然做出了把長度只有一張Ａ４、題為「旅店主人持續吐槽一小時的廣播劇ＣＤ（原文引用）」的備忘筆記交給編輯這種欠考慮的暴舉。看見工作人員以這樣的大綱為底完成了那麼完善的劇本，我心裡深厚的感謝和罪惡感真不是蓋的。真的不是說什麼

「（略）唔嘿嘿」的時候。

經過這次教訓我深切反省，在撰寫第六集特典的時候努力練習寫大綱（雖然只是條列出單詞），結果忘記把大綱刪掉就直接寄給了編輯……這就是大綱事件的後日談。誰快來阻止我啊……

就像這樣，承蒙各方的關照，第七集仍然得以平安呈現在大家眼前。感謝さんど老師畫出了漂亮又華麗的最棒魔鳥，我好想摸摸牠頭上的羽冠。感謝責任編輯運用多采多姿的技能，將各式各樣的休假系列打造成這麼美好的模樣。感謝TO BOOKS出版社，面對各種企劃都毫不猶豫地跟我說「ＯＫ」。

最重要的是，翻開這本書的每一個人。真的非常感謝!!

二〇一九年十二月　岬

國家圖書館出版品預行編目資料

優雅貴族的休假指南。7 / 岬著；簡捷譯. -- 初版. --
臺北市：皇冠, 2021.03　面；　公分. -- (皇冠叢書；
第4924種)(YA！；67)
譯自：穏やか貴族の休暇のすすめ。7
ISBN 978-957-33-3659-4(平裝)

861.57　　109021802

皇冠叢書第4924種

YA！067

優雅貴族的休假指南。7

穏やか貴族の休暇のすすめ。7

作　　者—岬
譯　　者—簡捷
發 行 人—平雲
出版發行—皇冠文化出版有限公司
台北市敦化北路120巷50號
電話◎02-27168888
郵撥帳號◎15261516號
皇冠出版社(香港)有限公司
香港銅鑼灣道180號百樂商業中心
19字樓1903室
電話◎2529-1778　傳真◎2527-0904
總 編 輯—許婷婷
責任編輯—謝恩臨
美術設計—嚴昱琳
著作完成日期—2019年
初版一刷日期—2021年3月

法律顧問—王惠光律師

讀者服務傳真專線◎02-27150507
電腦編號◎515067
ISBN◎978-957-33-3659-4
Printed in Taiwan
本書定價◎新台幣320元/港幣107元